日常という名の海で

淡路島物語

菅 耕一郎
Koichiro Kan

アルファベータブックス

何せうぞ　くすんで
一期は夢よ　ただ狂へ

「閑吟集」より

世の中は地獄の上の花見哉

一茶

はじめに

老いの戸口に立って自伝のようなものを書くことを思い立った。ある作家の自伝的小説に唆《そそのか》されて、といえば穏やかではないが、事実はそのとおり。気持ちがさめないうちにと、思い出すままに大学ノートに書きつけた。どういうか、特殊な場所で、生涯二万五〇〇〇ページもの自叙伝をものしたスイス生まれの奇想天外な芸術家アドルフ・ヴェルフリのようなアール・ブリュット作家の熱心さで。フランス語の「アール・ブリュット（「生《き》の芸術」）」はさまざまな形態や多様性があるが、どの作家も皆子供のように熱中する。

当初、私の半生など短篇一つの長さ、分量で語りつくせるだろうと思ったが、そうはならなかった。毎朝決まった時間に十ヵ月、机に向かっているうちにかなりの分量になった（今回の本文はその半分相当になる）。ただやっかいなことに、私の記憶は曖昧だ。子供の頃のどれ一つ取っても正確に辿れなかった。なかには深淵に沈むか、もう夢の領域に入ったようなものまであった。多くの自叙伝に見られる時系列で辿るやり方は放棄し、スケッチの形をとることにした。途中、自伝的小説の形態をとるべきかとも思ったが、何かの機会があればそうしたい。

この心象スケッチを書くにあたり、私は四本の柱を立ててみた。つまりは主題ということで、音楽で言う主調音となっている。心のうちをすべて書き尽くすことは不可能だろうし、読者にとってもいい迷惑であろう。

その柱だが、詳しいことは本文に譲るとして、一つは文学上でよく取り上げられる父と子のテーマで、私のこころの奥底に迫りたいと思った（ここではオイディプスは他人事ではなかった、とのみ言っておこう）。

二つ目は「恋愛」で、体験とそこから派生した事のかずかず。男女のそれらは時に地獄にもなるだろうし、ある種救いにもなるだろう。私は喜びと苦痛を、身をもって体験した。それら二つに、「文学」を加えた。ありふれた言い方になるが、いまも文学修行の身と自覚している。そこでの感動や共感といったことに触れた。

いつからか、私は感動、共鳴すると、すぐコラボを始めたくなる、といった妙な癖ができてしまった。これで三本の柱《テーマ》が立ったわけだが、あと一つは「政治」で、還暦を過ぎた頃から政治的な動きに眼が向くようになった。政治が文学の対立軸ではなく「糾《あざな》える縄」のように絡まっていることに気付いたから。

どこまで自分が書けたか分からない。繰り返しになるが、記憶は曖昧だ。思い違い、齟齬が眼に留まるかも知れない。拙《つたな》いところは想像力という翼で補ってほしい。老いの影が近づくにつれてその翼も弱まり、日常の瑣事に感動することも無くなっていくが、嘆くのは止そう。

私は生きるために老獪《ろうかい》ささえ持ったが、十歳の頃の眼の輝きはいまも残っているだろうか。それに、人は誰しも孤独を纏《まと》って生きている。年寄りだけでなく、お若いあなたにだって言えること。老いて若者と競うものがいるがあまり褒められたことではない。老いを静かに受け入れることだ。その中で、よく考えたい。

読者よ。孤独は不毛ではない。ある種豊饒さを秘めているのではないか。あなたは大袈裟と笑うだろうか。孤独は瞑想の時を与えてくれる。こころを耕す時をくれているのではないか。よくよく考えねばならぬ。

淡路島竹谷にて

二〇一七年三月

目次／日常という名の海で――淡路島物語

第一章　黄金時代

故郷

私の感情教育に故郷が有象と無象の形で影を落としている。十八の歳まで、つまり高校を卒業するまで瀬戸内海の淡路島で過ごした。今は二〇一四年六月。東京から島に帰り四年と九ヵ月となる。痩身、頭の毛はあらかた白くなった。両の眼にまだ精気は残っているか。子供時代の曇りのない眼は失われずにあるか。この自伝で繰り返し我が故郷に触れることになるだろう。一地方の小さな町の日常は、私の精神（魂なんぞと大げさにいわないが）に何を与えたか。エスプリの芽は育まれていったか。

蓮華田《げんげだ》で本を読んでいた。父が通りかかり「お前に分かるのか」と聞く。どう答えたのか憶えていないが、首をたてに振ったに違いない。六十五歳の今思えば、田の真ん中で本を読んでいる息子を見て、百姓家の親父は怒りこそしなかったが一抹の不安を持ったかも知れない。家の裏座敷に東西の文学書がかなりあった（家屋は一九九五年の阪神淡路大地震時に壊れた）。伯母は若い頃、文学少女で父（私から見て祖父）に買ってもらったものが本棚にぎっしりと並べられていた。記憶が確かなら、私は蓮華田で、イギリス・ヴィクトリア朝の桂冠詩人アルフレッド・テニソンの勇ましい詩「軽騎兵隊の突撃」を読んでいた。クリミア戦争での軽騎兵を称えるものだった。ルビが振ってあったので、小学生でも読めた。八、九歳頃。

テニソンの詩はアンソロジーだが、東京から島に帰った年に探したが見つからなかった。壊れた二階建ての屋敷を片付けた時に父が他の文学本と一緒に捨てたらしい。

もっと時を遡れないものか。私が胎内にいた時まで。

父の死　その一

私が淡路島に帰って一年ほどして父は亡くなった。何か虫の知らせがあったのか。「おぅ、帰ったのか」と言ったきりで、声に張りがなかった。数年前に軽い脳梗塞をやり、しゃべるのをもどかしがった。左であったか足にマヒが残った。天気の日は老犬熊の所に行くか、中庭を休み休みしながら歩いていた。熊は名と違い大きくならず、顔は雲助に似ていた。その体躯に似ず向う意気も強かったので私は「雲助」と呼んでいた。父は主治医のＳ先生の許可を得て、毎日夕餉《ゆうげ》に鬼殺しを一パック飲んでいた。たいがい、介護用ベットで文庫本の小説を読んでいたが、子供の頃、「一杯やりながら」本を読んでいた父の姿とダブる。屋根裏部屋には子供には目の毒と思ったのか、週刊誌が紐で縛られ、積まれてあった（私は「週刊新潮」の殺しや情痴事件の実録ものをコッソリ読んだ）。スノッブ（俗物）の端緒である。

十月のある日、母が「お父さんが、お父さんが――」と窓の外から叫ぶので、駆けつけた。眼は虚

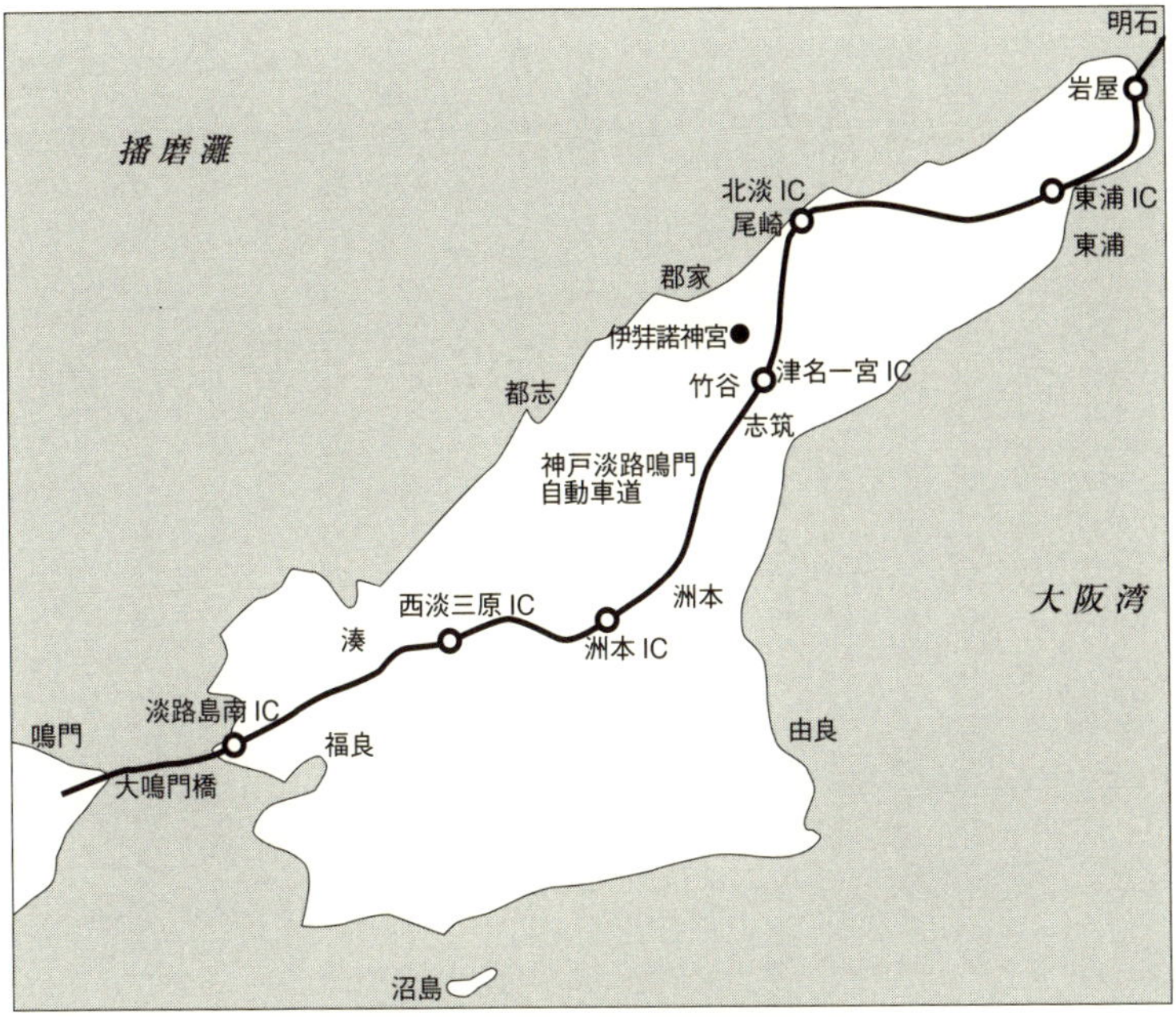

故郷の竹谷が入った淡路島の地図

ろで、声を掛けても言葉が出てこない。救急車を呼び、洲本の県立淡路病院（場所は移ったが、現在の県立淡路医療センター）に搬送してもらった。父は県病《けんびょう》に一ヵ月足らずいた。意識も戻り、小康を得た。が、眠る時も点滴の針が腕に刺さったままだった。部屋に患者が五、六人いて、その一人の声が気になって眠れないと看護師や私に訴えた。私は母のバイクを走らせ週に二、三度通ったが、酒が飲めないのが苦痛のようだった。「酒は悔いを残さないほど飲んだのではないか」と、冗談混じりに聞くと、「まだまだ」と冗談とも本気ともつかない顔でいう。子供の頃、親父は腹の中に酒の虫を飼っているのではと疑った。その昔（二十過ぎ）正月に帰省した折、私はお屠蘇《とそ》に酔い潰れたことがあった。普段しゃれっ気のない親父が「お前の一生分の酒を飲んだろか」とおどけたように言った。「どうぞ」と言葉を返し、私はその申し出を快く受け入れた。

親父は何とはなしに息子を煙たがっていた。臨終の一日前、淡路病院に駆けつけた時のこと。看護師が父の耳元で「息子さんが会いに来てくれましたよ」と声を掛けたが、父は背を向けたまま「知らん、知らん」と意固地な子供のように繰り返した。あの時は、もう理性を無くしていたのだろうか。二日前に垂水《たるみ》の妹も駆けつけたが、上機嫌だったらしい。「お父ちゃん言葉もちゃんとしとったし、新年まで持ちそうよ」と楽天家の妹がケイタイに知らせてきた。

若い先生（水口といった）に容態を聞くと、思わしくなかった。付き添っていた看護婦が「泊りの用意をしましょうか」と聞いたが、私はなぜか「親父はまだ死ぬはずがない」と思い込んでいたので、一旦家に帰ることにした。父はずっと背を向けたままで、どう声をかけても先ほどの「知らん」を繰り返した。意固地な、小さな子供に返っていた。バイクを飛ばし帰る途中、山中で何か無性に情けない気持ちと怒りが込み上げてきたのを今でも憶えている。

翌朝、県病から電話がありタクシーで駆けつけた時は意識が混濁状態で、数分後に息を引き取った。父は肺癌で肺炎も併発していた。しばらくして鳥飼《とりかい》の叔父も駆けつけ、「兄貴、よう無かったか」と私に聞く。「穏やかな顔じゃないか。兄貴は浮かばれるだろう」と、びっくりするほど大きな声で言った。死者の枕元で、二人は葬儀の段取りを話し合った。若い医師と看護師らは葬祭場に向かう我々の車を玄関から見送ってくれた。

父の死　その二

父晋《すすむ》が亡くなったのは平成二十二年（二〇一〇）十一月十六日で、昼過ぎ、遺体は県病から、中田なごみ葬祭場に移された。私は田舎の仕来《しきた》りが分からなかったので、鳥飼の叔父やブリキ屋（家号のようなもので、さげすみはない）のカーちゃん、山田原の住職、近所の溢朗《いつろう》兄を交え相談した。夜には薄木家から義久兄、前田家から紘二《こうじ》兄もなごみ二階の控え室に来てくれたが、告別式の焼香順位でいささか揉めた。

十七日午後三時、身内で納棺。親父の胴の辺りに母や伯母と小ゼニを入れたが、渡し賃に足りたかどうか。幼なじみの片岡の建ちゃん、石上の喜美ちゃん、三光（いま道満姓）の芳美ちゃんが来てくれる。喜美ちゃんは叔父達三郎氏を私に引き合わせたが、父一番の幼なじみだった。晩年まで大阪の達三郎宅を訪ね、二人はよく語り、杯に杯を重ねたようだ。近所の溢ちゃん、坊下のボクちゃん、砂川の里枝はん、真言と法華の宗派、隣保（隣組）の枠を越えて水井手の勇親父、正井の博通ちゃん、三光の俊郎君の細君、小説修業中の正木重孝君も来てくれる。母は私に、「母親のデショ（生まれた所）だ」と言って下堺の西尾義弘氏を紹介した。六時から一階ホールで近所を入れ、身内でのお通夜となった。翌十八日は朝から晴れ渡る。告別式はお通夜と同じ会場で十一時から行った。伯母は娘とその主人を連れてやって来る。淡路美人の面影はあるが、一回り小さくなっていた。式の始まる前、控え室に私を呼び、祖父が使っていた蝦蟇口をくれた（なぜこんなことを憶えているのか）。

式がどういう進行で行われたのか。私の元に、焼香の順番を書いたメモ書きが残されている。なぜか二番手は母でなく、坊下輝真町内会長、次いで坊下正修老人会長、正井溢朗隣保長（中組）と続き、この後の五番手が母になっている。少し呆けのきた母に尋ねると「いや、お前の後だった」という

（おそらく、私の後は母であろう。もう誰がそんなことを知っているだろうか）。

順番はともかく、焼香は続いた。妹須江小夜子と夫倶行《ともゆき》、妹打越美保子と夫伊佐雄、克子伯母、その娘石上和子と夫博康、叔父栗井伸純と妻和美、打越睦子（伊佐雄の母）、打越誠也、沙夜香、巳沙都（三人は美保子の子）、おばばの親戚筋廣田十三、前田紘二、薄木義久、廣田道則、竹谷広生寺の住職宮岡達雄、近所安本英子、法華講中（檀家）菅野俊一、菅野晃、中尾武、中尾登、片岡鉄雄、中組隣保内田眞一、砂川里枝、砂川金治郎、南重利、さらに町内会から水井手勇、田村光曠、瀬並利優、納清文、下本頼夫、菅家筋から菅保博、菅計喜。止め焼香は本家菅規良だった。老アーチスト堂上晋弘《くにひろ》氏は受付に包みを置いてすぐ立ち去った。小夜子の娘真弓子は通夜に来た。

棺は白と黄色の菊や桔梗《ききょう》、竜胆《りんどう》、カーネーション（があったと思う）など、色とりどりの花々で満たされた。「死者には身にまとった花が見えるだろうか」「いつから棺桶を花で埋める習慣ができたのだろうか」とか、「いや待て、仏教では霊魂はしばらく留まるというから、親父は花装束を目にすることができるのだ」「霊魂はそもそも存在するのだろうか」といった取りとめもないことが次から次と頭に浮かんで来た。誰か若い女の声がすすり泣きを始めると、急に私も泣けてきた。親父の顔は蝋人形のように白くなっていて、どんな表情も読み取ることはできなかった。

昼過ぎに身内だけで島の南にある火葬場に行った。住職が読経中、ここでも若い女声のすすり泣きがした。少憩を挟み、小一時間ほどして親父は真っ白な骨になっていた。なごみに戻り、四時からはや小七日を行ったが、伯母始め、遠路の身内は帰っていった。近所、講中、隣保十五、六人が残った。親父の法事はこの後、十一月二十九日、十二月六日、十二月十三日、十二月二十日（三十五日）、十二月二十七日に骨上げをし、この日翌年一月三日の「四十九日」分も一緒に済ませ、二月二十三日に「百ヵ日」を終えた。

父の死　その三

親父が亡くなって三年と七ヵ月過ぎたが、その二倍の時が流れたような気がする。母もほとんど話題にしなくなった。薄木の義久兄は父の死の数ヵ月後、安本の千代子はんは翌年、内田の眞ちゃんと片岡の秀やん、カーちゃんの母清子《きよこ》はんは翌翌年、溢ちゃんも去年夏に亡くなった。今年春のお彼岸のこと。母が「お父さん、あちらで無事過ごしておるやろか」と聞いてくる。「さあね」と私。「命日の酒だけじゃダメだって怒っとるんじゃないかい」「さあね」。私は適当にあしらう。「親父のことだから、足りなければ言ってくるだろ」「そうね」。母は又同じことを繰り返す。

話が父の告別式のことになる。「わしら井戸の中の蛙には、お前の話はちと高尚すぎたんじゃないかい」と母はいう。「お前の挨拶が分かったのは二人か、三人やろ」と真顔でいう。「その少ない中に伯母は入っているだろう」。「お前の伯母さんは賢い人やからのぅ」。子供の頃から私が伯母の自慢をすると母は妙に向きになるところがあった。八十を越えた今も変わらない。中学生の頃、音楽の富山先生から「白鳥の湖」の物語を聞いて、私は口うるさい母を黒い白鳥に仕立て上げた。白鳥は伯母だった。私はジェラシーという言葉に行き当たった。私が伯母をほめると母は何かしらの短所、弱点を見つけ、その言葉は皮肉の色を帯びた。「お前、知らんやろけど、克子はんは出戻りでな。若い頃、この家にしばらく居て、片山家に片付いたんよ」。

父はおばばを憎みさえしたが、今思うと頭の上がらなかった祖父へのジェラシーがあったのではないか。怒りの矛先が直接祖父に向かわずおばばの方に行き、私もその片割れということになったのではないか。
父は私より犬の方に心を許したのではないか、という気さえする。親父が亡くなって間無しに雲助が死んだ。

父の死　その四

私は自伝を書こうと思い立って、父の関係書類が入れてある箱を探した。葬儀費用やら弁当代などの伝票に混じって、告別式での挨拶文の下書きがあった。いずれも断片だ。

1　一昨日（亡くなる二日前）も県病から夜中に呼び出しがあり、出掛けました。いびきをかいてベッドで眠っている親父を見ていると、「越し方」が蘇ってきました。初めて上京するという日、私は十八歳でしたが「警察の厄介だけはなるな。あとは何をやるのもお前の自由だ」と送り出してくれました。こういう一面もありました。云々

2　親父の想い出といえばやはり酒ということになります。けっこう失敗談があったようですが、本日列席の近所、講中、隣保の皆さんの方が詳しいでしょう。酒と人生を上手に重ねていける人は稀のようです。自由律の俳人に種田山頭火という、人物いや傑物がいました。防府の産で、酒に飲み込まれたというか、それで身を持ち崩した人ですが、苦悶の中からいい句を残しました。父親に反抗や反発をしながらも、年を重ねるとどこか似てくるという句があります。

父によう似た声が出てくる旅はかなしい

3　親父のもう一つの顔を話したいと思います。俳句をものしたといった話は聞きませんが、菅家の文人墨客気質の血があってか、小説が好きでした。シェイクスピア、ロシアの文豪ドストエフスキー、いま流行の村上春樹氏は愛読書でなかったことは想像がつきますが、歴史物が気にいっていたようです。私の「水滸伝」の中に酒の滲み跡がありました。あの百八人の好漢とどこかで心を通わせていたのでしょうか。改めて、どういう親父だったのか（これは自分を知ることにもなりますが）、私の寿命が尽きるまで問いかけることになりそうです。云々

箱の中には「三十五日」挨拶の下書きも入っていた。法事は十二月二十日、なごみで近所と講中に来てもらい行った。

1　三十五日。この世のどこか、まだ親父の霊魂がさ迷っているのでしょうか。息子の風変りな話を上から覗いているかも知れません。先ずは親父の霊の安らかならんことを祈りたい。

2　告別式では山頭火の話を少々させて頂きました。近代俳句は正岡子規に始まり多士済々、多くの鬼才を輩出し、様々な形式や実験が試みられてきました。親父の気にめすかどうか。亡くなってしばらく後に作った俳句自由律（私は一行詩、短詩と呼んでいます）を捧げたいと思います。

くれないがほしい落葉のあとの空

ホトトギス　その一

小学高学年の頃であった。おばばがよく世間に知られた信長、秀吉、家康三武将の性格を表わす子規の話をさも面白そうに教えてくれた。

鳴かぬなら殺してしまえホトトギス
鳴かぬなら鳴かしてみせようホトトギス
鳴かぬなら鳴くまで待とうホトトギス

私は今もって山野にいるどの鳥が子規かよく分からない。鶯《うぐいす》は正月過ぎからちらほら鳴き出す。子規はいつから鳴き出すのだろうか。おばばはお相撲さんを小ぶりにしたような貫禄のある体躯をしていた。厚い唇の上に小さな形のよい鼻が乗っていた。眼はやや落ち窪んでいたが好奇心の強い子供のように輝いていた。自分の性格を少し短気だと見ていたようだ。「コーゥよ、ばばはあまり長く待てない性格なので、太閤さんかな」。祖父については、「若い頃はお酒も飲むし結構気の短いところあった」という。とすると、祖父は年を重ねるにつれ信長から家康に変わったことになる。理知的、穏やかで怒っているところを見たことがなかった。

「コーゥよ、お前は自分のことをどう思う」。子供心に子規を殺してしまえば美しい声が聞かれなくなると考え、おばばに「ボクは家康だ」と答えた。本当はせっかちで短気なところがあったが、おばばは「そうかい、そうかい」といって小さな眼をますます細め笑った。私の欠点はお見通しだったと思う。「晋はおとなしい子だったが、嫁を貰ってから信長になってしもたな」。おばばは独り言のように言った。

やはり小学生の頃だが、おばばは天下餅の話を聞かせてくれた。後年知ったことだが、江戸時代に出回ったという落首が素になっていた。家康は若い頃、負け戦で肥溜めか農民の厠《かわや》にじっと身を潜めて難を逃れたことがあった。おばばの話では。ある時は恐怖に駆られ馬上で脱糞して逃げたこともあった。それらの姿をまざまざと見ることができた。「家康さんというお方はほんとにウンの強いお人であったな。天下餅を食うお人はどっか違うのう」。母屋で裁縫をしながら話すおばばの姿が今も見える。笑うと前の金歯がキラッと光った。

ホトトギス　その二

天下餅を搗った秀吉については菅家と因縁浅からぬものがあった。羽柴軍に滅ぼされたのだから。祖父が若い頃、本家から借りてきて筆写した家系譜が今も残されている。子供の頃におばばからも聞かされたが、どこまで分かっていたか疑問だ。

菅家は淡路島の中ほどにある山田原の城主だった。城というより館が正しいかも知れない。城主の名は越後といった。天正九年（一五八一）十一月、信長の下知を受けた羽柴軍により落城した。越後は竹谷との境にある、井出の「兜池」まで逃れ降伏した。その折、二度と刀を取らない（つまり武士にならない）ことを条件とし生き長らえた。越後は降伏の前、兜を池の底に沈めたので、そこから兜池と呼ばれるようになった。子の安告（どう呼ばれていたか）は落城の節、当時の竹谷村に落ち、同姓であった庄屋太郎左衛門方の預かりとなる。太郎左衛門には女子が十一人あり、長じてその一人を室《しつ》（妻）とし、跡を取った。

安告は太郎左衛門を名乗ったが、次の代から太郎兵衛の名で代々庄屋を引き継いだ。太三郎（文政九戊《いぬ》年〈一八二六〉出生、後に太良兵衛と改める）の代に跡目相続で揉めごとがあり、熊次郎久尚が本家から分家した。我が家の初代で、幼名は虎吉。天保七申年（一八三六）三月十五日に生まれた。初め名を計良、次いで清助、その後熊次郎に改めた。「浄瑠璃ヲ能シ里雀ト号ス」と祖父は簡潔に記している。長年にわたり村会議員、助役の職にあって、村の自治に功労があったようだ。

明治四十三年十一月二十五日に亡くなった。祖父は甍《こう》の字を使っている。室はたね。弘化二年（一八四五）一月十五日に生まれた。大阪府西区江戸堀上通り二丁目、山内半兵エの二女で、いつ嫁いだか分からない。たねは大正六年二月二十四日に亡くなった（ここでも祖父は甍を使用）。くが、きく、ひらの三人の娘があった。長女くがが養子を迎えた。婿幸吉は元治元年（一八六四）一月二十三日に生まれた。近隣、大町村畑組船越庄蔵の二男で、明治二十四年二月二日に入籍。幸吉は明治二十九年四月一日に亡くなった。くがは明治二年二月二十四日に生まれ、昭和二十八年三月二日に亡くなった。長寿で私が四歳頃まで生きた。家にはおばばがいたので「白いばあちゃん」と呼ばれていた。その昔、くがが機織《はたおり》をしていた離れにいま私が住んでいる。

二女きくは明治九年十一月十七日に生まれた。明治三十二年四月二十日、生穂村内長澤の蝦名常蔵長男倉太に嫁ぐ。三女ひらは明治十七年三月一日に生まれた。

くがと幸吉には二人の子があり、長女きしは明治二十四年六月二十七日に生まれた。長男伊太郎は明治二十九年八月十九日に生まれた。私の祖父である。いずれおばばと所帯を構えるわけだが二人のことは別の機会に話そう。熊次郎は熊のように力持ちで「米俵を両脇に軽々と抱え運んでいた」という逸話が我が家に残っている。農閑期は浄瑠璃の一座を引き連れ全国を巡業していたようだ。浄瑠璃本百冊が蔵にあったが、京都の某大学教授が祖父から借りていったきりで戻ってきていない。「大学の先生は時に泥棒の真似もするんだのぅ」とおばばは皮肉を込め話していた。いまも納屋に「竹谷　萱熊」の焼印の入った斧が残されている。手斧で、長方形の頭に胴が十一センチ、刃の部分が九・五センチある。これに四十センチの柄が付いていて握りの少し上に焼印がある。左右の鉄の胴には三本の切れ込みが施され、デザイン的に見ても美しい。

たねはかなりの別嬪だったらしい。親父が酒で上機嫌の時に「たねが苗代を手伝っていて、蛭《ひる》が白い足に吸い付き、驚いて熊次郎を呼んだな」とさも見てきたように話していた。話の種は娘のくがから出たものだろう。私は左の顎に傷跡があるが、子守をしていた、くがが眼を離した隙に、何かの拍子で鍬の上に倒れこんだらしい。父は顔の疵は男の勲章ぐらいに考えていた節があり、その時も病院に連れていったのは親父ではなかった。

大伯母　その一

人は何をもって恋というのだろうか。ときめきや恐れ、憧れの気持ちがそれだ。初老を過ぎてなお冷静でいられない。いろいろな恋愛の要素がある。百を下らないだろう。子供の頃の憧れは大伯母だったが、九十の坂を越え今も健在だ。色白美人で田舎では垢抜けていた。親父は亡くなるまで「姉はん」と呼んで、誇りに思うと同時にどこか煙たがっている風だった。小学生の頃の恋愛対象（もしそう呼べるなら）だったといえば、伯母は怒るだろうか。おそらくその性格から、笑って済ませるだろう。その後で皮肉ではない、エスプリを利かせた言葉が返ってきそうだ。

私は「源氏物語」の主人公のような才覚とある種ずうずうしさはない。祖父の何回忌であったか、我が家で法事があった。朝まで表の間にお灯明《とうみょう》をし、親戚一同が泊ったが、そこに伯母もいた。明け方、伯母は「コーちゃんは菅家の希望の星だった。おじいちゃんはね、それはそれは大切に育て、成長を見守ってたんよ」と静かな口調で話した。瞬時に、伯母も同じ愛情を持っていることを知り、胸が熱くなった。当時、私は「生き馬の目を抜く」東京でサラリーマン生活を送っていた。

おばばの話で憶えていることがもうひとつある。町の銀行に出掛けて退屈したのだろう、私は突然保育所で習った歌を歌い出した。女子行員にほめられ、おばばの太ったお尻に隠れた。淡路市になるずっと前の旧町の頃だから、一宮町の中心地であった郡家《ぐんけ》の銀行ということになる。小さい時分、おばばの尻にくっついてよく町に出た。「竹谷からイザナギさんにかけ、一番かわいい子だった」とおばばは言っていた（孫への欲目である）。家から伊弉諾神宮までは二キロの距離だった。郡家はさらに二キロ先にある播磨灘に面した港町だ。父は実の母であるおばばを良く思っていなかった、憎しみさえ持っていたが、今もってそのわけが分からない。

五年前、島に帰りしばらくしてから、私は伯母に写真集「陽気な骨」を送った。本には柳沢の岩上神社に参拝する祖父母の後ろ姿を一点入れた。私のセルフ・ポートレートもあった。伯母からすぐに便りがあった。

昨日は思いもかけない郵便物を落手いたしました。懐かしさとうれしさが入りまじって不思議な感情です、有難う存じます。六十才に一寸びっくりしました。八十九才から引くと――。さもありなんと合点です。自分の年はお正月がくると重ねていきますが、まわりのみんなは若い頃に逢ったまんま。耕一郎君はおじいさんおばあさんにとって、こころの支え生命の太陽だったんですもの。今頃よかったなあと話し合っていると思います。

竹谷の御両親も心強くなってよろこんでいるだろうと思います。よい時候になって来たのでお元気になって欲しいと願います。

ぶどうの話はぼんやりとおぼえています。

柳沢のおじいちゃん（廣田和五郎さん）の発句の雅号、卜童《ボクドウ》です。卜童と言う字もひびきも好きです。耕ちゃんの俳句とつながるえにしがあるかどうか――。季語の沢山ある俳句には遠くて、時々川柳やぼやき川柳を新聞で見ています。

毎日三十分ほど庭に出て、花殻を摘み取ったり水をやったりテレビを見たり。近況をお知らせして御礼状と致します。頂いた御本はボッボッと読ませて頂きます。

皆様によろしく。お元気でお暮らし下さいませ。

克子

四月二十七日
耕一郎様

若い頃、恋愛をめめしいことと思っていた節がある。この感情は二十代いっぱいまで引きずったが、今思えばとんだ偏見だった。「源氏物語」より「水滸伝」を上に置いて評価していた。西行の歌、芭蕉の連句においても、恋は重要なパートを占めている。大伯母にとって、私は恋の対象になり得ただろうか。私が十の時、伯母三十九歳だった。十五の時四十四。二十で四十九か。この一歩先を書けば小説になってしまう。伯母は志筑の町ですみ孫という本屋を夫婦でやっていた。時々、子供向けの本をプレゼントしてくれた。海洋ロマンの「黒い海賊」は繰り返し読んだ。

祖父の写真アルバムに伯母の若い頃の写真があった。巫女のように座布団に正座し、きっと前を見据える、勝気そうな童女。四、五歳頃か。私の知る伯母の面影があった。

大伯母　その二

伯母は憧れの対象だったが、果たして恋といえるかどうか微妙だ（私の中の小さな男は恋だとささやく）。私が十歳の頃三十九だった。赤ん坊の頃に私のおしめだって替えたかも知れない。大学生の頃、伯母は四十代になっていたが、十は若く見えた。おばばと祖父のいい性質を身内に引き継いでいた。さらに商才、才覚もあった。伯母に一人娘がいたが、従妹に恋愛感情は起こらなかった。性格も豪放磊落で男にしたいほどの良さを持っていた。カズちゃんの結婚式で父とおばばや祖父の間でひと悶着あったが、これは別のところで触れよう。問題は恋愛だ。三十を越してからの情熱恋愛は稀だと思うが、正直なところ男女のことは灰になるまで分からない。

私は伯母を主役に据え、劇を書こうとしたことがあった。大学を出た頃だ。ギリシア悲劇から想を得たもので、大学ノートにアイデアを書きつけた。最近、ギリシア悲劇全集の余白に十月九日付（何年のことか）のメモを見つけた。その夜、上野をぶらついたこと。サイズ77よりやや細めのズボンを買おうとしたこと。K夫人（まだ名前が決まっていない）のノートをとること。文学に革命を起こさなければならない（これは若さと気負いからきている）、といったことが走り書きされている。「メデイア」に題材を求め、これを現代劇にしょうとした。さらに喜劇（ソフィストケイトされた）に変える意図があったが、書いていくうちに袋小路に入ってしまった。無謀な試みだっただろうか。人物の性格描写、ストーリー展開などあらゆることが未熟だった。

辺境から来た王女は情念の持ち主だ。情が濃く、愛憎も激しい。夫イアソン（元英雄であったが）は小市民的な安定と平和を求めるようになる。糟糠《そうこう》の妻を捨て、コリントスの若い王女を娶る。メデイアの苦悶と葛藤。やがて夫が最も大切にしている宝を奪う決意をする。ドラマとはいえ、簡単に人は殺せない。まして我が子は。伯母の性格でいくと我が子を手に掛けるより身を引くか、自分に刃を向けただろう。怒りのレアイナ（雌獅子）。あるいは「黒い白鳥」。私は書いていたものを放棄した。なぜ失敗したのか、今なら言い当てることができる。うーん。これは母が主役をつとめるべきコメディーであった。

「村長はん」

これもおばばの話だが、保育所の学芸会で小さな私は舞台挨拶に立った。家族が観に来ている中、「村長として一言あいさつを申し上げたいとおもいます……」、そこで口上がぱたっと止まってしまった。何を話そうと思っていたのか、私は壇上に立ったことも芝居の演目もまったく憶えていない。おばばなら舞台に駆け出しかねない場だ。舞台袖から助け舟が出たに違いない。本物の村長も気が気ではなかったろう。

祖父は多賀村の村長だった。私が保育所に通っていた頃は初代所長（村長と兼務）だった。祖父の写真アルバム（卒業写真）に、私は最上段の真ん中で神妙な顔で収まっている。その後ろに白髪の穏

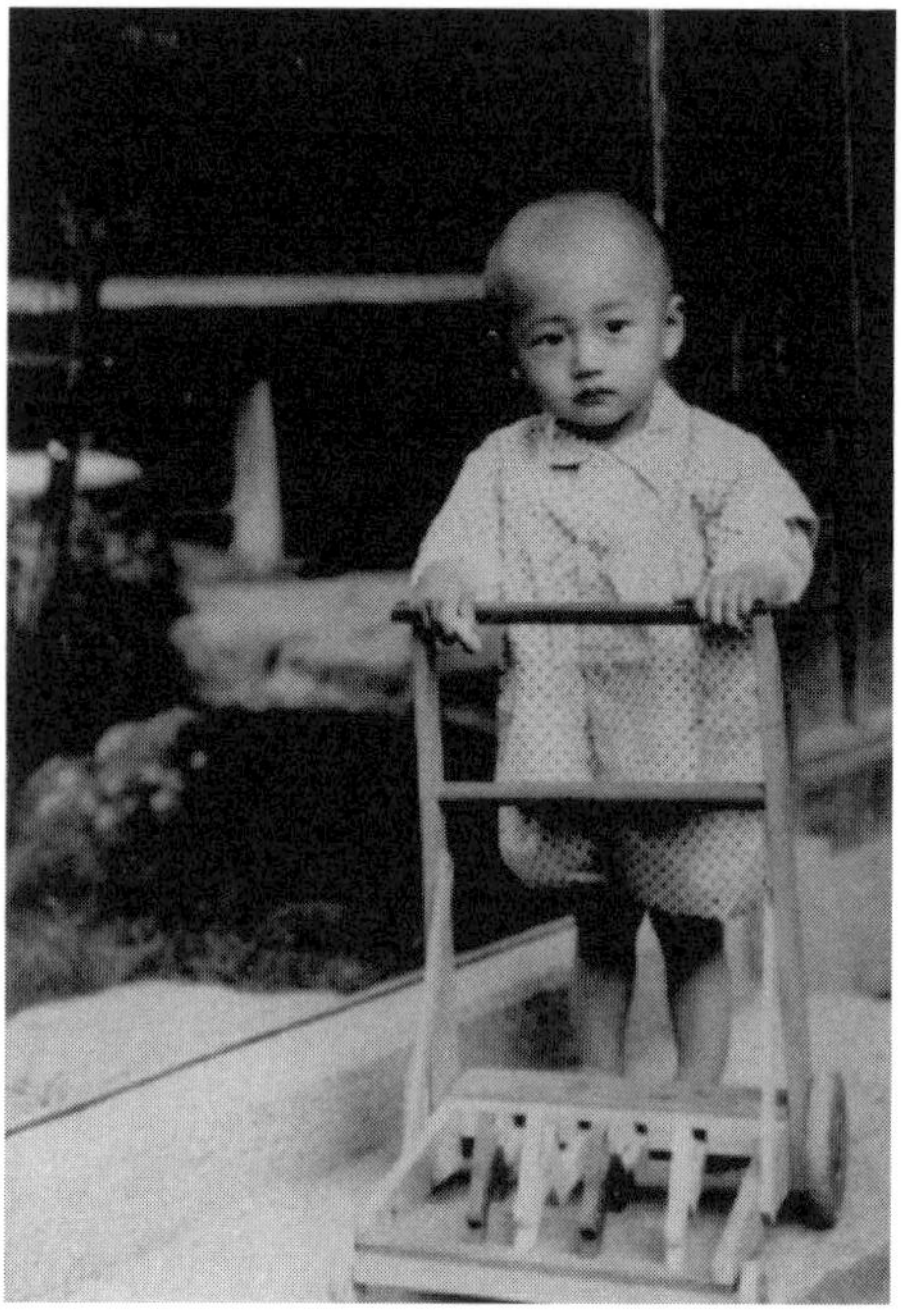

祖父の端正な字で「耕一郎　三才」とあった

やかな紳士が立っている。私の右脇に片岡兄弟の弟建ちゃんがいるが私の背は低く小さい。幼稚園は伊弉諾《イザナギ》神宮の隣にあり、安本のマサイッちゃん（ほとんどイを発音しない）とよく通った。彼は肺ガンで四十九の年に亡くなった。なぜこうも幼年時代にこだわるのかと読者は不思議がるかも知れない。まだ心が手垢の付かない状態（無垢とは言わないが）にあり、私の黄金時代だったからだ。黄金の時は、三歳から十歳までの七年間で、それ以上ということはない。

あの小さな舞台で、村長として政治的発言をしたかったわけではあるまい。大人になっても私は政治的人間ではなかった。早くから文学の目覚めはあった。それは失恋とか愛するものの死で深まる。残念ながら人は桃源郷（仮にあったとしても）に留まることは許されていないようだ。

奥信濃の一茶さん

幼年時代にこうもこだわるのは、私という人間の源泉、源流があると思うからだ（私の精神の少なくとも半分は形成された)。そこは何か夢の領域とも分かちがたいところである。

一枚の写真がある。その裏に「耕一郎　三才」とある。前栽の入り口に、水玉模様の涼しげな装いで立っている。初夏の頃だろうか。手にカタカタ(小さいおもちゃで、押すと次々と音を出した)の柄を握っている。多分、写したのはモダーン感覚の持ち主で、カメラ好きな栗井の伯父だ。母の兄で、朝鮮(当時)で教員をし、敗戦で内地に引き上げて来た。昭和二十七年頃は自衛隊勤めをしていたはずだ。世間の荒波はまだ三才の私のところまで押し寄せて来てはいなかった。曇りのない眼で正面を見据えている。写真は祖父の大きな金庫の中にあった。お金や株券の類は一切なく、他には私の大学卒業証書と同人誌用に書いた短編(「樹木の先端で」)のコピーがあった。私はいま、祖父の亡くなった年すら出てこない。

大学の頃かもう少し後に一茶の生涯を知り、より深く共感した。奥信濃に生まれた一茶は三歳で母を亡くした。八つの時に継母が嫁いで来て、弟が生まれると仲はかなり険悪になる。愛情をかけてもらった祖母が一茶十四歳の時に亡くなると、継母との間は決定的となり、賢明な父は一茶を江戸に出した。私は長い東京生活で、ひょんな時に「一茶さん」の句が飛び出してきた。いま流行の言葉でいうと、ずいぶんと「元気をもらった」。

瘦蛙まけるな一茶是に有

人口に膾炙《かいしゃ》した、この句もその一つだ。島にも蛙はいるが、瘦せた蛙は見かけたことがない。オスはよく鳴き、休みなく相方を求める。これには前書きがあって一茶は旧暦四月二十日、竹の塚での光景を写した。

世の中は地獄の上の花見哉

若い頃、何度となく口ずさんでいる内に、妙な開き直りというか力が身内から湧いて来た。後年、出版経営者で詩人のK氏から、この句に救われたと聞かされ驚いた。私はもし自伝を本にすることがあれば、扉の言葉に持ってきたいと考えている。二つの句は「七番日記」に収まっているが、「おらが春」と共にいまも私の愛読書である。

誕生

私も「ハッピイ・フユー」を頭の隅のどこかにおいて書いている。無名だからといってそう遠慮することはないだろう。たとえ一ミリでも美と真実に近づきたい、との思いが今もある。私はいくつかの詩集と共に二つの写真集を公にした。特に二番目の写真集「菅氏の喜び」は自伝的性格を帯びている。その序文のなかで「なぜ自伝か。これまで自分を知ることから逃げていたように思う。ここらで向かい合わないと、一生自分を掴みそこねるだろう」と自叙伝を書く動機を吐露している。

私は昭和二十四年三月二十一日の夕方、瀬戸内海に浮かぶ淡路島の竹谷で生を受けた。おばばの語るところによれば、へその緒が首に絡まり仮死状態であった。手馴れた産婆が赤子を逆さにし、蒙古斑の小さなお尻をパンパンと叩いて、やっと泣き出した。少々呆けのきた母はその時の状況をほとんど憶えていない。私もよく憶えていない。ある作家の自伝的小説で、出生時に丸い盥《たらい》に入れられ、そこに柔らかな光が差し込んでいたことが語られていたが、本当のことだろうか。
緑豊かな島を十八で出てから私は東京、パリ、淡路島また東京と転々としてきた。

第二章　淡路島

子供の遊び　その一

子供の頃の私は野生児といかないまでも自然児だった。雨の日以外は外が暗くなるまで遊び友達と飛び回っていた。敗戦後四年足らずの生まれなので、どの部落も子供で溢れていた。戦前の国策とは違い、若い男と女の自然な成り行きの結果だった。当時、そう黄金時代のことだが、女の子と遊ぶことはあまりなかった。「好色一代男」の主人公のようにはマセていなかった。「恋は闇がよい」などという発想は八、九歳の頭のどこにもなかった。

私たちはよく釣りをした。鯉《こい》は稀だったが、小ぶりの鮒《ふな》や源五郎はお手のものだった。家の近くには大小の池が十はあった。今でも島にはかなりの数の溜め池がある。親父も釣り好きで、自慢の竿《さお》を何本か所有していた。町の釣具店で買ったものもあったが、たいがい手作りだった。どれも山からゴサンジクを伐《き》ってきて、火で炙《あぶ》り曲がりを直した姿のいいものだった。

私はその一本をそっと使ったことがあったが、よくしなり折れなかった。おそらく近辺では並ぶものがない鮒釣り名人でなかったか。手先が器用で、短気なところがあったが事釣りに関しては我慢強かった。おばばは「ススムはちょっと酒を控え、その性根を別のところで使えば一廉《ひとかど》の男になった」

と残念がった。親子で釣りをしたのは二度あるかないかであった。

夜の鰻《うなぎ》捕りのことはよく憶えている。昼間、家からかなり離れた東の方の大きな池に出かけた。そこは竹谷と隣接する上河合だった。太目のテグスに鉛のおもり、四、五カ所の針にえさを付け、遠くに放り投げておく。えさは十五センチ以上もあるミミズか黒々とした夜盗虫だ。夜、食事を済ませてから懐中電灯を照らしながら池に行く。親父は足音をさせず、口もほとんど聞かない。それほど大きくはなかった親父の背中が大きく見えた。私は仕掛けを引き上げるのをわくわくしながら待った。

その夜、鰻はどの仕掛けにもかからず、唯一手応えがあった仕掛けには大きな亀が食いついていた。面構えは池の主といった風貌だった。親父は亀から針を外すと、くわえタバコのまま不満一つ言わず淡々と糸巻きにテグスを巻き戻していった。無口な親父の顔には「今日は日が悪かった。それだけのことだ」と書いてあった。池の主は静かに深淵に帰っていった。

マサイッちゃんとは家が私の裏座敷から田一枚挟むだけだったので、大概の遊びは一緒だった。安本家の裏が小さな池になっていて隅に菖蒲《しょうぶ》が植わっていた。その近くに二つのバケツを用意し、競争で鮒釣りをした。私の家から東五十メートルほどのところにある「奥の下池」にもよく行った。ここは源五郎がよく釣れた。二人で小さな遠征もした。夏みかんの季節にはよそ様のみかんを、柿の季節にはよそ様の柿を食べた。我が家のみかんはどこかのガキが食べていった。なぜか小雨の日がよく釣れた。今と違って水も奇麗だった。

鯉は数えるほどしか釣ったことがない。もともと鮒釣り用の糸で、確か太さは一ミリにみたない二厘か三厘しかなかった。源五郎は大丈夫だったが、鯉は水面下に顔を見せたところでテグスが切られ、何度か逃がした。竹竿を折られたこともあった。親父の太竿を試したが鯉はおろか鮒もほとんど掛からなかった。糸は一分もあり針も大きなものだった。小学生の上級に行くにつれ竿は長くなったが、糸はそれほど太くしなかった。鮒はおばばが出刃で鱗を取り、腹を割いてよく味噌で焼いた。大きな源五郎は根深入りの味噌汁にした。

貴船《きふね》神社の脇の池で一度だけ鯉を釣り上げたことがあった。赤いうきは何の前触れもなく一気に沈んだ。竿を上げると大きくしなり、手に重かった。もう釣りに慣れていたので無理に上げず相手の疲れるのを待った。五、六十センチの大物で、私は釣りを切り上げ急ぎ足で家に持ち帰った。洗濯用の大きなたらいに入れ泥を吐かせた。夜にはおばばの手で洗いと鯉こくになり、家族七人の腹を満たした。この頃はまだおばばや祖父と両親が同じ食卓を囲み、大きな亀裂は生じていなかった。

私がかなり小さかった頃、鯉の骨が喉に刺さり病院まで行ったことがあった（長くそう思っていた）。母に尋ねると、私が二つか三つぐらいの時の話で「婆さんがコゥーに鯛を食べさせていて、骨が喉に刺さったもんやから騒動して病院に飛んで行ったんや」という。母の言葉にはおばばへの恨みの色がなお残っていた。私の記憶のどこで鯛が鯉に摩り替わったのだろうか。それとも……いや遠い昔のことだ。

子供の遊び　その二

近所に何人かの遊び友達がいた。マサイッちゃんを筆頭に、正井のキヨちゃんや片岡兄弟。本家は四つ上なので仲間というわけにはいかなかった。菅のカーちゃんは二つクラスが上だったが、私の家から少し距離があった。親父のシゲイッちゃんは県道沿いでブリキ屋を開いていた。カーちゃんはやがて腕のいい職人として跡を継いだ。

今も忘れられない悪い遊びのことに触れておこう。スイカの丸々と太る頃だから、七月ということになる。小学二、三年の頃、私はスイカ泥棒の仲間に加わった。七人はいただろうか。教室の後ろに立たされた影は四、五人ではなかった。もう一クラスあって、そこにも仲間がいた。悪い遊びにはたいがい上級生がいたが、首謀者は誰だったのだろうか、今では思い出せない。もう聞くことはできないが、真面目なマサイッちゃんはその仲間にはいなかっただろう。秀才の誉れ高い桜谷君も外さなければならない。本家は当時悪がきで聞こえていたので、顔を連ねていても不思議ではない。灰色だ。

好奇心の強い片岡兄弟はどうか。これも灰色だ。大人しい正井のキヨちゃんは外した方がいいだろう。現場が私の住む集落の境を越した井手だったので、そこの子供達がいたかも知れない。上条君はどうか。堀田のコウちゃんは喜々として仲間に加わりそうだ。「現場」は県道から離れた小高いところにある田圃だった。夏の夜、まさに夜盗のように出かけ、逃げ遅れた一人が捕まった。大きなスイカを大事そうに抱えているところを家の主に捕まった（これは後日聞いた）。現行犯で取り押さえられたことになる。早速、小学校に報知された。すべて男子だ。ここには妙な冒険心や仲間意識、大人びた背伸びがあった。

スイカは毎年、親父が田の一角で作っていたので、盗みは物欲しさからではなかった。おばばから叱られた記憶はない。

子供の四季暦　その一

当時、子供達には子供達の四季暦があった。釣りのことは既に触れたが、冬場は軒下や三和土《たたき》での面子《めんこ》（島ではベッタと呼んでいた）。片岡では納屋で姉のチエちゃんが兄弟と私の勝負を面白そうによく見ていた。相撲の谷風、雷電の他、いま絵柄を思い出そうとしたが出てこない。

正月の凧揚げは電線や樹によく引っかかり子供達にはそれほど流行らなかった。上級生の間では組み立て式の飛行機が流行っていた。プロペラをゴムで回し飛ばすやつで、少々値が張った。本家が大型飛行機を門の外からやや谷になっている私の家の方に飛ばすのを何度か見せてくれた。下は田圃で遮るものは何もなかったが、どういうわけか飛行距離は出なかった。私も負けずにお年玉をはたいて丹精込めて機を作った。餓鬼大将をはばかり、反対側の安本の土手からマサイッちゃんと二人で飛ばした。姉のフミちゃんやチヨコはんが見ていた。情けないほどの滞空時間だったが、フミちゃんは笑わなかった。

私は三年ほど毎年のように飛行機を作り続けた。いや、一機は名人の手を借りた。竹谷の三叉路に「カドミセ」というバス停を兼ねた雑貨屋があった。その店の長兄がその人で、手先が器用で仲間が一目置く秀才だった。その瀬並の兄やんは店の床机《しょうぎ》の上で子供達の飛行機をよく作ってやっていた。私の名機もそこで組み立てられた。おばばや家族が見守るなか、機は安本の土手から私の家を横切り下の田圃まで悠然と飛び続けた。高低差約二十メートル、飛距離四十メートル強はあった。

隠れん坊はオーソドックスな遊びだ。安本の庭ではマサイッちゃんに姉のフミちゃん、その友達の砂川の姉ちゃんが遊びに加わった。皆の口から「ボンサンガヘオコイタ」が何度も唱えられた。缶けりもよくやった。これには悪いというか痛い思い出がある。本家の広い庭で妹のヨシコちゃんも入れ、何人かで遊んでいて百足《むかで》に足を刺されたことがあった。サンダル履きの素足だったので、石場の陰に逃げ込む時に指の辺りをやられた。本家が百足の毒にはアンモニアがいいと、オシッコを掛けるよう勧めた。痛みが私の理性を狂わせたのか、ヨシコちゃんの眼を気にしながら自分の足に小水を掛けた。

痛みは夜中まで続いた。

これは別の日のこと。本家が裏の竹薮から竹を切り出してきて竹馬を作った。かなり本格的なものだったが、代わり番こに何度か庭を行ったり来たりする内に二人はあきてしまった。竹は周りにたっぷりとあったが、子供達に竹馬はほとんど流行らなかった。

一時流行ったものに柏テッポウがある。水テッポウと同じ原理だ。細い竹に柏の実を詰め反対方向から別の実を竹や木で押し出す。ポンといい音がして八、九メートルは飛んだ。それにしても男の子はなぜに鉄砲が好きなのだろうか。武器を持てば闘いたくなる。子供達は二派に分かれ撃ち合った。ある時、マサイッちゃんを三人で攻撃したことがあった。それも顔面を狙ったもので、度が過ぎていた。

どこからともなく平和の女神が飛んできて、敵方についた。我々三人は姉ちゃんの竹箒で全身をこっぴどく叩かれた。フミちゃんは四級上で大柄ではあったが優しい性格だっただけに、「コゥーちゃんはそんな子だったの」という一言はこたえた。フミちゃんに叱られたのは後にも先にもこれ一度きりだったが、恥ずかしさでどっかに消えてしまいたい気持ちだった。

子供の四季暦　その二

様々な子供の遊びがあったが、それだけで本一冊分になるので印象に残ったものに絞り話したい。小学校の校庭は昼休みや放課後、上級生がいい場所を占め野球をしていた。軟式野球だったが時々は仲間に加えてくれた。

小さな私が得意にしていたのは壁野球だった。校舎の隅でスペースもとらないし手軽だった。壁から五、六歩幅の平行線を二本引き、五、六メートル離れたところで囲う。ルールは単純明快だ。一人が壁に打ち付けた軟球を相手が捕獲する。キャッチされなければメンバーは五人、十人と次々と替わる。一対一での三番勝負、五番勝負もできた。相手は硬軟織り交ぜ、球の角度を様々に変えて壁に打ち下ろす。私は何回か十番勝ちをしていた。噂を聞きつけ、加茂のマー君が勝負を挑んできた（言葉がオーバーだ、単なる手合わせだ）。彼は級長で年少ながら少年野球チームのレギュラーだった。対し私は壁野球では百戦錬磨だった。エリートは「勝っても負けても恨みっこなしだよ」と、どこまでも紳士的だ。おまけにマー君は女の子にもてた。私が勝ったと宣言したいところだが、アテナがどちらの側に味方したのかはっきりしない。加茂君は存命中だが、小学三、四年の時の勝負事など憶えているだろうか。マー君のかなりトリッキーな動き（股の間からボールがきた）は憶えている。

相撲も盛んで、上級生はかなり大きく見えた。校庭の隅で丸い円を描けば直に土俵となった。ある放課後、上級生に相撲を取ろうと誘われた。四つの体勢で始め、足で軽々と体が跳ね上げられ倒された。瞬時のことだった。同学年のタツちゃんとは蓮華田《げんげだ》の上で取ったことがあったが全戦全敗だった。タツちゃんは兄のテツちゃんより体躯も大きく相撲も喧嘩も強かった。私とマサイッちゃんとの相撲はどっこいどっこいだった。

強いと言えば、坊下のヒロちゃんは堂々とした横綱相撲で見応えがあった。四、五級上だったので私が七、八歳の時だ。放課後の校庭で時々観戦した。小さな栃錦だった。ヒロちゃんはガッチリした体躯で無口だったが、後輩には優しかった。顔に疱瘡痕が残っていて強面《こわもて》に見えたが、どこか愛嬌があった。両親の法事で、五十数年振りに逢ったが性格の良さは消えずにあった。兄のボクちゃんがいたので中学を卒業すると島を出、板前になった。

祖父　その一

祖父の母くがは三姉妹の長女で婿をとったことは前に触れた。二女きくが東浦の生穂村に嫁いだ。その何番目かの娘がカーちゃんの母清子はんで、安本家の次男坊だった重一はんと所帯を持った。三女ひら（おひらはんと呼ばれていた）は女学校の教員で、生涯独身を通した。晩年、火事を出した後にカーちゃんの両親が引き取ったが、ひらは火事を二度出したらしい。子供の頃に私が裏座敷から見たのは二度目の時になる。田一枚の距離だったので、パチパチという音がし、障子が真っ赤に染まった光景が眼に焼きついている。

昔は一族の結び付きが強かった。祖父からすると清子はんは従妹になるが、農繁期にはよく手伝い（島言葉でテッタイ）に来てくれていた。おばばの従妹、薄木のセッちゃんも来て私の子守をしてくれた。私が物心ついた始めから祖父は白髪のオジイちゃんで（当たり前の話だが）、隆盛であった頃のことはほとんど知らない。壮年の頃を知る人は穏やかさの中に鋭利な刃物を感じたらしい。息子やその嫁との長い対立や軋轢を孫に打ち明けることはなかった。

私は二派の間にあって自分のことにかまけていた。母は勝気な性格で町内の「地獄耳」の言葉を借りると「鳥飼の跳ねっ返り」だった。つまり地元で評判のじゃじゃ馬であった。私の家庭内のもめ事や対立が小さな心を文学に向かわせた、と言える。私の身近に周恩来のような政治家がおれば別の道を辿ったかも知れない。

私には祖父の形見が残された。祖父は若い頃、県の青年学校教員養成所「甲種別科」を主席で卒業

表の間の縁側で、おばばと「村長はん」の祖父

して、島で長く農業の教員をしていた。平民菅伊太郎は明治二十九年（一八九六）八月十九日の生まれなので、私が七歳頃には還暦を迎えていた。遡ると昭和十六年暮れ公立青年学校教論を辞め、翌年には多賀の村会議員となり、五年間務めた。十九年の町村制改正で参与制が導入され、五月三十一日付で参与、敗戦後間もない二十一年三月十五日には多賀の名誉職村長となった。

昭和二十二年四月五日には第一回公選村長に当選した。祖父五十歳。私が生まれた年の五月には多賀村の農業協同組合理事にも当選した。祖父は村長（「村長はん」）を九年間務め上げたが（人生の絶頂期であったであろう）、心の内はどうであったろうか。祖父は長く生き、昭和六十一年一月一日、九十一歳で亡くなった。生涯が幸福であったかどうかは分からない、それは人の内にあることだから。

祖父　その二

祖父の文人墨客《ぼっかく》気質に光を当てたい。祖父は早くして父親を亡くし、一家の長として立たざるを得なかった。姉が一人いた（伯谷のおばあちゃんと呼ばれていた）が、温厚な人柄で絵が上手だった。竹の絵が得意で表の間に額に入れ長く掲げてあった。私が五年前に東京から帰った時にはもうなかった。祖父に絵心があったかどうかは分からない。雨の日に漢詩を読んでいた姿は憶えている。明治の人間なので、子規や漱石を持ち出すのもおこがましいが教養の一つとなっていた。

私の知る祖父はもう還暦を過ぎていたが、背筋がピィーンと伸び口調は穏やかだった。表の床の間に四季折々の野草を活け、お気に入りの掛け軸を掛けた。江戸後期の勤皇家、高山彦九郎や蒲生君平の漢詩があった。死期が近いことを感じた祖父は他の掛け軸と一緒に親戚縁者に与えた。私の手元には、真贋のほどは分からないが、天保の飢饉で兵を挙げた大塩平八郎の後素自画讃がある。可憐な野草の墨絵に添えて、勢いのある筆致で民、百姓への熱い思いが書かれている。最後に洗心洞主人の署名と落款。

これまで祖父をよく描き過ぎただろうか。もちろん祖父はブッダではなかったし、人間的な欠点も持ち合わせていた。それら人間の影の部分にもいずれ触れることになるだろう。

大学生活の半ばを過ぎた頃であった。夏休みに帰省した時のこと。親父が大黒柱の間で「お前の学資を送れなくなるかも知れない」と言った。その訳は話さなかったがだいたい見当が付いた。親父は「自衛隊に行く気がないか」と聞いてきた。この言葉は意外だった。朝鮮から引き上げ、自衛隊に入った粟井の伯父から思いついたのだろうか。私は日頃手紙などで（母を通じてではあるが）、何か物を書く仕事に就きたいことをほのめかしていた。

私は首を横に振っただろう。親父は「そうか」と頷くだけで、それ以上のことは言わなかった。大学は政治の季節で、門にはバリケードが築かれ、よくロックアウトが行われていた。私は中退もやむなしと覚悟を決めた。多分、私はおばばに経緯を話しただろう。親父の方からも祖父に話が行ったはずだ。東京に戻りしばらくして、祖父から学資と当面の生活費を神戸銀行経由で振り込んだ旨の手紙が届いた。

それ以後、私は手紙を出す時に爺さんの上に「及時雨」と書き入れた。おばばはそれを面白がった。

祖父　その三

絵画もそうだが特に詩歌は諸に人間性が表れる。矜持《きょうじ》もあって祖父は人の前で弱みを見せることはなかった。おばばは別にして、孫に対してもそうだった。自伝を書くに当たり祖父の形見に眼を通した。その中に山頭火の句が書きつけてある古い新聞チラシを見つけた。チラシの表は月光園の植木まつりを告知するもので、十月八日（土）から十六日（日）までとある。秋の盛りだが、年が分かればよかったのだが表示されていない。

「山頭火句集」からの抜き書きは三十九あり、そのうちハネ印のあるのが八つあった（祖父はどういう思いで読んだだろうか）。

ほろほろ酔うて木の葉ふる
どうしようもないわたしが歩いてゐる
木の芽草の芽あるきつづける
涸れきつた川を渡る
あの雲がおとした雨にぬれてゐる
まつたく雲がない笠をぬぎ

雨だれの音も年とつた
　笠も漏り出したか

この頃祖父は自由律を書いていたようだ。二つの題で詠んでいるが、そこから八つ拾ってみたい（別の機会に全句を公にしたい）。

水底に翳りのとどく浅い傷
痛かつただろうな妻の赤い頬
一言が痛い茶の間の老いの位置
年追うて痛むケ所まで母に似て
（「痛い」から）

生き下手をしつかり見てる窓と住む
開かれた窓辺に朝のリズム聞く
眼を閉じて未来が見える窓か開く
坂の上白い館の窓が開き
（「開く」から）

祖父の自由律は漢詩と同じ「すさび」だっただろうか（それにしては真摯で率直だ）。忘備録のようなものに書かれていたが、多分誰にも、おばばにさえも見せなかったであろう。

私は二十代の頃、一茶に次いで山頭火に巡りあった。そのリズムと率直な句に大いに共感した。祖父は時々新聞書評欄を読んで本を取り寄せていた（高石に移っていた伯母に頼んだかも知れない）。祖父が山頭火を話題にしたことはなかった。

贈り物

いつの頃になるだろうか。十にはなっていなかっただろう。私は家族が食事をする四畳ほどの部屋で寝ていた。黒々とした大黒柱があり、玄関の間とは襖《ふすま》一つで隔てられていた。そこはまた、仏壇の間と土間（板の間になっていた）に挟まれていた。元日の朝、私の枕元に独楽と子供向け宮本武蔵の本が置かれてあった。本の方はすみ孫に嫁いでいた伯母が祖父に託したようだ。独楽は祖父が町で孫のために買ったものだ。当時、二人は裏座敷の二階に住んでいたから私の寝た後、おばばが裏庭を通って、昔、大きな竈《かまど》があった「カマヤ」から私の所に来たに違いない。母屋の奥で両親や妹が寝起きしていたから。祖父見立ての独楽は少々大き目で、どことといって派手さはなかったが、よく回った。喧嘩ゴマでは瞬く間に相手を跳ね飛ばした。子供達は工夫し新手を繰り出してきた。片岡のテッちゃんの胴に鉄を巻いた物々しい独楽も退けた。私は独楽に名を付けたが思い出せない。

いま仮に「ハルカゼ」としておこう（記憶の淵から浮かび上がって来る時まで）。ハルカゼは強そうには見えなかったが、時間の持ちを競っても、仲間が次々と回るのを止めた後もしばらく回り続ける不思議な独楽だった。テツちゃんが独楽五つと交換を申し出て来た時も手放さなかった。大黒柱の反対側の隅にやや大き目の引き出しがあり、私はビー玉や柏テッポウ、ベッタ、椿の実、五寸釘、パチンコなどの遊び道具を仕舞っていたが、ハルカゼもそこの宝物となった。

私はどこかモノに執着しないところがあり、遊び道具のいくつかを親しい友達にやり母に怒られることがあった。後年、モノにこだわり、驚くほど嫉妬深い人間がいることを知った。おばばや祖父に欲しいものを言えば、かなりのモノは買ってくれただろうが私はほとんど言わなかった。伯母に対しても同じで、欲しい本を言えば喜んでプレゼントしてくれたはずだが、そうしなかった。大人には、私は消極的で大人しい子供に見えただろう。

ハルカゼは私の元に一年といなかった。誰かの嫉妬を買ったのだ。独楽遊びは正月だけではなかったので、戦歴を重ねるにつれ評判を呼び、いつしか私の前から消えた。

宮本武蔵は長い間、裏座敷の本棚にあった。

奇妙な初恋　その一

プライバシー問題一つ取っても、現代とスタンダールの生きた十九世紀前半のフランスでは違う。かの女性は存命中であり、夫もおれば子供もいる。初恋に先行する（いや待て、同じ頃に別のところで「結晶作用」が始まっていた）、冷たい処女のことに触れておきたい。

もう遥か昔のことなので、私の記憶は曖昧模糊としている。妹の同学年に美人の誉れ高い少女がいた。勉強もかなりできるということで、噂は三級上の私の耳にも届いていた。私は恋の芽生えがあってもおかしくない年齢に達していた。来春は高校生だ。私は少女にラブレターを出した。彼女の姓の上か下に「白」の字が付いていた。私の住む多賀の子ではなかった。西浦の方から通っていた。まだ十二、三歳ながら長身で大人びて見えた。名前がないのも味気ないので、美少女の名を「白河」としておこう。

白河は初年生ながら、足が速く陸上の対外試合に出ていた。美と勉強と運動の三拍子揃っていたことになる（後日知ったことだが、何人かの男子生徒から言い寄られていた）。毎日、郵便受けを覗いたが何も届いていなかった。中学校の階段や廊下ですれ違ったが、何かを素早く渡すといったドラマのシーンのようなことはなかった。

新年が明け、門松がまだ残っている頃に葉書が届いた。型通りの賀詞の中に「貴兄のことはよく存知あげません」云々との言葉があった（どこか大人びた冷ややかな印象が長く残った）。見事白河に振られたことを妹に打ち明けると「兄ちゃん、それはよかった。付き合ってもいいことないわよ」といい、勉強はできるがプライドが人一倍高く、女生徒の間では人気のないことをつけ加えた。妹自身も嫌っている口振りだった。

白河とは卒業後もう遭うことがなかった。大学生になって帰省した折、同窓からある痛ましい噂を聞かされた。思いを寄せ、振られた男数人が白河を中学校の裏に呼び出し暴行を加えたらしい。なぜか私は同情する気にならなかった。

奇妙な初恋　その二

我が町は大きな町ではなかった。島の北側の西に位置し、九年ほど前に四町と合併し市となった。町名が消えたので、せめてここで復活させておきたい。「一宮町」の名称は多賀に古くからある伊弉諾《イザナギ》神宮からきている。海側は当然ながら漁業、それに線香も盛んだった。内陸部は農業や畜産が主たる産業だった。竹谷は五十数軒の集落だが、その多くが農業を生業《なりわい》としていた。私の名付け親は祖父だが、耕の字も田と縁がある。大学生の頃には田でなく「カルチャアーを耕したい」と思うようになった（英語のカルチャーに耕す意があった）。

初めてのラブレターで恋の苦さを味わったわけだが、果たして恋と呼べるものだったかどうか。花がまだ蕾のうちに摘み取られてしまったようなものだ。読者は恋というと激しく燃え上がる炎をイメージするかも知れないが、それは一断面だ。自然界を観察すれば、火の情熱と水の情熱があることに気付かされるだろう。恋においてもそれが当てはまる。私の恋は後者だった（どこまで描き切れるだろうか）。

少女は西浦の尾崎というところに家があった。中学生の頃はかなり遠いところから通っている印象があった。郡家のさらに向こうが尾崎だった（当時かなり大きな町に見えた）。

中学のクラスは全部で五つあり、生徒は一クラス五十人近くいた。二度同じクラスになったと思うが、それすら曖昧だ。小学生の上級学年の頃に尾崎に足の速い、可愛い少女がいる噂を耳にしていた。中学には陸上部はなかったが、対外試合に出て走っていた記憶がある。

何学年の頃か分からないが、彼女が恋のキューピット役を買って出たことがあった。私は運動場にいた。そこに仲良しグループの山口と一緒にやって来て輝く眼で何か言った（その言葉を思い出せないものか）。生真面目な山口は二人の会話を憶えていそうな気がする。尋ねても冗談ではぐらかすだろうが。いま山口は鉄工所の女会長だ。色の浅黒い、利口な少女はユーモアを解する少々皮肉屋になっていた。山口には酷な話だが、私はキューピット役に惚れたことになる。

後年、文学の挫折もあって、私は三十前に一時故郷に帰った。鬱々とした日々がしばらく続いた後、私はパリに「飛んだ」。この辺のことは後で書くつもりだが、冬にマドリッドに行きスペイン風邪をもらった。強烈なやつで、パリに戻ってからも咳が止まらず高熱や下痢が続いた（「遊学」を長引かせるため、愚かにも医者に掛からなかった）。十日近く寝込んだ。その間、パリで知り合った井伊君のくれた総合漢方薬と日本から持参した正露丸を飲んだ。一時死のことが頭をよぎった。若さが勝ったのか、大量の汗をかき快方に向かった。

回復期、何を思ったか彼女に手紙を書くことを思いついた。死が書かせたといっていいだろう。もう内容は忘れた。多分、恋心は綴らず日常の出来事を淡々と書いたかも知れない（もう二児の母になっていた）。この時、私は名前を間違えた。彼女の愛称「ヨッコ」をよく耳にしていたにもかかわらず、英語でエツコと書いてしまった。エツコの「エツ」は民芸を掘り起こした柳宗悦《むねよし》のヨシだった。手紙を出してしばらくしてから気付いた（なぜこのような間違いをしたのだろうか）。存命でもあり、好奇の眼に晒さないためにも姓の方は伏せたい。私は「竹」に縁のある土地に住んでいる。菅家の家紋は「梅」で、これに彼女の旧姓の一字を並べると非常にお目出度いことになる。

奇妙な初恋　その三

彼女のことがなければ暗い高校時代をそっくり消し去りたいほどだ。心象風景を語るのに、ルオーの初期絵画やピカソの青の時代を持ち出すのは場違いだろうか。高校は中学校と反対方向の町の真ん中にあった。入学前、陸上部の先輩が家に訪ねて来て入部を勧めた。先輩はどこで聞きつけたか、私が中学対校駅伝大会に出たことを知っていた。選抜メンバーの中に後年有名な役者となった笹野高史君もいた。母校近くでの早朝の試合に出たが、応援もまばらだった。郡のどの中学が優勝したのか、我がチームが何位に入ったかも思い出せない。

笹野君は小、中学校の同級生で私の通学路に家があった。造り酒屋の四男坊で、早くに両親を亡くしていた。役者になってからも本名で通していたので、難なく六本木の自由劇場で再会し、「旧交を温める」ことができた。いつであったか、笹野君が中村勘三郎（十八代目）と共演した「夏祭浪花鑑」で、強欲な義兵次を演じたが、忘れがたい。義兵次は勘三郎扮する団七を浮浪児から育て娘と所帯を持たせたが、欲と金に目がくらみ、やがて子に殺される。

高校入学前に私は大風邪を引き、こじらせ、それが体の一番弱い腎臓にきた。入学早々に陸上部を辞める羽目になった。後で思うとこれがケチの付き始めだった。病気は長引き細身だった体が益々痩せ細っていった。そこにもってきて、学校に提出する何かの書類に不備があり、学級担任から教室の生徒全員がいる中で叱責された。担任のHは当時三十前か（ごく最近、同級生から海で死んだことを知る）、額に青筋を立てた神経質な男だった。数学の先生だったが、酒臭い息で教壇に立つこともしばしばだった。私は関心のあった数学が嫌いになった。Hはサディストだったと思うが、女生徒には優しかった。授業で何人かの男子生徒をスケープゴーツにした。その一人に陽気なNがいた。早くに亡くなった大久利も子羊の一人だった。

Nは歌がうまくて話上手に加え、如才がなかった。クラスの人気者の一人だった。英語がかなりでき、数学も得意にしていた海部《かいふ》によく教えてもらっていた。海部は小柄で優しい少女だった（澄んだ声が魅力的だった）。男では数学だけが得意という五熊《いつくま》にへばりついている光景をよく見かけた。私もこの異才の厄介になった。私は社会人になってから教壇の前の黒板に立って、数式が解けずに佇んでいる夢を何度も見た。

あのHが「数式は美しい」と吹き込んでくれていたら、大の数学好きになっていたことだろう（代数方程式で有名なガロアの何かのエピソードを聞かせてくれるだけでよかった）。放課後の美術クラブが私の生き抜きの場となった。なぜかNも美術クラブに属していた。Nの本命はヨシだった。私は恋するどころではなかった。快活さが消え、どんどん暗くなっていった。何事にも自信が持てなくなっていた。

気が付いてみれば、ヨシにいささか不良じみた男ができていた（男の面子《めんつ》と名誉のため名前は伏せておこう）。Tは同学年で背筋が伸び、目鼻立ちの整った顔立ちをしていた。勉強ができたかどうかは分からない（彼女にとっては大した問題ではなかっただろう）。多分、Tからヨシに声を掛けたのだ。人生の春に掛かっていた。春には若葉が芽を吹き、小鳥達は歌い出す。放課後、私は一人町を通り抜けよく海に行った。当時大通りにあった伯母の本屋にも寄る気がしなかった。唯一、海が私の暗い荒ぶる心を落ち着かせてくれた。

気の多いNは美術クラブのマドンナに早々と振られていた。一方でメガネを掛けた頭のいい女生徒には人気があった。まだTを出し抜いてヨシを奪うほどの勇気と狡猾さはなかった。

私はNがてっきり政治の道に進むものと思っていた。将来は国会議員はともかくとして、才覚によって県会議員か町長にはなるだろうと。それが卒業すると、京都の陶芸専門学校に入り陶芸家として一本立ちした。私が大学生の頃、帰省の折にNの京の下宿先を訪ねたことがあった。ヨシのことが話題に上がり、Nが突然、彼女の家を訪ねたこと。たまたま不在であったことを聞かされた（執着心の強さに驚かされた）。その内、私はNとは疎遠となった。

四十数年が経ち、私が島に帰った頃に風の便りで知ったかして、Nが車で訪ねてきた。会わせたい友人が東浦の山中にいるというので、その家に行った。高校の同級生だったが私は思い出せなかった

（どこか重い病に冒されていた）。相手は私のことを知っていた。別棟にNの作品を並べていた。私は手ぶらで帰るのも悪いと思い、一輪挿しの小物を探したがなかったので、灰色の花瓶を購入した。Nはまた、私を自家用車で家まで送ってくれた。紅葉の終わった山道を下り、島の海岸線を南に走った。左は冬を真近に控えた海だ。

昔話になり、Nが「君の家に古い槍があっただろう。一度見せてもらったことがあるが、どうした」と聞く。「そんなものはない。脇差なら幾つかあったが、今は何もない」と答える。「そうかな」といった沈黙の後、Nは口をひん曲げて不可解な笑い声を上げた。「実は一度そいつを借りられないかと思ったことがあってね」。「遣りたいやつでもいたのかね」とからかうと、頷く。「もう済んだことだ」といってから、聞きなれた男の名を挙げた。私はNが嫉妬とは一番遠いところにいる男だと思っていたが、その正反対だった。乾いた笑いのなかに少々不気味なものを感じた。

文学への目覚め　その一

手から砂が零れ落ちるように私の記憶から過去のいろいろな事柄が抜け落ちていく。もし冥界というものがあるのであれば、こちらから出向いて行っておばばや祖父に会って四方山話《よもやまばなし》を聞かせてもらいたいものだ。マサイッちゃんとも話がしてみたい。雨の日は裏座敷で伯母の残していった本を子供達でよく読んだ。マサイッちゃんは必ずその中にいた。弟思いのフミちゃんはどうだっただろうか。

私は一人本を読みふけることもあった。恐ろしいオイディプス王の物語を知ったのもそこでだ。金羊毛皮を探しにいったイアソンの物語もそうだ（異国から連れ帰った王女は不実な夫に対し子を殺すことで報いた）。シイザーの暗殺の場、ハンニバルのアルプス越え、おっと、トロイの木馬の計は大胆な智将と一緒に忘れられない。トリスタンとイゾルデの悲哀もあった。アーサー王と円卓の騎士の物語（作者は誰だったのだろうか）。ベニスの商人では男達は霞み、私は才知あふれる一人の女性に引かれた。ハムレットは繰り返し読んだ（戯曲ではなく物語になっていた）。亡霊となった父がハムレットに語る毒殺の場やオフィーリアの死は忘れがたい。リヤ王では一番父思いの娘が疎《うと》まれた。

本格的に本を読み出したのは高校生になってからだ（暗い憂鬱な季節だった）。私は詩歌から入った。藤村の初々しい恋を詠った「若菜集」や啄木の「一握の砂」「悲しき玩具」を図書館で借りて来た。啄木の短歌は新鮮でリズムが心地よかった。私は啄木を真似た歌をノートに書き付けた。高校の仲間には見せなかった（からかいの的になるのが落ちだから。見てもらう先生もいなかった）。

この田園歌は大学に入って、村上香住子氏の母堂と知り合った折に清書して見て貰った。文京区富坂のプロテスタントの寮にいた時のことだ。お隣が村上家でモダーンな香住子氏やその姉夫婦が住んでいた。香住子氏はフランス人の夫との間に小さな女の子がいた。後年、アンリ・アンドレアの「ドストエフスキー伝」やヘンリー・ミラーの「わが愛わが彷徨」などを翻訳しながら、作家の道に入った（わき道に入ったが良き思い出となっている）。私は啄木張りの歌を少なくとも百首は作った。母堂は細身の穏やかな人柄で「若いあなたは失うものはないはずです。どんどんお作りなさい」と励ましてくれた。

高校時代、私の病気は好転しなかった。当時、母親の女学校時代の先生が町でプロテスタントの教会を開いていた。どういう切っ掛けで教会に通いだしたか思い出せない（母が私のことで相談したとは考えにくい）。遠藤牧師は話好きで聖書のこと以外にも話題は豊富だった。どこか商人のようにも見えた（女学校の先生を辞めてからいくつかの商売や事業を興していたようだ）。思うところがあって大学に入り直し、宗教家となった。自宅に書庫を持っていて聖書関係の本以外に文学書もあった。私はドストエフスキーの「罪と罰」を借りた。白樺派の小説に物足りなさを感じていただけに一気に読み上げた（風邪で三、四日学校を休んでいた）。間をおかずに牧師から「カラマーゾフの兄弟」を借りた。これには脳天をガツーンとやられた。

まず無垢なアリョーシャ、情熱家ドミトリーに引かれ、イワンの語る壮大な叙事詩大審問官に夢中になった。まだヒロインの激しい心は読み切れなかった。大学生になり「白痴」「悪霊」「未成年」や処女作「貧しき人々」などの初期作品群、過度期の「地下生活者の手記」「死の家の記録」を手当たり次第に読んだ。トルストイは意外に少ない。高校では「復活」だけだった。当時、ヘルマン・ヘッセがブームで「車輪の下」「デミアン」は読んでいた。学校での源氏物語はかなり退屈だった。俳句にも関心が向かわなかった。授業の俳句鑑賞（近代俳句）で、先生が正しいとする解釈に納得がいかなかった。

ただ古文の授業は、声の澄んだ小柄な女先生の朗読を聞くのが楽しみだった。三十路を越えていただろうか。男子生徒の多くは教室の後ろで眠っていた。これから待ち受ける生活に何の役に立つのか、という頭があったのだろう。東京に出て私は「何のために文学をやるのか」と人に聞かれたが、その度に「無用の用」と答えた（今も私の中にそう考える男がいる）。芭蕉翁は俳諧をさらりと夏炉冬扇《かろとうせん》と言った。

文学への目覚め　その二

夏の早朝、二時間が私を少々幸福な気分にさせる。地震で少し傾いた長屋（二代目幸吉の造ったものだ）の西の端、四畳半が私の住居となっている。前は水を張った田圃で、その向こうは小さな山だ。涼しい風がそこから渡って来る。暑さよけに朝顔を植えたが、紺色だけでなく朱、白が交じって咲き出したばかり。水遣りが日課で、私の田舎の一日が始まる。山の蝉が鳴きだす（今日も暑くなりそうだ）。二〇一四年七月の某日。取り立ててどうと言うこともない静かな一日だ。

東京を去る年。短詩仲間の日高見《ひだかけん》に誘われ、上野の遠州庵での茶会に出たことがあった。茶室は四、五畳の小さいながらもくつろげるものだった。その時、「田舎に帰ってもこの空間で十分だろう」と思った。私の部屋はおばばと祖父が晩年住んでいたが、かなり傷んでいたので町の大工に頼み改修した。何も置かないつもりだったが、少しずつ物が増えていった。祖父の違い棚も捨てがたい。引き出しのない仕事机、これも祖父が晩年使っていたものだ。それらの上に俳句本や町内会の書類が無造作に積み上げられ、コーヒーカップや湯呑みが乗っかっている。中古店で購入した本箱には本と並んで音楽や落語のＣＤ、映画のビデオデスク（ＡＶまである）でいっぱいだ。気が付けば部屋はモノで溢れている。遠州は遠のいてしまった。

もう読者はお気付きだろうが、私は自伝を時系列では進めていない。話は前に行ったり、後ろに戻ったりする。作者として書くものに責任を持つことは最低の礼儀と心得ているが、ついついペンが走り小説にならないよう用心したい。

私の文学熱がどのようなものであったか。心にどう作用していったのか、はこれまで断片的に触れてきた。私は文学少年というよりは単なる本好きだった。雨の日の裏座敷での読書がその初めだろう。二階家の一階で、床の間と八畳、いや十畳の広さはあったであろうか。北窓の二メートルほど上に田圃が一枚あって、雨の日は薄暗かった。大きな本箱以外は何もなかった。座敷は涼しい風が通るので、夏場は家族の昼寝によく使っていた。古い本は世界文学全集と日本のものとがあった。伯母が子供の頃や女学校時代に読んでいたものだが、圧倒的に洋物が多かった。それは今思うと簡略本で絵が入っていた。漢字にはルビが振られていたので小学生でも十分読めた。

「オイディプス王」の物語は今もよく憶えている。岩場から、スフィンクス（顔は女で首から下が翼を持ったライオンの姿をしていた）がオイディプスに謎を掛ける絵があった。その謎は人間の生涯を象徴するものだった。後年、ソポクレスの悲劇を読んだがそういう場はなかった（別の作者の手で物語に脚色されたものだろう）。王の悲劇を運命とか宿命の一言で片付けることはできない。ポイボス・アポロンの神託は正義であっただろうか。神は人間の思い上がり、傲慢さを罰しているのであろうか。夢の中で起こりうるだろう出来事がなぜ現実に起こったのか等々、私の中ではいまも謎だ。

怒りにまかせた三叉路でのライオス殺し（この時オイディプスは父親だとは知らない）。今では私の中でパゾリーニ監督の「アポロンの地獄」と混然一体となっている。なぜか私は王の悲劇を古代ギリシア人のように屋外で観たいと思う。満天の星空の下、目を凝らし、耳をそばだて五感で感じたい。私が演出家なら、段々となった田圃の谷底を舞台（オーケストラ席もある）とし仮面劇を演出するだろう。観客席は刈り取りの終わった田圃だ。

書くということ

頭だけで作り上げたものは弱い。想像力はある現実の事件に反応、いや共感する時に力を発揮する。個人的な体験もそうだが、あまりに押し付けがましいと読者は引いてしまう。功なり名遂げた政治家や企業経営者などの自叙伝の多くが鼻持ちならないのはそのためだ。さらに自分で書くならともかくゴーストライターの手になるものが多々ある。拙くとも自分で書くことだ（口述筆記は許せる、というより面白いやり方だ）。自伝は画家の自画像を見るように興味深いものがある。私はまた同じほど日記にも関心が向かう。

西東三鬼《さいとうさんき》という俳人がいた。私の知る限り日記の類は残していない。山頭火に関心を持ち出した頃、三鬼の斬新な俳句に強く引かれた。今では考えられないことだが、京大俳句弾圧事件（昭和十五年）で、新興俳句の人達が次々に引っ張られた。その中に三鬼がいた（検挙は八月）。渡辺白泉もその一人だった（検挙は五月）。私の生まれる九年前のことになる。この年辺りから自伝を始められないか、逡巡する。先祖のルーツでは戦国時代にまで行ってしまったが。

私は自伝の中で「恋愛」の柱に「政治」をもう一本加えたいと思っている（これは若い頃になかった意識の変化だ）。この自伝の主人公は私ではなく、大河のように流れていく悠久の時かも知れない。いずれ私は脇役の一人に退くだろう。そこが私に相応しい立ち位置だ。

第三章　ぶどう酒色の海

プチット・マドレーヌ　その一

記憶の細い道をどこまで辿れるか分からないが、やってみよう。香り立つコーヒーを飲みながら。プルーストの「失われた時を求めて」の語り手が紅茶と共に口にするフランス製のかわいい貝殻のお菓子は傍にない。作家はその長編小説で、十九世紀末から「ベル・エポック」にかけてのフランス上流社会を倒錯《とうさく》、退廃も含め活写した。

七月某日の早朝。温度計は28度を示している。湿度69パーセント。窓辺の青々とした朝顔が眼に涼を与えてくれる。時折、鉄の風鈴が涼しげに鳴る。

物心ついた頃から、夫婦喧嘩が二日をおかずあった。ささいなことが切っ掛けだった。親父が一言いえば倍どころか、その十倍の言葉が返された。夫婦喧嘩は「犬も食わない」というが、我が家の犬は喧嘩を横目で見ながら知らん振りを決めていた（私は犬ほど賢明ではなかった）。「カマヤ」で親父が鯵《あじ》か鯖《さば》を捌いていた時に「なぜ母とそんなに喧嘩をするのか」と聞いたことがあった。「世間ではよくあることだ」とくわえタバコの親父が言った。さらに「アキラ（亨）はあれでいいところもある」と、意外な言葉が返ってきた。子供心に、私は夫婦喧嘩に立ち入らないようにした。もし神さんがいるとしたら、人生を退屈させないようにするため喧嘩をさせているのだ、と思うようになった。

母は巳年《みどし》の生まれだったが、おばばは干支《えと》に掛けてよく人物を評した。母の気が強く執念深いのを蛇の所為《せい》にした（半分は諧謔精神）。「お爺さんは鼠だから蛇には負ける。ススムは虎だが、酒がないと借りてきた猫でこれも負け。ばばは鶏でこれも負けだろう」と、細い眼を益々細くして笑う。私の干支は丑で、「コゥーは牛だったか、いい勝負になるだろうが、まあ触らぬ蛇ということもある。逃げとれ、逃げとれ」と。私は少々痛い目を見てから逃げることを学んだ。おばばは「いずれアキラの天下」と予言していたが、その通りになった。カカア天下となり、気の弱い夫だけでなく私の精神まで支配しようとした。

プチット・マドレーヌ　その二

おばばの背は高くなかったが、背筋が伸びかっぷくがよかった。二の腕は太く白かった。分厚い下唇、たれ眼の下に小さくまとまった鼻があり、その眸《ひとみ》は時に鋭く時に優しく輝いた。私は五十を越して、歌舞伎座に通うようになったが、短詩仲間の日高見と連れ立って伊達騒動を題材にした、「伽羅《めいぼく》先代萩」を観にいったことがあった。どの段であったか。ひもじさに堪える子供とその辛抱をほめる乳母。それらの所作を観た時「おばばがいる」と懐かしい思いにとらわれた。腹の据わった乳母、政岡は女形でも難しい役で芝翫《しかん》か、名の知れた役者が演じていたはずだ。

おばばはけっこうな齢まで針仕事をしていた。頼まれた浴衣や繕いものを気軽に引き受けていた。片手間に袱紗《ふくさ》なども縫って人にあげていた（同級生のヨシミちゃんも袱紗を貰ったと話していた）。家にいる時も出掛ける時も着物で通し、ずん胴横幅もあり似合っていた。

茶の湯は素人の域を超えていた。郡家の古い網元であった志智家や江井の廻船問屋住田家のお茶会に長く通っていた。郡家の女子高に呼ばれ教えることもあったようだ。おばばの影響だろう、祖父も茶を趣味とした。二人はどちらから言うでなく、午後の三時か夜の九時過ぎに茶を立てた。私は初め茶菓子が目当てだったが、小学校の上級位からおばばが面白がって茶を立てさせた。裏千家だったと思うが、作法のことは何も言わなかった。「コォーよ、おばばの悠々迫らぬ風をもって、菅家流とするか」と祖父が聞く。「うん」と私は元気よく頷く。二人は私がお茶に興味をもったことが嬉しいらしい。

おばばは時々、小さな私を志智家に連れていったが、気性のさっぱりした奥さんが歓待してくれた。夏は冷えた西瓜《すいか》か、かき氷を出してくれ、三級上の姉や私より年下の弟と一緒に食べた。奥さんは大柄な明るい人で、かなりの美人だった（若い頃にアナウンサーをしていた）。志智家は元網元で、夫の幸平氏は自宅で不動産関係の仕事をしていた。一宮中学が設立された昭和二十年代、多賀村長をしていた祖父は四ヵ町村管理組合の代表として学校運営に当たっていた。そこに志智氏が代議員として加わった。その間、教育委員、その後、ＰＴＡ会長などを務めた。自宅事務所の壁に宮沢賢治の「雨ニモマケズ」の詩が額縁に入れて掲げられていたのを憶えている。中学生になると、自転車で多賀の浜に泳ぎに行き、その帰りにカマヤで足を洗わせてもらった。小さな私の世界が少しずつ広がっていった。なぜか母は私が志智家に出入りするのを嫌がった。

島には柑橘《かんきつ》類の木がけっこう植わっていた。我が家の「柿山」（家の者はこう呼んでいた）に夏みかんの木が二本あった。私は青いうちから採って食べていた。おばばは夏みかんの皮を取っておいて、砂糖で煮てよく菓子にしていた。絶妙の甘さと苦さ。私は半世紀以上過ぎた今もその味を憶えている。

黄色いみかん菓子はまた苦い抹茶によく合った。

幸福は心に長く留まらない

子供の頃の私は極楽とんぼだったか。まさにそうだ。いま思えば、保育所とせいぜい小学校の低学年でそれは終わりを告げた。人は幸福の中にいる時、そのことに気付かないものだ。幸福というやつは長く心に留まってくれず、多くは失ってから気付かされる。

あの政岡、いやおばばは少々浮世離れをした私をからかうことはあったが、嘲《あざけ》りはしなかった。おばばのよき弟子である伯母もどこかで見守ってくれていた（子供なりに感じていた）。おばばと祖父の写真アルバムが形見として残された。おばばは姉妹のうちでも美形ではなかったが、若い頃から人を引き付け離さない雰囲気があったようだ。私は還暦で東京から帰った時に遺品を整理するつもりだったが、畑仕事にかまけそのままになっている。政岡、いやおばばのかな文字の手紙があるはずだ。私が万行ついやすより、その短い手紙が端的に性格や人柄を語るモノかも知れない。

島に帰ってしばらく経った頃、台所で母と祖父の思い出話になった。大学生で帰省した折、おばばが何かの用事で家を空けた。昼時で爺さんが鍋焼きうどんを作ってくれたことがあった。特別なものでなく、冷蔵庫にある葱やかまぼこ、椎茸、卵などの食材だったが「実においしかった」と母に話した。なお二つ三つ爺さんを褒めた時、それを遮るように祖父の隠された過去を持ち出した。村長時代のことか、祖父は「イザナギさん」の近くに家を借り、女を住まわせた（母は「囲っていた」と言った）。それが元でおばばと大喧嘩になったらしい。

母は私に人間の裏面を見せようとしたのか。どういう立派な男でも、男というものはそういう本性を持っていると。外にもっと理由があったのか、呆けの進んでいる母にそのわけを問うことはもうできない。バルザックの「人間喜劇」に出てきそうな出来事だった。おばばは本気で怒っただろうし、時を経て許しただろう。晩年の二人を知る私にはそう思える。

女は精神を水晶のように……

母の狡猾《こうかつ》なイアゴー的性格（一面ではあるが、あの「オセロ」を破滅させた人物のような）から何十年経って祖父の女性問題が明らかになったが、私は爺さんを非難する気にはなれない。正直なところ、私はこの余りに人間的な出来事で木偶《でく》でない、血の通っている人間が現れたとさえ思っている。祖父が夢に現れたら（望むところではあるが）、「コゥーよ、何の言い訳も弁解もするつもりはないよ」と言うだろう。「お前が文学の道を歩いているなら、人間研究の一つとして好きなだけ書くがよい。仮に悪人として登場させたとしても、真実という的を射ているなら喜んで受け入れよう」と、こうまで言うだろう。

おばばがこの自伝を読めば、少々たれ眼の顔をほころばして言うだろう。「この子は小さな時から変わっていたが、どう物書先生、ばばの心が読めるかね」。どこからか聞きなれた声がする。「コゥーよ、よく聞いておくんだよ。あれで村長のお爺さんはワシに頭が上がらなくなった。お爺さんは小さく小さくなって、ワシの掌《たなごころ》に乗ったというわけだよ。かわいそうなお爺さん」。なお、おばばのモノローグが続く。

「コゥーよ、コゥーよ。めいよやちいをえたときほど、いなほのようにたれるけんきょさをわすれないことだ。せけんはたかくもちあげて、やがてドスンとおとすことがおまつりのようにすきだから。ワシはなにがかかれていても、おまえのかくものはすべてうけいれ、ひていやはんたいなどするものかね」「こどものころ、おまえはよくひかるとてもすてきなめをしていた。じまんのまごだった。カッコおばさんにはよくかわいがってやってくれといったものさ。ウスギやマエダのしんせきにもはながたかかった。おまえはおぼえているかどうか。ウスギのやさしいセッちゃんがこもりにきてあそんでくれたものさ。シチのおちゃかいであっても、げんきにしているか、きにかけてくれていた。ほんとうにおまえのあねのようにめんどうをみてくれた。ふこうなかわいそうなしにかたをしたセツよ。こころやさしいことというのは、てんがはやくめしあげるものなのか。じんせいにはかなしみがおおすぎる」。「おまえのだいすきなオジイちゃんもせいじんくんしでないことがよくわかっただろう。それでいいんだ。すこしだけいいひとでなかった、オジイちゃんはそれでながいきしたのだよ。ワシもそう。コゥーもとうきょうでずいぶんせけんをみてきただろうから、もうびじんにちゅういしな、などといわないよ。しょうしょういたいめにあうのもいいくすりだ（というのもおまえにはさけられないだろうから）。せいぜいつよいどくにあたらないようにしなはれ。おまえはススムのようにさけにのまれることはなさそうだ。ばくちもだいじょうぶなようだ。おまえのもんだいはおんなということになるが、こればっかしはたすけてやれない。くるしむだけくるしむがよい。わかいころのおまえのくちぐせではないが、おんなはセイシンをすいしょうのようにゆたかにしてくれるだろうさ。ばしょはいえないが、たかいところからおまえをみていることにする。そのめでものごとをみきわめ、ぶざまなかっこうはしないでおくれ。ここではにんげんかいのほれたはれたもなく、しょうしょうものたりなくもないが、それはそれでうけいれるようにしておる。オジイちゃんもワシもはながだいすきだから、ささやかなものでいいからおひがんやおぼんにはわすれないでおくれ。おたのみしましたよ」。

志智家のお茶会仲間。前列中央におばば、右に薄木のセッちゃん。後列の左は志智宗節

「六本指の娘」

ここに一枚の写真がある。どこかの庭園におばばとセッちゃんが晴れやかな和服姿で収まっている。茶会の後、志智家の庭で写したものか（同じ町に住む前田の紘司兄なら分かるだろうか）。モノクロ写真なのでおばばの着物は黒っぽい。まだそれほど太ってはいない。隣にいるセッちゃんは手に小さな紙入れを持ち、口をやや開けてほほえんでいる。家が呉服屋ということもあり、かなり抽象化された花柄の着物を違和感なく着こなしている。写真の裏には何も書かれていない。一瞬、時間が止まったような不思議な感覚にとらわれる。「この人達はもういない。（当たり前のことだが）もうそこには戻れない」。懐かしさと共に、この現実に痛みのようなものが走る。

二人の小ぶりの鼻の格好はよく似ている。おばばは妹の娘を実の娘以上にかわいがったのではないか。農繁期には島言葉でいう「テッタイ」に弟と来てくれた（次男のモトやんから聞いたことがある)。呉服屋の近くに「からく」というお好み焼き屋がつい最近まであった。セッちゃんと同級生の婆さんがやっていた。婆さんは笑いながら「喜寿の店じまい」と去年言っていたので、セッちゃんが生きておれば今年七十八か。とすれば、私とは十三の年の差となる。子守をしてくれたのは十五、六の頃か。

暗い高校生時代、私は学校の帰りに時々、呉服屋に立ち寄っていた。この頃はもう嫁いでいたであろうが、一体いつ頃だろうか。島の結婚は早い(二十過ぎか、全然知らないというのも不思議だ)。セッちゃんの父親は長身ながら腰の低い穏やかな人だった。おばばの妹を細君にしていたが似合いの鴛鴦《おしどり》夫婦だった。おばばのちょっとした使いで寄ることもあったが、よくお茶とお菓子を出してくれた。小さな入り口(ショウウィンドー脇にあった)と広々としたガラスの入り口があったが、私は小さな入り口に置かれた丸椅子がお気に入りだった。何年に亡くなったのだろうか。おばばも不幸な死因について何も言わなかった。両親も話題にすることはなかった。

セツ姉のことで奇妙なことを憶えている。私は八つにもなっていなかった。田植え時のこと。当時は田を牛ですき、苗は手植えだった。幾人かのテッタイ(手伝い)がきていて、田圃の畦で井戸端会議が始まった。「どこの娘が一番の器量よしか」で、話は盛り上がっていた。聞いたことのない地名や家号。娘の愛称、評判を相撲になぞらえ番付にした。野卑な冗談もあった(子沢山やとんでもない婆さんを三役に入れたりした)。大関にセッちゃんの名があった。

中組隣保(当時、我が家を含めて十軒で組になっていた)の口達者なFがよく知った町の名を挙げ怪談「百物語」のようなことを話した。ナカバシの近くに評判の器量よしがいた。年頃になると、男どもは放っておかない。噂は町を越え、島の名家や資産家が親掛かりでそっと動き出す。カネのない若者は一か八かの勝負に出る。なぜか娘は首をたてに振らない。わけは何か、とこれがまた噂になる。Fは目配せして低い声で言う。「娘には一つ疵がある」。左の足が六本指であるというものだった。なぜか私はその娘とセッちゃんを同一視した。「姉ちゃんの足が六本……」。このことをおばばにも祖父にも聞けなかった。セッちゃんのことは別の機会に触れることにするが、あれから多くの時間が流れた。セッちゃんの両親も兄も妹もいなくなった。

芝居好き

ととさんのなはあわのじゅうろべえ、かかさんのなは――。「傾城《けいせい》阿波の鳴門」巡礼歌の段だが、島では知らないものがない一節だった。おばばから私もよく聞かされた。お彼岸頃に編み笠に白装束、杖を携えた巡礼姿をよく見かけた。我が家にも巡礼が来て、おばばや祖父がお米や包みのものを渡していた。島には四国を小さくした規模の札所があり、広生寺（我が家の東に見える）は淡路七十一番に当たっていた。家に来た巡礼は年寄りの一人遍路が多かった。女はめったになく、その時は連れ合いがいた。子供連れは見たことがない。当時は船で徳島に渡った。

彼岸花の咲く頃のお遍路はよく風景になじみ、子供心に何か崇高な印象を与えた。島に人形浄瑠璃は最盛期には四十座近くあったらしいが、昭和二十年代はほとんどなかったであろう（三原高校の生徒らが海外公演をするのはまだ先だ）。子供の頃、おばばに島の南部にある福良の人形座に連れていってもらったことがあった。けなげなお鶴の姿をかすかに憶えている（あの先どういう運命が待っていたのか）。芝居を通しで観たことがないので、その展開やどういう結末を迎えるのかは今もって知らない。

おばばは何気なく芝居の決めセリフを口にすることがあった。「あまのやりへいはおとこでござる」。これは忠臣蔵だ。私も日常、ふと口をついて出てきた。声だけ聞くとおばばは男になっていた。後年、忠臣蔵を何度か観たが商人天野屋の文句に出会っていない。島で芝居を観る機会はまずなかった。大衆演劇すら観た記憶がない。神戸辺りに家があれば、あるいは芝居にのめり込んだかも知れない。いや待て、私の小遣いは大蔵省（母のことをこう言っていた）から出ていたので、芝居に使うお金など通るはずがなかっただろう。たまに行く駄菓子屋賃はおばばの懐から出ていた。父も酒とタバコ銭以外はみな大蔵省の管理下にあった。小遣いのことで父に掛け合ったが「カネのことは大蔵省が握っているのでな」と全然取り合ってくれない。晩年、孫たちにおうばん振舞をする好好爺を見て複雑な思いにとらわれた。

ぶどう酒色の海

「ぶどう酒色の海」という言葉に出会ったのはいつ頃だろうか。子供向け絵本にあったかどうか、今は思い出せない。トロイの木馬の話は小学生の頃に知ったが、そもそもの戦争の発端が一人の美し過ぎる女から起こったことは理解していなかっただろう（争いの種はいたるところにばら撒かれている）。ペロポネソス半島の西に位置する小さな島イタケで平和に暮らしていたオデュッセウス（狂気を装ったが見破られた）も駆り出された。海は広い。子供は瀬戸内の海と地中海が繋がっていることを発見した。

呆けの始まった母の話では、私と妹を自転車に乗っけ多賀の浜や志筑の海で海水浴をさせた。「お前が声を上げて喜んでいる姿が眼に浮かぶ。小夜と二人、いつまでも帰ろうとしないんでおうじょうした」。津名の砂浜は埋め立てられ昔の面影はないが、多賀の浜の方は今も海水浴客でにぎわっている。どう思い巡らせても母と海辺に遊んだ光景は浮かんでこない（妹は憶えているだろうか）。

母は島のやや南の鳥飼の産で、近くに五色浜があった。さらに南は松が美しい慶野《けいの》松原が続く。お転婆娘はここでよく泳いでいた。厳格な教師の父親も母親もこの娘にはお手上げだった。どういうわけか兄だけが妹をかわいがった。「お前はもう憶えとらんだろうが、色とりどりの石が敷き詰められ、五色浜の海は透き通るようにきれいだった」。母は物事に激しやすい反面どこかうっかりしたところがあった。小さな子供がよくぞ波にさらわれなかったものだ。

私は海で溺れそうになったことが二度ある。小学生低学年でまだ泳ぎはできなかった。全校生で多賀の浜に行った。海にロープが張られていたが、浅瀬の中にも深溜りがあって背が立たなかった。海に無数の赤いトマトが放り込まれ、生徒たちは学年ごとに競争で取り合った。私はトマトに夢中で深みにはまった（それとて一メートルあるかないかだった）。何度も水を飲んだ。同学年は二クラスで五、六十はいたから監視の先生たちの眼からも漏れた。波は岸に追いやるより沖にもって行こうとする。誰かが手を引っ張ったようだ。背の高い同級生か、次に来た上のクラスだったかも知れない。私はトマトを放さなかった。

もう一つは大学生の頃だ。やはり多賀の浜で、沖に出たところで片方の足がつった。潮は尾崎の方、つまり島の北に流れていて私は港を越え、撫《な》近《で》くまで持っていかれた。そこにも当時、それほど大きくない海水浴場があった。私は海を背にして少しずつ陸に近づいた。五、六百メートル以上は流されたことになるが、なぜか助けは呼ばなかった（冒険心か。それとも……私は二キロ先の尾崎の浜まで泳ごうとしていたのか）。足の立つところまで来てから、背筋を冷たいものが走った。

中学で地図が大好きになった。すぐにアテネやスパルタ、トロイ（とおぼしき町）を探し当てた。さらにオリンポス山を見つけ、レスボス島、アポロンの生まれたデロス島などのエーゲ海の島々を巡った。その南にはクレタ島が横たわっていた。イオニア海をのぞむイタケは淡路と変わらない小さな島だった。今もぶどう酒色の海が私を酔わせる。

井戸の中で

中学生の頃、先生は井の中の蛙になるなと言った。高校でも聞いたような気がする。その先生たちの多くはカエルのようにどっぷりと、五月の生温《なまぬる》い水に浸かっていた。日々好日であったかどうかは知らないが。漱石が松山でなく、島に赴任して来たなら一冊の風刺小説が出来上がったことだろう（内にいると自分たちのことはなかなか分からない）。下宿先に子規が訪ねて来て、この島で新しい俳句運動が起こるだろう。私が同時代に生きておれば喜び勇んで運動に加わるだろう。現実は反面教師がいるのみだった。

竹谷から一宮中学校まで二キロ、その先の郡家まで四キロ、東の志筑まで四キロ、つまり八キロが十八までの私の生活圏だった。それに西浦の尾崎、江井を加えても十キロだが、それでも狭すぎる空間ではなかった。なだらかな山があり、東にも西にも海があった。十歳まではこの「井の中」は快適ですらあった。「井の中の蛙」は否定的に人々の口にのぼる諺ではあるが、そこで自足し妙な野心を抱かず、身の丈にあった暮らしをして生涯を終えられるなら、それはそれで幸せなことだろう。鷲や鷹だけが鳥ではない。燕にも雀にもちゃんと生活がある。人間のみがわけの分からないものに憑かれる。

小さな男

自分の中に小さな男がいる。漱石が願ったような「菫《スミレ》ほどな」大きさだ。おとぎ話めくが、双子の兄弟がいて、兄の成長が止まり、弟だけが大きくなっていった、という風な。私と妹の間に死産した子がいたらしいので、そのことが小さな男の誕生に関わっているかも知れない。

小さな男は「コゥーよ」とか「コウイチロウよ」と呼び掛けてくる。男の声のようでもあり、女のようでもある。世間でいう性別をなくしているようだ。「書くことで君は注意深くなった。物とコトをよく観察するようになった。言葉は時に人を怒らせ、悲しませもするが、慰みや喜びを与えもするだろう」。小さな男の声は穏やかで落ち着いていた。私は自伝を書き終えた後、読み返して二つ三つの真実すら残っていないとしたら燃やしてしまおう。

小さな男はいつも不意に現れる。その声は真摯だ。かといってエスプリがないわけではない。一見、子供のようだが老子の知恵と狡猾さも備えているらしい。「コゥーよ」と声がする。「もう舞台の幕は上がった。さあ深く息を吸い込み、思いの丈を吐き出せ。いずれ声の調子も整ってくるだろう」。

牛と犬と鶏と

家の東の棟が堆肥舎（といっても造りはしっかりしていた）で、十二畳位の広さがあった。中の壁を大人の背丈ほどのコンクリで囲い、牛ふんを入れていた。初めは牛舎だったかも知れない。天井があって、子供の頃はそこに藁を束にして収めていた。ここで山羊を飼って、その乳を家族で飲んでいたこともあった。同時期かその後、スピッツが飼われていた。小学上級生の頃だ。犬は神経質で顔を

型破りの牝犬リキ。酒もやればコーヒーも飲んだ（2005年5月）

なでようとして手を噛まれたことがあった（格言を実感したことになる）。その後、犬に噛まれることはなくなったが、世間に出て人に噛まれる痛い経験をした。

大きな長屋は二代目幸吉が若くして建てた。門の東側は二つの部屋に分かれ、牛舎と鶏納屋になっていた。大きい方の牛舎は真ん中でさらに二つに仕切られ、常時二頭の雌牛が飼われていた。二頭から子牛が生まれた。長屋の二階は藁が束にして積み上げられていた。藁は牛の飼料（燕麦やトウモロコシなど）と混ぜられた。藁はスイカや茄子《なす》、南瓜《かぼちゃ》などの敷き藁になり、大小の縄に変わった。燃やした灰すら用途はあった。安本家の納屋でセイちゃんが草鞋を作っていて、笑いながら「コウちゃんもやってみるか」と勧めた。マサイッちゃんと二人で何足か形の悪い草鞋を作った。百姓家で藁は正月のしめ縄に変わった。

我が家では牛飼いは母の仕事だった。牛たちに文句はあったろうが、もくもくと草を食み、子を育て衰えるとどこかに売られた。門に近い牛納屋の一角が犬小屋になっていた。代々、柴犬が飼われていた（スピッツは例外)。印象深いのはリキで、秋田犬の血が混じっていて体付きも大きく、どこかひょうきんな顔立ちをしていた。手柄話があった。外に出していた母牛の首が杭にくくりつけていたロープにからみ、苦しみ出した。犬が吠え立てて異変を知らせ、駆けつけた父がロープを切り落とした。私が東京にいた時のことだ。

私は犬の食事前に「オチン」と言って、膝を曲げ前足を揃えさせようとしたことがあった。少し離れたところに鯛のあら飯の鍋を置いた。私が「オチン」と命じても従わない。三十秒ほどして、申しわけ程度に（それ以上は沽券に関わるという風に）チンをする。プライドは高いが食欲には勝てない。リキはバリバリと鯛の骨を噛み砕いて食らう。本気で怒れば私の指ぐらい噛み切ってしまっただろう。日頃の行動からオスと思い込んでいたが、リキは雌犬だった。私は「水滸伝」の乱暴者から名付けたが、ポチとかシロと呼んでも振り返りもしなかった。

やはり私が東京にいた時のエピソードで、我が家に泥棒が入った。その時リキはよく眠っていたらしい。これで母の怒りを買ったが、私はなかなかリキらしいと思った。もし鎖が解かれ、目覚めていたら、泥棒はただでは済まなかっただろう。ある時、リキは私の前で牛に挑んでいく勇姿を見せた（自分の力を私に見せようとした）。牛は角を向け突いた。リキが本気ではないことは分かったが、堂々として怖れるところがなかった。普段は牛と二メートルと離れてないところで寝起きしていた。いつであったか、親父が冗談にコーヒーをやってからコーヒー党になった。たまに私もコーヒーを少し冷ましてからやると、満ち足りた眼を向け、笑った。

牛舎の隣はガラス張りの鶏納屋になっていた。祖父の代わりに卵を取りにいってよく手をつかれることがあった。そことは別に、村長を辞めてから祖父は家の東に大きな鶏舎を建て二百羽ぐらい飼っていた。卵を出荷し、恩給の足しとした。祖父は若い頃に農業の先生をしていただけに研究熱心だった。裏座敷の軒下に牡蠣《かき》の貝殻を取って置いて、それを金槌でコッコッと砕いては飼料に混ぜた。近くの池に、丸い直径一メートルぐらいで高さ三、四十センチのモンドリ籠を仕掛け、大きな源五郎（これはおばばが料理した）以外の魚は鶏の餌にしていた。その円形のモンドリだが、竹で編まれ、てっぺんと胴に二つの穴があって、そこから魚やどじょう、ウナギが入った。

父は時々、祖父の古鳥を料理し、私はその手伝いをした。当時、牛肉は高価でもっぱら鯨を食していた。豚も稀だったが、鶏はけっこう食べた。鶏ガラで煮込んだソーメンは妹と取り合いになった。

私はいま、山羊一頭と鶏数羽を飼ってみたいと思う。

ぶどうと山桃

子供の頃、長屋と堆肥舎の間にぶどうの木が一本植わっていた。白ぶどうで枝は堆肥舎の屋根の高さまで延びていた。実はそれほど付けなかった。家のものは「イシぶどう」といっていたが（私は硬い石を連想した）、どういう品種のぶどうだったのか知らない。祖父は何度かぶどう作りを試みたようだ。還暦で島に帰った時、親父にぶどうを植えたいと話すと、「ぶどうは土地に向いてない」という。「凝り性で研究熱心な親父も手を焼いたんだからのぅ」と真顔で祖父の失敗談を持ち出した。私は人から無理だと言われると逆に挑戦してみたくなる性質があった。

翌年の二月（二〇一〇年のこと）、中田コメリでキャンベル・アーリィ二本を購入した。家の西の休耕田に植えてみた。無農薬にもこだわったが見事に失敗した。枝は伸び芳しい花を付けたが、二年目に黒痘病《こくとう》にやられた。大きな葉はちぢみ、黄色くなり、実も黒点が入り落下した。品種を替え、別のところに二本植えたがこれも同じ病気にやられた。梅雨時に発生するので、天井をビニールシートで覆ったが、三年目も無残なものだった。四年目にものの本に書いてあったボルドー液を二度散布した。黄金虫（島ではブイブイという）や青虫が現れ、葉や実を齧った。実はいくらか残り、袋を掛け熟すのを待った。八月に入り、初採りをしたぶどうを祖父とおばばの位牌の前に供えた。

懲りずに去年、川口の安行農場から藤稔とスチューベンの苗木を取り寄せた。二本は虫に食われながらも、枝を延ばしている。

我が家のものは皆果物好きだった。前世は小鳥だったに違いない。祖父は家の前の小さな山に徳島から取り寄せた山桃の苗木を五本植えた（私の生まれる前だ）。毎年、日当たりのいい三本だけが大粒の実を付けていたが、今年は全ての木で沢山の実を付けた。私が帰った年に周りの樹木を伐り日当たりや風通しをよくし、大きくなった山桃の樹を摘心した。山桃は朝晩、二週間ほどデザートとなった。母はジュースにした。中学生の頃におばばに頼まれて山桃を採ったことを思い出す。やはりデザートとして食した。残りをジュースにし、夏の盛りに人に出していた（甘酸っぱい味は今も忘れられない）。

島のあちこちに野生の山桃が群生しているが、粒は小さく大人は見向きもしなかった。小鳥のいい餌になっていた。小学校の帰りに山の道を通り、マサイッちゃんと口を真っ赤にして食べた。木は折れやすく二人して何度か枝ごと落ちたことがあった。いま子供たちは誰も山桃は採らない。

第四章　恋愛論

流行の名前

私の書くものが小説に向かうだろうか。私は書きながら「文体」を探っている。これは自叙伝だ。時が流れ、多くの登場人物は舞台を去るか、去りつつある。私が出会った人々の記憶は日々薄れ、曖昧なものになっている。小さな事実の誇張ならまだしも、それが何か別のものに変貌しようとさえしている。外科医の冷静な眼と手さばきが時に必要らしい。

憂愁に充ちた高校時代。教室の後ろから、顔と体躯の大きな餓鬼大将が声を掛けてきた。「カーンよ、お前の名前は本名か。カンコウイチロウ、なんか小説の登場人物のような名前だな」と言ってから、「なあ、バンドノヴィッチ」と近くの子分、卓球部の坂東に同意を求めた。当時、生徒の間で何が元であったかもう分からないが、ロシア風の渾名を付けることが流行っていた。「まだ少し違和感があるが、そうだよ」と私は応じる。「カンヴィンスキーにしときなよ」とおどけたようにバンドノヴィッチはいう（なにかカンディンスキーの親戚のような名だ）。

「コウイチロフ・カンヴィンスキーか。よしこれはおれが貰った」とアイダノヴィチは高笑いしながら宣言した。相田は上背もあり、あの数学の先コウに何も言わせなかった。不良とはいえ伊達に人の頭になれるものではない。教師と違い風変わりな私を認めてくれているところがあった。

後ろの指定席にはやはり親分格のイナムロノフスキーや優男で背筋の伸びたタカハマヴィンスキー、鼻の大きなキジハナノヴィチ、マツモトノフなど七、八人がいた。イタリア女優「にがい米」で有名になったシルヴーナ・マンガーノ似の大柄なタケウチニコワもいて、仲間の遣り取りを笑顔で聞いていた。稲室はバスケットとE・S・Sの両方に所属していた。英語劇イノック・アーデンの漁師役で仲間の盛んな拍手を貰っていた（秋の文化祭だった）。

快活なヨシはロシア風に何と呼ばれていたのだろうか。アイダノヴィチよ、今なら君に私の意見をかなり明確に伝えられるだろう。君たちのグループに入ることは「潔《いさぎよ》し」としなかったが、どこかで共感するところがあった。スノッブたる多くの先生に反抗的であったのは、そこに偽善やずるさ、権威主義を嗅ぎ取ったからではなかったか。あれから四十数年、君たちの怒りは「昇華」されただろうか。

金銭感覚

家の「柿山」（今は梅が植わっている）の下に四年前、栗を植えた。親父が植えていた隣だ。時期が来ると花を咲かせ、実を付けたが、数珠状の花は強い匂い（男の精液の匂いに似ている）を放った。同じ頃に種類の違う柿も六本植えた。祖父の柿作りを追体験することと年金生活の足しになればとの思いがあった。素人は隔年にナリモノを実らせると言われるが、私もその一人である。

話は飛ぶが、明石の台所である「魚の棚」に母の親戚がいた。夫婦で明石焼きの店を開いていた。子沢山（七、八人はいた）だったが、どういうわけか男子は短命だったようだ。小さな頃に母と一泊したことがあった。夜、奥さんから「好きなものを買いなさい」とお金を渡された。私は一人出かけ、色艶のいい大きな房のぶどうを買った。商売人の子供なら、値踏みをしてほどほどの大きさのものを買い、つり銭を貰ってくるだろう。私は持っていった目いっぱいのお金で最高のぶどうを買った（子供にしてはけっこうな金額だっただろう）。

昭和三十年の初め頃、巨峰が出回っていたかどうか分からないが、紫紺の大粒のやつだ。この世間知らずで大胆な買い物が後々まで家の語り草となった。母はぶどうの季節になるとこの話題を持ち出し、子供に大人の分別を求めた。私は最高のものを目利きし（当時は知らない言葉だったが）、皆で一緒に味わいたいと思ったのだ。

金を前に置くと、人間そのものが正直に顔を出す。常に贅沢の中に身を置けば、これはと思った一品を手に入れた時の感動は薄らぐだろう。貧しさに身を置く人間は幸せである。ささやかな喜びを得るには多少の金は必要だろうが。それに太古からの血だろうか、私の内にも飢えの怖れが今も残っている。

時々、私は餓鬼や修羅の海にいて、人間になり切ってないと思うことがある。どこか光輝く道を歩いていて、過《あやま》ってそこから転げ落ち、いまださ迷っているといったような。また夢の続きをこの「現実」で生きているといったような。

恋愛論

頭髪はあらかた白くなり、背も曲がってきた。顔は陽に焼かれやや浅黒い。額には三本の深いしわが走り、黒い眼が鈍い光を放っている。ヒゲも頭と同じように白い。どこか怪異だ。二〇一四年八月、六十五歳の自画像ということになる。

スタンダールに「恋愛論」という著作がある。三十数年前に読み、もう結晶作用と情熱恋愛の二つの言葉しか残っていない。かつて私に結晶作用が起こっただろうか（心臓の血管に少々瘤ができただけだっただろうか）。いろいろ思い巡らしてみる。

中学生にもなれば、春の目覚めがあっても不思議なことではない。昭和三十年代の田舎の恋は大都会のものと違うだろう。田舎にあっても女生徒はずいぶんと大人びて見えた。

最初のラブレターのことはすでに書いた。成功しておれば私は鼻持ちならないドン・ファンになっていたかも知れない。人は成功より苦い失敗から得るところは多い。やはり島に帰省した時（私は二十代の社会人になっていた）に同級生から聞いた話を憶えている。白河が同級生のM君の弟と結婚したというものだった。「あの高慢な少女だろうか」と疑ったが、深く聞かなかった（私の心が無意識に拒否したのかも知れない）。

白河はもう十分な罰を受けていた。M君の家は竹谷とさほど離れていない場所にあった。弟はよく知らなかったが、白河と同い年ではなかったか。二人は島を出て所帯を構えた。ここから小説的に書くつもりはないが、私は世の多くの男と同じように見目麗しい、明眸皓歯《めいぼうこうし》にほれたことになる。十四、五の少年の恋愛学入門としては許されるべき行動だろう。今では少々心に重きを置いているが。

もう一つのものはかなり遅く気が付いた（大馬鹿者と言われても返す言葉がない）。この話も前に語った。ヨシよ。なぜお前は同級生のキューピットなどという役を引き受けたのか。いや、私は恋に臆病になっていたようだ。十年経った時、お前は二人の子の母となっていた。多くの時間が流れた。ささやかな思い。胸の痛み。虫の羽ばたきのような叫び。これらを百年後誰が知っているというのか。

恋愛と美意識

ここでは恋愛と美意識の源泉を探ってみたい。私は多賀小学校の上級クラスになっていた。ある日、広い講堂にアイヌの家族がやって来た。彫りの深い顔に見たこともない衣装を着ていた。生徒らとアイヌの歴史や伝統、生活習慣を見たり聞いたりしたが、その中に同年輩か少し上の少女がいた。アイヌ独自の民族衣装を身に着け、その姿はどこか神秘的だった。何人かの姉妹がいたが、色白の少女は髪を二つに分け結っていた。口はほとんど利かないで微笑んでいた。地の女の子と違いまったく違う世界の住人と映った。漠然とではあったが、世界の広さを知り、小さな美意識（恋に至らない）が生まれた、と書いてもいいだろう。

これは恋愛の原始的な段階といえる。書きながら気付いたことだが、この原始の流れは大学生の頃に出会った首里の少女に繋がっているようだ。見た目の美しさといった形から入ってまだ内面に至っていない。私は「きれいな、今風にいえばカワイイ人形」を見ていたのだ。私は真面目さや率直さはあったが、何かを講じる手立て、方法には無知だった（神さまや仏さまを当てにしなかった）。恋愛にも戦略や戦術がいるのだ。美意識は恋と共に高まることを経験が教えてくれる。

これも小学上級生の頃のことだ。先生が郡家の警察署にクラスの生徒を引率していった。そこは港町で、役所や商店街があり、旧一ノ宮町の中心地だった。多賀小学校から二キロほどの川沿いに建っていた。先生は「悪いことをした人達を入れ、反省させるところだよ」といった。先生は悪童達のように「シャバから隔離し、臭い飯を食わせる」などといった品のない説明はしなかった。

署長が何階か上の厳重な扉の向こうに導いた。狭い廊下に鉄格子の小さな窓、人の気配がする部屋がいくつかあった。「どんな悪いことをしたのか」と想像力を逞しくしたが、聞かなかった（凶悪犯は入っていなかっただろう）。多分署長は罰の方に力を込め話したと思う。私達に空いている部屋を見せた。子供にとっては薄暗いひんやりした（実際は違ったかも知れない）、とてつもなく怖い場所に映った。清潔で静かな狭い廊下を、今も映画のワンシーンのように憶えている。社会の荒波にもまれ、生徒の何人かはシャバから隔離され、「臭い飯」を食った。悪は誰しもガン細胞のように身内にもっている。ひょんなことから悪が目覚める。

転校生の女生徒

鬼門に入ったような高校生活だったが、一年生の時に学期の途中から一人の女生徒が転校してきた。おとなしい笑顔の素敵な狸顔の少女だった。しばらくして、クラスで紅葉を見に遠田の東山寺に行った（集合写真があったように思うが手許にはない）。転校生は都会の気品と洗練さを兼ね備え、周りに心地よい薫風を起していた。ひと目惚れといっていいだろうか。通学する数少ない楽しみができたわけだ。

もう姓も名も思い出せない。彼女とのみ書くのは味気ないので、薫としておこう（まだ存命だろうか）。薫は東浦の方からバスで通っていた。私もバス通学をしていて、バスターミナルで一緒になることがあった。当時、志筑のバスターミナルは木造で国道沿いにあり、大型バスが建物の間を縫うように走っていた。私は近くの海岸で一人時を過ごすことがよくあった。

薫には何人かの仲間ができていた。中瀬という鼻の大きな男もその一人だった。薫の近くに家があり、通学の行きも帰りも一緒だった。西谷も同じ方角だったが、私は中瀬に手紙を渡し薫と付き合えないか仲立ちを頼んだ。しばらくして中瀬の口から「駄目らしい」と話が合った。どういうわけかは忘れたが、私の納得のいくものだったのだろう。年が改まったある日、海岸で西谷と話していて薫のことが話題に上がった。「牛の中瀬が薫にほれている」というものだった。

止めは薫に「ドン・キーホテのように仕えている」と言うものだった。西谷がドン・キーホテを持ち出したのは「中世の騎士のように」という意味だった。中瀬は私の手紙を薫に渡さなかったことも十分に考えられる。その内三学期も終わり、クラスも替わってしまった。これは情熱恋愛ではない。

その頃、ヨシは東浦から通うTと付き合っていただろうか。二人を海岸で見かけるようになったのはもう少し後だったように思う。先生の偽善や権威主義に反抗することがなかったとは言えまい。黒い、燃えるような眸の持ち主は。その後の人生、私は恋愛において仲介者を立てるという戦術は二度と取らなかった。

物書きの時間

芭蕉は時間を百代の過客にたとえた。我々は誰しも時の旅人ということになる。私は子供時代をさ迷いたいと書き始めたが、霞の中を覗くようにはっきりしない。語り部の多くは亡くなった。頑固で思い込みの激しい母は語り部の後継者たりうるだろうか。呆けが混じり時々、頭の白くなった息子を「なあススム」と父の名で呼ぶ。親しさより少々怒りの感情が勝っているようだ。まだ喧嘩が足りないらしい。果樹を植えなかった親父が唯一植えた栗の樹が今年もカキヤマの裾《すそ》で実を付けた。

最上の語り部であるおばばはもういない。祖父もたまに夢に出てくるが、顔はぼやけその声はかすかではっきりしない。

作家と言うか物書きは夜中に仕事をするものが多いと聞く。私は朝、それも早朝だ。長屋の四畳半に寝起きしているが、小さな机に向かう。十五分、いろいろなことを思い巡らす。一行を書いてみる。ペンが走りだす。即興に近い感覚だが、なかなか「像を彫る」ようにはいかない。興が乗れば十五分の二倍、四倍、八倍と時間をかける。読み返さない。矛盾や混乱はどうするか。一ヵ月後、冷静になった時に手を入れるのがいいだろう。熱が少し残っているぐらいが丁度いい。

私はいつからか短歌と俳句を詩の範疇に含めるようになった。俳句を一行詩だといえば、俳人のなかには「俳句は俳句で詩ではない」と反論する人がいるだろう。特に伝統俳句を継承する人達は。私の詩歌の入り口には誰が立っていたか、と思い巡らす。三つか四つで詩を口ずさめば神童ということになる（神童モーツァルトの向こうを張れるかもしれない）。大衆は天才伝説が大好きだ。私にはそういうところは気もなかった。多分、小学生の作文で詩は書いてないだろう。

父は私の書きものを残していない（画用紙に描いた絵を褒めてくれたことはあったが）。ようやく中学生になって藤村の詩や啄木の歌が眼に留まった（まだ熱心な読み手ではなかった）。竹谷の十キロ圏内で作家はおろか、詩人はいなかったであろう。俳句を趣味とする人はいただろうが。私は初め、俳句は古臭いもの、かび臭いものとして嫌った。

高校に入学して、鬱々とした日々の中で、短歌を書きはじめた。三行の分かち書き。「一握の砂」は繰り返し読んだ。与謝野晶子もこの頃か。朔太郎、犀星と続く。中原中也は大学生になってから、ボードレール、ランボーと一緒に本格的に読み出した。田舎の少年にはそう変わった入り方ではないだろう。なぜか学校の教科書で習うものは、名を残した作家や詩人のものでも退屈だった。芭蕉すら例外ではなかったことを書き留めておきたい。私のヘソが少し曲がっているからだろうか。「源氏物語」がその最たるものだった。この妙な偏見のために良さを知るのは四十を過ぎてからになった。与謝野源氏（与謝野晶子の「源氏物語」）を見よ。

蝉時雨と前衛としての芭蕉

開け放った窓からは蝉の声が姦《かしま》しい。凄まじいと書けば大げさか。二つの漢字には女の姿が見えるが、発明家の遊び心とみたい。蝉は数年間を暗い土の中で過ごし、地上に出て数週間で死ぬ。この激情家の生きざまをもってすれば自叙伝も一気呵成に成ることだろう。万葉人はその鳴く声を滝の轟《とどろき》にたとえたが勇壮だ。「蝉時雨」はいつから現れた言葉だろうか。綺麗はきれいだが凄まじさは伝わってこない。

よく知られた蟻とキリギリスの話はイソップ物語では蟻と蝉であった。私の記憶違いでなければ。作者はアイソポスと伝えられている。前六世紀頃のギリシア人だ。蝉の方が私にはしっくりくる。勤勉を美徳とする社会にあっては蝉の人生哲学は少数派で、悪にすらなってしまった。忍従の九年、一気の生の爆発。これだって悪くない。蝉捕りに山野を駆け回っていた頃、このことを知っていたら、蝉を捕らえず聴くだけに留めたことだろう。とはいえ、子供には子供の宇宙がある。

オンナへの関心はずっと後のこと。恋も蝉の情熱をもってすれば……今は残り火がちょろちょろ燻っているだけだ。

やはり蝉にまつわる話である。芭蕉は奥の細道の旅で山形の立石寺に立ち寄った。そこで一句吐いた。

閑《しずか》さや岩にしみ入蝉の声

読者には現代人の病と笑ってもらいたいが、私にもモノを分析せずにおれないところがある。芭蕉は人口に膾炙した句が多いがこれもその一つ。私も小学では無理だろうが中学で出会っていたはずだ。長く心に引っかかっていた（分かったようで分からない句だった）。最初の直観を信じるべきだろうか。

「しみる」という時、人は水が砂などにしみていく様をイメージするだろうか。漢字で「染む」「滲む」と書くから、布に染付けることとか、もっと心の作用を連想するかも知れない。芭蕉は蝉の声を岩に「しみこませた」のが、まず斬新だ。

幸い同行した河合曾良の書留から推敲の跡を辿ることができる。

1　山寺や石にしみつく蝉の声
2　さみしさや岩にしみ込蝉のこえ
3　淋しさや岩にしみ込せせみの声

1は写実的に感じたままを詠ったもの。まだ飛躍はない。2と3において、上の句に感情を置き、心のうちを覗かせた。わび、さびを持ってきたが驚きは少ない。「閑さや」を上に置くことで句は一変した。芭蕉は時を惜しんで鳴く蝉に生の淋しさを見、死の影すら感じ取った。「閑さ」は淋しさの向こうにある諦観といったものだ。

前衛であり続けようとした人のカルミの境地であった。「奥の細道」以後、芭蕉の新しさゆえに門弟は戸惑い、多くの門弟は付いていけなかった。カルミになじむのに百年を必要とした。細道は平坦な道ではなかった。

第五章　父と子

海のような日常

浜辺を波が寄せては返し飽きることがない。砂浜の足跡はしばらくすると跡形もない。私が子供の頃、小さなギリシア神話の女神アフロディテが波に足をとられながら駆けていた。芭蕉はどこかの旅で無常迅速といい、それを静かに肯定した。私の頭や髭は白くなり、足許も少々おぼつかない。聖人君子の徳もなく、あとしばらくはジタバタして生きていくことになるだろう。色恋に足をとられることだってまだないとはいえない。

島の夏。小さな港町の海辺。松林からは蝉の声がする。少女は大人びた口調で宣言する。

「私より早く駆けた男の子を恋人にするわ」。

私の眼を見つめ名を呼ぶ。「私と走るわね」。私の足は思いっきり砂を蹴る……。

浜の松風は心地よい。少女は海の泡となって消えたのだろうか。七、八人の男の子の姿もない。今も私は海のような日常を漂っている、と思う時がある。

「カラマーゾフの兄弟」　その一

「カラマーゾフの兄弟」は三人、いや四人の兄弟（スメルジャコフを加える）と父親の物語として読むことができる。作者の自伝的性格も帯びている。伯母は町の本通りで本屋を営んでいたが、子供向けの本にカラマーゾフはあっただろうか（私の頭は「曽我兄弟」とごったになっているようだ）。おばばと薄木呉服店に行くことはけっこうあったが、三分で行けるすみ孫はたまに寄るぐらいだった。複雑な家族構成だったのもおばばの足を遠のかせていたようだ。鋭い眼、商売熱心で意志の固い姑はある種女傑だった。

高校に入り、「罪と罰」を読んだ後にカラマーゾフを手にした。作者が明言している主人公の言動を追った。「その眼で」、その父親や兄弟達を見た。情熱的な女達や幼い足の悪い恋人も。アリョーシャは私の日常に影響を与えた節がある（特に大学に上がった四年間）。直情型のドミトリーにも共感を覚えた。イワンは謎だった。豊かな知識を持ち、神の問題を抱える二男は。スメルジャコフとの共犯関係は複雑な心理劇の様相を帯びる。虚無の色を帯びた父親は長男ドミトリーと女を巡り争っている。ここでストーリーを追うつもりはない。世の父親とフョードル・カラマーゾフとを比較するつもりもない。

私は五人目の兄弟として身をそこに置いてみたこともある。友達や通行人というわけにはいかない。これは喜劇（その前に人間という言葉を置けば私の考えはより明快になる）であってもおかしくない。人間というのは不思議な存在だ。嘘《フィクション》という仮面をつけた方がより真実に近づき易いらしい。

ドストエフスキーは五十六、七歳の頃に「生涯のプラン」として「回想記を書くこと」と記している。興味深いメモだが、ロシアの時代背景、実名の問題などの壁に突き当たったかもしれない。父親の不可解な死は避けて通れないだろう。「詩と真実」の作者ゲーテのように書いただろうか。出版を前提にするなら自伝的小説になるだろう（小説は作家が最も得手とする方法だ）。

　カラマーゾフ家の悲劇は特殊な家族の特殊な出来事と片付けられるだろうか。我々は日常において、殺人は茶飯事ではないが、かといって皆無でもない。子が親を殺すことも親が子を殺すことも古今東西で行われてきた。病理学や精神分析、今流行りの脳科学などの見地からなるほどと納得のいく回答は得られるだろうが、心のどこかで「いや待てよ」と腑に落ちない疑問が残る。ラスコーリニコフの動機は明快だ（独りよがりではあるが）。カラマーゾフにあってはアリョーシャを除き三人の動機はあることはあるが曖昧だ。

　カラマーゾフは悲劇には違いないが、カタルシスは起きない（シェイクスピアや近松ものにはある）。少なくとも私にはそうだ。フョードルは愛すべき人物とは言いがたい。むしろその逆だ。酒と淫蕩に身を持ち崩し、シニカルだ。一種の道化で、生きることに倦《う》んでさえいる。

　作者はフョードルの殺されるべき理由を一つだけなく十は並べて見せる。古典的な悲劇か喜劇かといった垣根はもはや取り払われている（悲劇へのこだわりはほとんど意味をなさない）。近代、いや現代小説ではもはやカタルシスはなくカタストロフィーがあるだけということになる。カラマーゾフにはどう耳をそばだててもモーツァルトの音楽は聞こえてこない（場違いな回廊を私は歩いているのだろうか）。

　ドストエフスキーの父親はモスクワの病院で医師をしていたが、一八三九年の夏に自分の領地で農奴（複数）に殺害された。ドストエフスキー十八歳の時である。サンクトペテルスブルグの陸軍工兵学校在学中だった。自伝なり、回想記にするには重い事実だ。

「カラマーゾフの兄弟」　その二

ジークムント・フロイト博士は父ミハイルが殺された後にドストエフスキーが癲癇の発作を起こしたとしている。最も忌まわしい殺人願望と罪の意識。オイディプス・コンプレックス。ミハイルの写真が残されているが、厳格で癇癪持ちの顔立ちである。一面かなり教育熱心でもあったようだ。妻を結核で亡くし、退職後に領地で地主生活に入っているが、家政婦として来た農奴の娘を孕ませるということもあったという。

ドストエフスキーは日常、我々が経験することの稀な出来事を十八で体験したことになる。それも父親の異常な死だ。回想記のプランがあったことは前に触れたが、どのように書いただろうか。作家的良心からすれば父の死は避けて通れない。自伝や回想録の形をとれば、多くのものがそうであるように割り引いて見なければならない。私の書くものも例外ではない。ドストエフスキー回想記においても小説という仮面を被せたのではないだろうか。

止まれ。それは作家の死で書かれなかった。カラマーゾフに戻ろう。実行犯のスメルジャコフは自殺したが、兄弟の三人は生き残り、それぞれの人生に帰っていく。二十で地獄を見た主人公は人生の緒についたばかりだ。十三年後の第二の物語は作者の死により未完のまま残された。

父の虚無

何が楽しみで親父は生きたのか、考える。大正天皇の崩御が何月何日か知らないが在位は十五年なので、昭和天皇ほどは長く生きなかった。父は大正最後の年の四月生まれだった（一九二六年に年号が変わった）。本人の内でどこまで意識があったか知らないが、昭和の時代を生きたことになる。偶然ではあるが、生まれた日が天皇誕生日と重なった。私が物心ついてから親父は自分を語ることはほとんどなかった。

父の虚無はいつ頃育ったものか。父は宗教に走らなかった。むしろ宗教に懐疑的だった。お彼岸やお盆の墓参りもしなかった。なぜか親の墓も仮墓のままにした。山田原の寺総代は務めたらしいが。酒を神とすることはできないが、少しは親父を癒しただろうか。

九州で親父が亡くなっておれば、書き手の私も存在しないことになる。姉が婿をとって家を継いだことだろう。近所の片岡家は婿が戦死した（大陸のどこだろうか）、その弟のヒデやんが婿に入った。私の父より齢が数年上だったので、南方戦線に駆り出され各地を転戦した。マレー半島の戦役、インド東端での、あの無謀なインパール作戦でイギリス軍の俘虜となり、ビルマの捕虜収容所に一年余りいて太って島に帰ってきた。

私の知っているヒデやんは骨格のがっちりした眼の鋭い顔立ちで、笑うとどこか愛嬌があった。片岡家にはかおるはんと綾子はんの二姉妹がいて、綾子はんの婿がヒデやんだった。子供の頃、私は片岡家にケンタイ（勝手に、の意の島言葉）に出入りして、かおるはんや綾子はんに実母以上に可愛がってもらった。ヒデやんの酒は親父と違い、歌も歌えば踊りもする陽気なものだった。小さな私は戦争の傷跡を知ることはなかった。マレーやビルマで私の親父以上の地獄を見てきたはずだが、同じ虚無が取り付いていたかどうかは分からない。

記憶のずれ

もう読者は気付いていることだろう。私の同じ記憶が繰り返し描写され、それが微妙にずれている。一体どれが本当だろうかと。記憶の鮮明さと曖昧さ。極め付きはいない人物がそこにいたり、しゃべったりすることだが、自伝では甘美なフィクションの落とし穴に落ちないようにしたい。曖昧なものは曖昧なまま残しておこう。

画家のモジリアーニの線は対象物を一本の線で的確に捉える。明快で非常に美しい。私はというと、何本かの線で描写を試みるが稚拙で、明快さを欠いている。私は言葉を線に喩えたが、一プラス一が、何がなんでも二でないと気が済まない人には記憶のずれをどう言い表したものか。私は繰り返される線描で何か本質的なものを捉えようとしている（それにしても無駄な線の多さは認めなければならない）。

私はへその緒が首に絡まり青息吐息で誕生したが、早々に苦界を体験したことになる。若い父親は外に出ていて立ち会うことはなかった（田舎の習慣では普通のことであったようだ）。二人の妹の時もそうだった。

八月の某日。もうおばばはいないので母に出産時のことを聞くと、母屋の「奥の部屋」だった。私を取り上げたのは三十に入った産婆で、小学校の同級生坂本君のお母さんだった。坂本君の家は老《ろ》の内で、イザナギさんから郡家の方に五百メートルぐらい行った県道端にあった。坂本君は（名は勇であったか）長身、痩せ型でかなり勉強はできた。先生にも好かれ、女生徒にも人気があったが、どこか淋しげなところがあった。親の仕事の関係か、中学に上がる時には転校していた。

遊び呆けていた私は坂本君を一度釣りに誘ったことがあった。カキヤマの傍の池で太い木の上から（落っこちそうになりながら）源五郎を釣った。彼は友情の証に二キロ半の道を歩いて来てくれたことになる。五十数年経った今も黄金時代の思い出として憶えている。八、九歳でどこか大人びた坂本君の背に孤独の影があった。

私を取り上げたお母さんは命の恩人となるが、母と十ほど違うので九十の半ばか、存命かどうか怪しい。祖父の写真アルバムの中に多賀保育所の卒業記念写真（昭和三十年三月と筆書き）があった。私は四倍ルーペで一人ひとりの顔を見たが坂本君を特定することができなかった。小学生の時に転校して来たのだろうか。兄弟がいたように思うがそれも曖昧だ。

無名氏の自伝について

フランスの名の知られた作家の自伝的小説を読んでいた時に自伝を書くことを思いついた。夏の始まる前のことだ。四本の柱を立て頼りない記憶を辿ることにした。創作ノートの類は取らずに即興を旨とし、二つ三つこれはと言うものがあればという気で始めた。

私は詩集や写真集を出しているとはいえ、ほとんど無名に近い表現者だ。これは小説ではないので、個人情報やプライバシー問題にも慎重さが求められるだろう。と言って多くの人物にUとかSやOを当てるのもどこか味気ない。既成のアートの枠に収まらない、アドルフ・ヴェルフリのようなアール・ブリュットの作家は読者を想定しないで思うがまま筆を走らせるが、私は数少ない読者を頭の片隅に置いている。私は時と場合によっては匿名にするだろう。完全無欠の人間はいないわけだが、自分のことを悪く書かれて笑って済ませられる人は少ない。検閲があった頃の伏字も見苦しいし、少なくとも今は言論の自由がある。

祖父の「青山」故事

ドキュメンタリー作家の手法で祖父のことを台所で母から聞きとろうとしたが、母には通用しなかった。祖父の葬儀の後、房子はんの漏らした一言がかなりショックだったようだ。「イタロはんはようできたお人やったが、キョウズカに二号はん置いたことは生涯唯一の汚点やった」と。この騒動は前に触れたが、いつ頃の話かよく分からない（母が知らなかったとすれば嫁ぐ前の話か）。村での噂になったであろう。このことで父から非難めいた言葉を聞いたことがない。母が本家の外に耳にしなかったのも不思議なことだ（世間はこの種の噂で溢れている）。

本家の房子はんは誇り高くおしゃべり好きなところがあった。小津映画に出た杉村春子演じる、おしゃべりで男勝りの女性を思い出させた。悪気はないが一言いわないと口が腐るように思っている。房子はんは若い頃はかなりの美人だった。子供の私をかわいがってくれたが「おしゃべりを控えればすてきな女性になれるのに」とよく思った。町内では夫のキンジはん以上に一目置かれたようだ。たいがい本家も我が家も女性が強かった。

私は祖父を軽蔑する気にはなれない。祖父には別の顔があり、本当の顔がそれだと今も思っている。世間が少し広くなった中学生の頃、祖父に表の間と「広敷」に挟まれた、中の間に掲げてある青山の書のことを聞いた。青山という言葉が印象に残ったが額に書かれた意味はよく分からなかった。それは北宋の蘇東坡《そとうば》で知られる蘇軾《そしょく》の詩ではなかったが、いつからか「青山」を希望の象徴と見なすようになった。

二十歳代の半ば、神経衰弱に陥ったことがあったが（サラリーマン生活と野心の板ばさみ）、祖父は「人間到る所青山」と書いた手紙をくれた。これはずいぶんと生きる励みになった。祖父の手紙は捨てずに皆取ってあるので、どこかにあるだろう。還暦で島に帰ったが、ここが私の青山になるのか。

風変わりなめす雉

秋の夕方、枯れ草を焼くためにカキヤマに行く。春先に若い、物怖じしないめす雉《きじ》に遭ったが、土手に巣跡があった。五、六個ふ化した跡が見られたが、あの雉のものだろうか。

カキヤマの下の畑に私はいちごを植えていた。四角い四平ベイほどの広さだ。その近くの草むらに小さな雉がいて、足音がすると隠れたが、私の方からは背中は見えていた。気づかず近づき過ぎ、慌てて草むらから飛び出す姿を幾度か眼にした。それでも住みかを替えなかった。

普通、雉は人間を見ると逃げる。めすは臆病だ（おすはもっと臆病だ）。ある時、いちご畑で草引きをしていて、いつもの雉に気づいたが、逃げる素振りがない（怖くないのか、好奇心の強い子だ）。私は身をかがめ、でたらめに鳥の鳴き真似をした。すると一定の距離を保ちながら、鶏の雛の鳴き声をやや高くしたような声で、いちご畑の周りを数え切れないほど回った。雉のめすはすぐ太りだすがその子はまだ細く、身のこなしは俊敏だった。眼は私から外さない。お昼前で、町に用事がなければ若鳥の奇妙な行動に付き合っていたかったが、それでも私は小一時間いた。一時、愛すべき妖怪が出没する聊斎志異《りょうさいしい》の世界に迷い込んだかと錯覚に陥った。その子には何か気品さえあった。

家の東にあるぶどうの近くで遭った時には、体は少しふっくらとしていたが、依然動きは軽やかだった。足音に驚いて上の土手に離れた。私が鳥の鳴き真似をすると、三メートルほどの距離（前より相当に近い）をとって又鳴きながら私の近くを頻繁に回った。声はかなり大人びたものになっていた。母の用事で町に出なければならなかったので、やむなくレディーのもとを辞した。動作も優雅でゆとりがあり、私に翼がないことを知っていて、からかっている風さえあった。ただ、その中に何か必死さがあった。

それから三週間ほどして、いちご畑に行く途中、その下の休耕田の草むらから二羽の雉が飛び出した。若いおすとめすだったが、めすが彼女だとすぐ分かった。おすはいち早く一鳴きして、東の山へ逃れた。彼女の方は西の坂道を越え、安本の見晴らしのきく土手に上がった。私はすかさず例の鳥の鳴き真似をした。一瞬眼があったが、落ち着きはらってさらに上の土手にトントントンと上がり、もう後を振り返ることはなかった。

雉は縄張を持つ。カキヤマの土手の巣はあの若いカップルのものだろう。私は鳥の鳴き真似をしたが、ものの動く気配はなかった。巣跡の少し下で枯れ草に火をつけようとした時、近くから澄んだ興梠《こうろぎ》の音が聴こえてきた。

うさぎの目はなぜ赤い

朝の十五分、例によって記憶の小道を遡る。枝分かれして、もう先に進めない場所がある。引き返し、また別の道を辿る。一つの言葉、一つのシーンが糸口になり視界が開けてくることがある。私はその度に紙に走り書きし壁にピンで留めて置く。

子供の中にも早くから商売に目覚めるものがいる。総じて早熟で、親や兄弟が何か商いをやっている。自分で稼げないか考え、うまくいくとのめり込む。広生寺《こうしょうじ》の坂を下ったところに坂口家があり、子供がかなりいたようだ。私より二、三級上にその「小さな商人」がいた。かなり大人びて見えた。家が離れていることもあり、それほど交流はなかった。坂口のキヨス（清がこのように聞こえた）さんが鶯《うぐいす》をトリモチで捕っていた。もちろん商売だった。私やマサイッちゃんらを「現場」に連れていってくれたことがあった。鶯の入った籠を持って砂川家の墓がある小藪に入った。竹に絡ませたトリモチを籠の近くに五、六本しかけ、我々は少し離れたところに潜んだ。いたるところで鶯の鳴き声がしていた（不思議に思われるかも知れないが、この時小鳥がトリモチにかかったかどうか憶えていない）。

ある時、私は小さな商人から小さなうさぎを二頭買い、飼い始めた。おばばの弟の前田先生に英語の個人レッスンを受けていた頃なので小六か中一になっていた。牛納屋の一つが空いていたので、その場所を使い毎日新鮮な草や野菜をやった。坂口はうさぎに子を産ませ、それを売って何がしかの小遣いにしていた。儲けた金を資金に、資本主義の原理を上手に応用してさらに稼いでいた。私は好奇心から飼ったが、商売ではなかった。

小さなうさぎはみるみるうちに大きくなった。よく食べ、まるまるとした糞をした。学校の試験と何かが重なり、しばらく餌をやり忘れた。まるまると太り、なついていた二匹のうさぎは驚くほどやせ細っていた。物言わぬ赤い眼はなぜか血の涙のように見えた。私は責任を持って飼う約束で手に入れたのだったが、しばらくして二匹とも同時に亡くなった。余りにあっけない死だった。母は当然叱責した（毎日、牛の世話をしていた母がうさぎの衰弱に気が付かなかったのか、いや人のせいにすべきでない）。祖父は叱ることはなかったが、悲しい眼で生き物を飼う難しさを孫に聴かせた。傍にいたおばばも家の前の山に丁寧に埋めてやるように言うだけだった（これは私には何よりこたえた）。

名前の謂れ　その一

浮世絵師北斎はよく引越しをし、よく雅号を替えた。同時代を生きた「謎の絵師」写楽も雅号だ（本人探しが何度か流行った）。私は子供の頃から人の名前や地名の謂《いわ》れに心をときめかした。漱石や鷗外、子規、啄木、荷風とみな雅号で、子規の本名を知る人はかなりの俳句通といえる。分家した我が家の初代熊次郎久尚も何度か改名した。雅号として里雀を名乗った。始め虎吉でなぜ虎さんが熊さんになったのか、昔のことなのでもう誰も知らない。傑物と言うべき人物でおばばが一等誇りにしていた。肖像画が長い間蔵にあったというが、いつかなくなった。伯母は眼にしていたことになる。代は幸吉、伊太郎、晋と続くが改名は戒名だけとなった。

私の名は百姓家では珍しいものではない。ただおばばの話では祖父が町の風水に通じた人の家を訪ね、姓名判断をしてもらって付けたようだ。そのことを祖父は一言も話さなかった。これも後で聞いたことだが、太宰府天満宮に大学を出るまで何がしかのお金を納めていた。

多感な中学生の頃、いろいろ名前について調べたり考えたりした。菅は、旧字では官の頭に艸となる。草冠は二本の草が並んで生えているさまを表している。菅は草の名でスゲ（茅の一種）。昔は笠や蓑《みの》にした。カンの音は官の字音と混同したものとの説がある。「耕」の字は人の名前にけっこう使われている。スキ偏の「耒」は三叉の刃のある鋤《すき》を描いた象形文字。旁の「井」は四角の枠。

私はある用があり、市の一宮事務所で戸籍抄本をとったが、祖父は耕のスキ偏を古い「耒」で届けていた。よく知った女性職員が今後何かと不便でしょうと、常用漢字体に変更してくれた。旧字体も悪くないのだが。耕の後の一郎は見ての通りである。郎は、おのこ、おとこの意だが、オオザトの阝はむらを表す邑。漢字の古里では「郎邪」の地名に使っている。祖父が思いを込めた名前であったが、私は十八で島を出、田は耕さなかった。何と言う裏切りだろうか。死ぬまで一度も口に出さなかったが、父の怒りの根にありはしなかったか。

名前の謂れ　その二

人間はいつか死ぬ。有り難いことに。幼なじみの安本雅一は五十の手前で亡くなった。安本家は近所で遊びは常に一緒だった。私はその真言の戒名は知らない。私をかわいがったおばばや祖父の、あの世での名をここに書こうとは思わない。薄情な孫と思うだろうか。私にはこの世での名こそ親しみのもてるものなのだ。

中学生の頃か。まだ自分の名前がしっくりこなかった。雑記帖にいろいろな名前を書き付けた。菅龍之介。これは芥川から頂いた。鋭利な刃物のような響きがあった。私の姓の下に持ってくると鋭すぎると感じた。却下。裏座敷の小図書館に日本文学全集の一つとして芥川龍之介はあった。簡潔で理知的な文体が気に入っていたが、剃刀だ。「オレには鈍刀が似合っている」。これは若い頃も今も変わらない。

啄木はどうか。奇妙な名だ。旧態依然とした歌人界に穴を開けようとした人物に相応しい。本名の一《はじめ》では思いが込められなかったであろう。鷗外、漱石を頂くことは憚られた。私の姓の下にこの大看板をつければたちまち文学界より追放されかねない。鷗外の「安寿と厨子王」は絵入り本でおばばがよく読んで聞かせてくれた。安寿の入水《にゅうすい》の場や厨子王が山椒大夫に売られた母を佐渡に訪ねる場は今も脳裏に焼きついている。功なり名遂げた鷗外であったが、森林太郎の名で死ぬことを願った。漱石の本名、金之助を知る人はけっこういるだろう。子規と俳句をよくした人物の元はいわば俳号だった。ホトトギスから小説家として巣立っていった。いま「吾輩」は小説家漱石より俳人漱石を高く買っている。

永き日やあくびうつして分かれ行く
どつしりと尻を据えたる南瓜かな

荷風ではどうか。荷は蓮のこと。私の姓の菅は飾り気なく、朴訥といっていい。蓮のようなほのかな香を放つこともない。その名をおいそれと頂戴するわけにはいかない。

名前の謂れ　その三

北斎は画狂人と称し、生涯絵に没頭した。ロートレックはその浮世絵を眼にし、手に取った。北斎漫画は富嶽三十六景とは別の面白さがある。その落書帖こそ私のスケッチに取り入れるべきものだ。写楽の実像が少しではあるが明らかになってきた。蜂須賀侯お抱えの能役者、俗称斎藤十郎兵衛が有力候補として出てきた。もしそうだとすれば、淡路と阿波は近い、昔は同じ藩であった。つい数年前(二〇〇八年)、写楽の肉筆画が地中海のコアフ島で見つかっている。東洲斎は江戸八丁掘に住んだとされる男が東国、つまり関東の地で「真を描かんとした」と、とる説もある。実にあくの強い絵だが一度見ると忘れられない。

歌麿はどうか。本姓の北川を喜多川としたが、どこの産で没年がいつか。意外に浮世絵師の生涯ははっきりしていない。安藤広重も同じだ。

若い頃、東京で美術館やデパートでの浮世絵展、名のあるギャラリーでの絵画展などで浮世絵を観たが、多くはくすみ、中にはしみが浮き出ていた。ゴッホやゴーギャン、モネー、マネーらを虜にした絵とはとても思えなかった。

俳人の多くは俳号で知られている。芭蕉の本名は宗房。芭蕉に落ち着く前に、桃青、泊船堂、釣月庵、風羅坊などと称した。芭蕉という大看板を継ぐ俳人はいるだろうか（私はその精神を問題としたい）。吉本ばななはユニークな作家である。

蕪村。もう本名はいいだろう。姓の与謝は母方の地名から取られている。蕪はカブラだが、「荒れる」と訓読みされる。蕪村は淋しい名だが、それを与謝の下に置いた。一茶はどうか。禅僧が好みそうな名だ（一茶さんは浄土真宗だった）。どこか開き直り、反抗的な響きがある。俳諧寺とも名乗った。信濃柏原の産。菅一茶、どうも座りが悪い。菅茶山は紛らわしい。

ある時、耕の字に別の「コウ」を当てようとしたが、コウの漢字は意外に多いことに気付いた。私のペンネームは中途半端に終わった。五十の坂を越えてから、姓と名がしっくりと来るようになった。まるで小説の登場人物のように。

自伝と自伝的小説

自伝スケッチの分量が増えてきたが、自伝形式でどこまで自分を描き切れるだろうか。十九世紀前半に活躍したフランスの作家（私の自伝の切っ掛けとなった）は小説の形をとった。小説の利点について考えてみた。

1　自分との距離を保ち、事物を客観的かつ冷静に捉えられる。
2　想像力が生まれ、人物を生き生きと活躍させられる（想像力はもちろん自伝にも観察力と共に必要なものだ）。
3　複眼で単調さを避けられる（誰もが獄中で過ごし、波乱万丈の生涯を送るわけではない）今後、私は日常を問題にしたい。その奥底にあるドラマこそ書くべきものだ（人間喜劇であるだろう）。

自叙伝という形式は日記（特に日本においては）と共に多くの人によって書かれるだろう。私は少なからず自伝を読んできたが、不思議なことに共感、共鳴するものは多くはなかった。玉石混交が甚だしい。功なり名を遂げた人の自慢話はどこか見苦しさを感じてしまう。ある種の偽善、といえば言いすぎだろうか。一方で事実は小説より奇で、私が生涯体験することのないであろう、話やそこから生まれた含蓄ある言葉に感動を覚える。成功譚より失敗にこそ同情し、意味を見出そうとした。人の心は複雑で奇怪だ。

初め自伝は原稿用紙三、四十枚あれば事足りると考えた。落書きのように書いているうちに様々な記憶が蘇ってきた。神でない人間にとって、失敗や悔恨は掃いて捨てるほどある。批判も書いた。

社会は自分一人で成り立っていない。そこには他者が存在する。共感したり批判したりする他者が。やがて人は時という大河の中でどこかに流れ着く。そこでは、私の記憶は無にも等しいだろう。

第六章　反抗期

「無よりは悲しみのほうがいい」

どの表現者も長いか短いかの差はあれ模倣の時期があるだろう（自分の本能のおもむくままに表現するアール・ブリュットは違うだろうが）。あのピカソにおいてすらそれはあった。子供の絵は瞬く間に大人顔負けの絵に変わり、絵画の先生だった父親を驚かせた。ピカソは長寿であったが、晩年「いかに子供のように描くか」に腐心した。パウル・クレーはどこか素朴なアール・ブリュットや息子の絵（子供の頃に描いた）から絵のヒントを得ようとした。

繰り返しになるが、私は啄木を真似た。大学ノートに書き付けていたのを思い出し、蔵の書類箱を探したが見つからなかった。高校で文学を口にする生徒は稀だったので人に見せ、批評を請うことはなかった。大学時代の同人誌仲間、斎藤悦夫君には見せただろうか定かではない。私はクレーのような几帳面さを欠くので、短歌と同時期に書いていた詩も散逸した。今思えば、下手には違いないが、私の精神史を辿る資料となったことだろう。少年の眼が世界をどう観、どう反応したか、知ることにもなったであろう。詩は誰に教わったものでもなかった。いや待て、藤村の、朔太郎の、犀星の模倣はあった。

ふらんすへ行きたしと思えども
ふらんすはあまりに遠し
せめては新しき背広をきて
きままなる旅にいでてみん

これは朔太郎のどの詩集だろうか。この後に宮沢賢治に出会ったのではなかったか（賢治の詩を模倣しただろうか）。意識的にはノウ、否だ。詩を書き出してはっきりと意識したのは中原中也だった。この頃は大学生になっていた。同人誌仲間はランボー、ボードレール、マラルメ、コクトーを話題にし、授業の外に何人かはアテネ・フランセに通っていた。いわゆる文学青年のことごとくが麻疹《はしか》のようにランボーに感染していたようだ。私にもその後遺症を認めることができるだろう。

変わり者の私はアメリカ文学を専攻した。教授にヘンリー・ミラーを卒論にしたいと申し出ると、「いまだ評価が定まっていない」（確かそのような話だった）として、別のアメリカ作家を選ぶよう、妙な助言を頂いた。当時、熱心に読んでいた南部の作家ウイリアム・フォクナーに変更し、かなり低い評価でパスした。作家の「無よりは悲しみのほうがいい」という言葉が心に落ちた。ニューヨークや東京でなく、郷里の小さな町が小説の舞台に十分なり得ることを知った。

詩を書きながら小説への野心（そういうことになる）を持ち続けた。さらに三十を越すと写真が加わった。五十の声を聞いて芭蕉の前衛に思いが至った。

いま芭蕉の「軽み」は古くなったであろうか。この先に求めるものは何か。私は偏見から長い間、俳句を古臭い、黴の生えたものと見なしその面白さに気付くのが遅れた。いま伝統俳句より新興俳句、自由律のなかに芭蕉の精神を見る。よく鯛は捨てるところがないというが、伝統俳句一本というのは、鯛の兜や骨付きのアラを捨て去るようなもので、味の分かった人のすべきことではない。

咳をしても一人

これに季語を求めたらおかしなことになる。五七五音ではないが「切れ」はある。尾崎放哉の生涯を前詞とし（知らなくてもかまわないが）先ほどの九音の句を置くと、君は即膝を打つことになるだろう。

パリの空の下で

私は一九七八年から翌年の夏頃まで主にパリの街をさ迷った。ある女性が紹介してくれたマレー区の星なしホテルを常宿にしたが、ノルマンディー出身の家族は人当たりがよかった。共同トイレだったがそれも苦にならなかった。シングルベットの脇にビデが備え付けられていた（初め何か分からなかった）。荷風の小説にも出てこなかった代物だ。二階だったと思うが、窓が一つあって十分に日の光は射した。

三カ月して私はマドリッドに出かけ、街をさ迷いかなりひどいスペイン風邪をもらった。パリに戻り医者にもかかからず部屋でうなっていたことがあった（漢方薬と正露丸で治そうとしたのだ）。何と言う無知。愚かさ。それでもたっぷりと汗をかき、風邪の峠を越した頃からまた街をぶらつき始め

マドリッドの蚤の市。私は街をさ迷い強烈な「スペイン風邪」をもらった（1979年冬）

た。カフェでヴァン・ルージュを飲んで詩を書いたりした。ルーブル美術館やノートルダム寺院が近くにありよく通った。河沿いのブティックをひやかし、シェイクスピア書店は用もないのによく立ち寄った。ホテル近くにあったユダヤ人のパン屋、そこの細君は親切で、砂糖をまぶした大きなパンを勧めてくれたがいい味だった。食べる（つまりは生きる）楽しみを教えてくれた。朝のオレンジもそうだ。セーヌの岸辺や様々な形をした橋の上に立ち、思いにふけることはささやかな喜びだった。

　近所の子供達は痩せている私にボン（つまり骨）と渾名を付けからかった。負けずに私も関西弁で、品のない言葉をお返しした。そこには小さなパリジェンヌも混じっていたが。しばらくして子供達と通りで親しく、言葉を掛け合うようになった。

　パリの街角にはたくさんギャラリーがあり、私は気軽によく立ち寄った。どこの街角であったか、多くの浮世絵が展示してあった。歌麿の美人画は色落ちもせず、極めて保存状態のいいものだった。色鮮やかな浮世絵はくすんだ絵を見てきた眼には新鮮だった（これが本来の色だったのだ）。私は浮世絵に対する偏見を改めた。

俳句の面白さ、その魅力に気付かされたのもパリでのことだった。三十歳前まで、一茶、山頭火を別にして黴の生えた古臭いイメージが付きまとった。パリは禅ブームで、ハイクも読まれ出していた。シェイクスピア・アンド・カンパニーで月に何回か、肩肘の張らない講演会があった。

冬のある日、たまたま白髪の痩せた親父に声を掛けられ、二階に上がった。三十人ぐらいの人々を前にアメリカの若い作家が早口で、ハイク（短詩の感覚だ）の新しさと魅力を語っていた。日本人と見た私に英訳の俳句を次から次と朗読してくれたが、私の耳は二、三の句の見当が付くぐらいだった。若い作家と講演会の後で立ち話もしたが（日本人は私一人だった）多分、相手は物足りなかったことだろう。私は詩を書いていたが、まだ俳句の面白さというより「凄み」に気付いていなかった。

子規の「墨汁一滴」

子規に「墨汁一滴」という随筆がある。重い病を抱えた子規は筆を墨に浸し、一筆書きのように事物を描き切ろうとした。明治三十四年一月十六日から七月二日まで日付を入れ、新聞日本に掲載した。漢詩や短歌、もちろん俳句に学んだ文体は簡潔だ。病気が幸いして（子規には失礼なことだが）冗長さから免れている。私の書くものもかくありたい。

言葉は投げられた一石から生じる漣《さざなみ》の運動だ。次から次と、言葉が言葉を呼び起こし連なっていく。まず書け。時を置いて、言葉は推敲され、削ぎ落とされなければならない。

日常というのは面白いことや楽しいことばかりではない。幸福だったことは忘れやすい。ごくごく小さかった頃をよく憶えていないのもそのためだ。多賀にあった村役場の木造の建物も今はない。保育所も取り壊され更地になった。竹谷は多賀の一番端にあり、中学に上がるまでマサイッちゃんと二キロの道を歩いて通学した。県道はまだ砂利道で、形のいい綺麗な石を拾ったりもした。時に石は凶暴なツブテともなった（稀ではあるが）。

家に帰って十五分と机の前にいることはなかった。土間に三畳ほどの板の間があって、机はガラス窓の傍にちょこんと置かれていた。天井には明かり取りがあって部屋はそれほど暗くはなかった。当時、おばばや祖父は裏座敷の二階で寝起きしていた。その階下の部屋（例の伯母の本があった）は夏にはすべて開け放たれ、田圃からの涼しい風が通っていた。

母屋との間には小さな庭があって、長い大きな板が橋代わりに架けられていた（家のものはダンバシといっていた）。母屋の北の部屋には縁側があって、近くでおばばはよく針仕事をしていた。縁側は子供の遊び場にもなった。様々な遊び（その一端は既に話した）。花札は父の持ち物であったか、家に古くからあった。花や動物はデザイン的にもしゃれたものだった。大人のような賭けはしなかった（後日知ったことだが、我が町では賭け事が日常化していた）。女房を質に入れかねないものがいたらしい。

私は図鑑ではなく花札で花の名前を憶えたのではなかったか。熱心に「イノシカチョウ」を集めた間に。梅、桜は身近にあった。桐の樹も屋敷の西に植わっていた。藤も山藤ながら季節がやってくると花を咲かせ上品な香を放っていた。杜若《かきつばた》はどうか。私がよく見かけたのは菖蒲《しょうぶ》だった。柳は川や池の近くにけっこうあった。牡丹《ぼたん》を植えている家は思い出さない。本家や広生寺はどうであったか。一番縁の薄い花だった。萩やススキは珍しいものではなかった。前栽を祖父の代に造ったが、萩はあっただろうか。真っ赤な葉をつけるもみじはあった。晩年盆栽にこった祖父であったが、菊作りはしていただろうか。ごくごくありふれた山の樹を盆栽にしていた。私は花々の何かを落としているようだ。

花カルタに弟と一緒にフミちゃんが加わっていたかどうか憶えていない。正井のキヨちゃんはどうであったか。メンバーにいたはずだ。鯛や平目、スズキが出てくるカルタは何であったか。奇妙な遊びとして椿の実を使ったベッタがあった。実を平たくして、表を裏に返すシンプルな遊びだったが、私は最良の椿を探し回った。もうこんな遊びをする子供達はいないだろう。無心な遊び。二度と帰らない、黄金の時間は過ぎ去った。

モーツァルトを凌ぐ深く澄んだ音色

時はとうとうと流れている。私は自伝という船を時系列で走らせなかった（意識的にそうした）ので読者に戸惑いがあるかもしれない。私は即興で、印象深い場や言葉を手がかりにして記憶を辿る手法をとった。無駄な線を何本も引いては（引っ掻くといったほうがぴったりとくるが）消し又書くといった作業を繰り返している。

プランは前にも触れたがおおざっぱなもので、文学との関わり（私の精神にどう影響してきたのか。批判精神も交えながら）。これが第一の柱。子供の頃手にした作家の本を読み返しているが、偶然や直観的に選んだものだ。子供の眼は概して鋭く正しい（今の私は経験こそあるが感性は鈍い）。

二つ目は恋愛（美をも含めた）。私の眼は多くを見誤った。つまり節穴だった。魔法にかかったように、とは美しい常套表現だが、リアリストとしては「詐欺師にあったように」とすべきかもしれない。甘さの中にある苦さ。いまもそれほど利口になってはいない。

三つ目は古くて新しい「父と子」。自分を知るためには避けて通れないテーマだと思うから。「私の奥にオイディプスがいた」。

少々おぼつかないが、四つ目の柱としたのは政治で、これは茫漠としているが、権力が見えやすいのとある種の危機意識からテーマとした。私は必ずしも力や悪を否定しない。これからも混乱、矛盾といった荒波に遭うだろうが、船を前に進めたい。

事物を表現するのに私は画家のような的確な線を求める。晩年のクレーの無駄のない単純な線を見よ。書いては消し又書くといった作業の中から「隠されていた私」が顔を出すだろう。

昨日は中秋の名月で夜、戸外に出た。叢《くさむら》では虫たちが凄まじい声で鳴いていた。お盆の頃はまだ音色に硬さがあったが、はや名人の域に達した。メスを求めて鳴くのであろうが、日々の訓練の賜物、いまやモーツァルトを凌ぐ深く澄んだ音色を奏でている。

母という鏡

即興、これが私の手法だ。机に向かい十五分ほど集中し、いろいろ思いを巡らす。落書きを五つ六つと書き付け壁に貼りつける。面白いと思ったものを選び書き付けていく。いつ現れたのか。小さな男が背の方で「失敗は気にしなさるな。思い切り、思い切りが大切ですよ」と女性的な声で励ます。

シュールレアリスト達は無意識の領域に入り込むために「自動筆記」という方法を発明した（少々インチキくさいところもあるが）。私の即興は言葉の断片を糸口に言葉が言葉を呼び寄せる。同時に

菅家の門で。老いた母アキラ（2010年8月）

頭の片隅に情景が現れる。混沌から徐々に形になっていく。無秩序から秩序が生まれる。舞台裏の話はこれ位にしておこう。

　私の見る鏡がずいぶん歪んでいると思うことがある。母という鏡がそれだ。結果的に私の見る世界はかなり歪んだ形になる。ダリの柔らかな、骨の抜けたモノたちのように。ごくごく小さかった頃、母に友達から聞いた話をすると、最初に出てくる言葉は、誰々君にお前騙されとるんやろ、というものだった。若い母が友達や世間に痛い目にあってきたとも思えない（父との結婚がそうであったのか、騙されたと）。二十そこそこでの結婚だった。

　私は騙されることを気にかけないところがあった。それが面白ければ承知の上で乗ることすらあった。家の近くにバス停があって、老夫婦でバスの切符や駄菓子を売っていた。背中の曲がった老人はお愛想をいうでもなく口数も少なかった。ある時、買い物をするとつり銭が少し足りなかった。オヤッさん耄碌したか、とそのままにした。二、三度続いたので私は少なめにお金を渡した。オヤッさんは即座に足らずを催促した（私より頭の回転が速かった）。私は三度同じことを繰り返した。もうオヤッさんは子供を侮《あなど》らなかった。

母はお金に細かいところがあった。学校の必要品でもきっちり説明できないと小言をいいなかなか出してくれなかった。出す時もお金の大切さを必ず口にした。「お金がないのは首がないのと同じ」、というのが母の金銭哲学で生涯それを持ち続けた（うっかり大罪を犯すところだった。現に生きているし、金の計算は呆けずにいる）。

その生き方、人生観（死生観を含め）のことごとくがおばばと対立し、相容れなかった。二人の衝突が幾度となく繰り返された挙句、おばばは自分の世界を持っていたのでそこに引き籠った。お茶を楽しみ、晩年は郡家の女学校に出掛け教えていた。私の浮世離れした話を祖父と一緒に静かに聞いてくれていた。なかなかの聞き上手だった。母を悪く描きすぎただろうか（私の中にディオニュソス的憤怒の沸くところがある）。

習い事

誰の勧めであったか、ソロバン塾に通ったことがあった。小学生の上級生になっていた頃と思う。それとも中学に上がっていたか、今やはっきりしない。おばばが志筑のメーン通りにあった本屋に嫁いだ娘を見て思いついたのだろう。おばばの妹杉子も志筑の呉服屋に嫁入りをし、商売は繁盛していた（商売にはソロバンは欠かせない）。漢詩をたしなむ祖父のアイデアではないだろう。町に松下村塾でもあれば私を真っ先に通わせたであろうが。

ソロバン塾は郡家の役場近くにあり、明石という三十過ぎの人物が経営していた。部屋はけっこう生徒でいっぱいだった記憶があるが、先生の顔はもう思い出せない。近くに「あかし」という喫茶店があったが、何か関係がありそうだ（最近聞いた同級生の話では一党だった）。私は熱心な生徒だったとはいいがたい。

町には役場や公民館があり、さらに女学校、警察署、映画館がありとけっこう大きな町に見えた。港に出れば大漁旗をなびかせた漁師の船が係留されていた。近くには二度溺れかかった多賀の浜があった。メーン通りは魚屋と飲食店が軒をならべ賑わっていた。私の真新しいソロバンは手垢に汚れることはなかった（いまも蔵のどこかに眠っているはずだ）。初歩の何級であったかの検定試験を受けたが落っこちた。

その頃だろう、おばばの用で薄木呉服店に行くと、実直な主人が五つ玉の大きなソロバンをいい音をさせ弾いていたのを憶えている。

余りに遊び呆けていた私を心配したのであろうか。おばばは弟正義《まさよし》に私の英語を見るよう頼んだ。後に中学の校長までした人だった（親戚はコウチョはんと呼んでいた）が、なぜか姉には頭が上がらなかった。ソロバンと重なる頃か、夜に前田家を訪ね英語をいろはから教わった（おばばは弟から私の学力を聞いて驚いたことだろう）。ソロバンの方は一年を経ず自然消滅した。

おばばは英語が皆目分からなかった。「殺す」と書かれていてもよう分からん、と冗談を飛ばしていた。「コーゥに翻訳してもらわな」が落ちとなった。私が勉強に熱が入ってきたことを嬉しがった。一番身近に漢詩の先生がいたのに、ついに学ぶことを逸した。祖父の形見の掛け軸が手許に七本ある。後素自画讃の大意は分かるが、いまだ勢いのある癖字を読み下せずにいる。これは少々情けないので崩し辞典を調べたが依然、曖昧だ。

感情教育はなされたか

遊びのツケがだいぶ溜まっていたので、中学では勉強に力を入れなければならなくなった。元来のんびり屋の私もさすがに危機感を持った。陸上の長距離走にたとえるならば、先頭集団から一、二周は遅れていた。中学は五クラス二百数十人の生徒が学んでいた。

音楽。一番心待ちにした時間だった。音楽教室にいると不思議と心が落ち着いた。富山早苗先生がバッハやモーツァルト、チャイコフスキー、ドボルザークなどのレコードを聴かせてくれた（音楽を聴く楽しみは六十五のいまも続いている）。富山先生は若く大柄でもの静かな女性だった。三年間音楽を担当した。声楽分野で私の家族、親戚を見渡してその道に入ったというものはいなかった。その方面で私に希望を託すものはなかった。

祖父は時々浪速節をラジオで聴いていた。広沢虎蔵の名は覚えているが、さて演目は何であったであろうか（大政や小政、森の石松の出てくる清水次郎長伝がそれだ）。高田学先生は小学生の私にオルガンに合わせ何かを歌わせた後（歌唱のテストだった）「ふーむ。根深節だな」とこともなげにオンチのことを漏らした。私は危うく音楽が嫌いになるところだった。

美術も好きな学科の一つだった。柏木正文先生に三年間教わった。創作活動に力を入れた痕跡はないが、古今東西の絵画や彫刻を知ったことは私に観る楽しみを植え付けた。印象派がその入り口だった。抽象の中に叙情やユーモアのあるパウル・クレーの良さにはまだ気付いていなかった。私に画家への道はあっただろうか（いま絵筆を無性にとりたいが、ある種のアール・ブリュットとなるだろう）。

国語はどうであったか。一学年、二学年と山本弘先生だった。黒いメガネを掛け、気難しさはなかったが生真面目な人柄だった。先生は後年、校長になった。三学年は薬師好幸先生で、これまた真面目を判で押したような教え方だった。薬師先生とは昨年の同窓会（四十九年振りだった）で立ち話をしたがやはり真面目だった。この前の大地震で教科書やノートをすべて失くしたが、先生達をからかった落書きも消えてしまった。その先生の多くは鬼籍に入られた。

黒板にチョークでなにやら書いていた時のこと。「君の字は端正な王義之というよりは懐素だな」（私はひどい癖字だった）。薬師先生だろうか。山本先生だろうか。世間に出れば字で苦労するだろうとの助言を頂戴したが、まさにその通りになった。

薄木武臣《たけおみ》先生を落せば罰が当たる。先生はいい意味で変わり者だった。髪の毛はそれほどなく、コワモテの顔は陽に焼かれ黒くなっていた。ヘビースモカーで右の手は黄色くなっていた。金魚のような眼も少し黄色がかっていたが、笑うと子供の無邪気さが顔を出した。当時、英語の担任で三年の学年主任も兼ねていた。放任主義というより生徒の自主性を大切にしていたようだ。先生は大の推理小説マニアで、授業中ホームズを口にすることがあった（霧のロンドン。テムズ河での捕り物劇。さてどの小説だっただろうか）。

先生の服装は夏場を外すとブラウン系で生地もしっかりしていた。ちょっとしたカントリージェントルマンであった。薄木呉服店と親戚関係にあり、中田に居を構えていた。中三の時に英語を習いに通ったことがあった。私の家から自転車で十五分もあれば行けた。これもおばばの橋渡しだった。おばばの考えでは高校を出るぐらいの学力があれば、後は知恵と才覚で飢えずに暮らしが成り立つだろうというものだった。冷たい秀才は好まなかった。薄木先生の受験英語も落ちなければいいというおおらかなものだった。奥さんもおおように私を迎えてくれた。

高校で病気をしなければ、文学志向も変わったものになっていただろう。どこかの大学の駅伝選手から別の道に行くという風に（なにせアジア選手権大会に出たのが誇りの強面《こわもて》先生が陸上をみていた）。人と人の出会いは小さくはないだろう。悪の道に入った生徒も幾人かいる。同級生の幾人かは自ら命を絶った。仏門に入ったというものの話はまだ聞こえてこない。

菅野周蔵　その一

中学の卒業アルバムを見ていると、薬師先生を中心に四十五人の生徒が男女に分かれ四段になって写っていた（実は懐かしいヨシを探すためにアルバムを開いたのだが）。そこに一人だけ四角い枠で囲われている男がいた。周やんこと、菅野周蔵だった。

竹谷の三叉路から神宮の方に百メートルぐらい行った、県道から少し入ったところに家があった。顔のわりに背丈が伸びず、中学に上がっても鼻水をたらしからかいの的になっていた。いつも一人で友達はいなかった。小柄で太い眉の顔はやけに大きく見えた。よく両手を擦り切れたズボンのポケットに突っ込み敵をにらみ返していた。アルバムを見るまで第三学年の同じクラスだったことを私は忘れていた。弟や妹がいたことをうっすらと憶えている。

周やんはからかわなければ人のいいおとなしい生徒だった。自分から争いを起すことはなかった。子供は意外に残酷なところもあってよくいじめの対象になっていたようだ。マサイッちゃんもキヨちゃんも私もいじめの仲間に加わらなかった。小学校の行き帰りは山の道をよく使っていた。周やんは県道を使っていたがいつも一人だった。

家は百姓で家のテッタイでもしていたのだろうか、学校を休みがちだった（私はほとんど気に留めていなかった）。周蔵の存在がなんとなく気になりだしたのは病気をした高校の時からだ（コイツどういう思いで生きているのだろうかと）。

定年を過ぎ島に帰った時、喫茶店で同級生のKと遭った。周やんのことが話題に上ったが、Kもやはり気になるようだった。彼は隣の集落の男で西浦のある町に婿入りしていた。「いま周やんどうしているか」と私に聞くから、むしろ私がその消息を知りたいところだと答える。

Kと私は昔ひと悶着あった。通学の帰りに橋のたもとでKから「通行税」を求められたことがあった。その時はおとなしく有り金を全部（といっても五円か十円ぐらい）渡した。一度きりにはならないと思い、私は家にあった鉄の丸い棒（先が直角に折れ曲がっていた）をカバンに忍ばせた。何日か後、やはり一人の時に橋のところで同じことが起こった。Kは小学三、四年生にしては背丈が大きく中学生ほどあった。奇襲でしか勝ち目がなかったので、私は隙をみていきなり曲がった棒で打ちかかった。体の下腹部、もっというと男の大切なところを直撃した。Kは奇妙な声をあげうずくまったが私はその場を逃れることに夢中だった。

Kは気まずさもあり、家の誰にも話さず痛みを我慢した。が、その内にそこが腫れてきて母親に連れられ医者に行ったらしい。私の留守の時にKの母親が家にやって来ておばばに事情を話した。Kの母親は私の非を責めず、「あの子にはいい薬になった」と言って帰っていった（この日おばばは私に何も言わなかった）。おばばはしばらくしてKのことを話題にした。私の行為を叱りもしなければ褒めもしなかった。Kの母親が「大人になって子ができなくなりはしないか」と心配していたと。「打ち所がな」といってから、おばばは少し気の毒そうに笑った。その後Kは報復に出ることもなく、小さな痩せた私に一目置くようになった。

最近、Kは「これが孫や」とデジカメの写真を私に見せたが、夫婦の間に何人か子もいるので母親の心配は杞憂に終わった。Kは橋のたもとでの私の一撃を憶えているだろうか（私は話題にしなかった）。Kは周やんからも通行税をとっていただろう。この頃、周やんの大きな顔は歪み、上着のポケットは小石でふくらんでいた。

周やんは中学を出ると働きだしたようだ。ある時から神宮の南にあるブロック工場に勤めだした（後日知ったことだが、私の親父の口聞きだった）。無口で黙々と働き、コンクリートブロックの丁寧な仕上げは（人より遅くはあったが）定評があった。仲間も認める仕事ぶりだったが、相変わらず一人だった。地獄耳の話では月に一度島を出、福原の風俗店に通うことが唯一の楽しみだったという（嘘も混じる「耳」のいうことだ）。肝臓を痛めてからは仕事を辞め、六十頃に看護師をしている妹の紹介で介護施設に入ったようだ。

Kとは志筑の喫茶店で何度か遭った。その友達の遠山の金ちゃんといた時、周やんのことが又話題に出た。遠山が「もう亡くなったんとちゃうか」という。「いや、まだだろう。わしより早く逝くはずがない」とKは妙な論法で言い張る。まだ生きておれば、誰の口癖であったか「何が楽しみで生きているのか」聞いてみたい気がする。善良な牛のような眼（時に憤怒に燃えた）は何を見てきたのだろうか。

菅野周蔵　その二

九月某日。竹谷老人会の有志が貴船神社に集まり、清掃奉仕活動を行った。草むしりをしながら井戸端会議となった。周やんのことも「議題」に上った。中尾のノボルはんの話では郡家の介護施設でなにか人間関係のトラブルがあり、いま北淡の安い施設に入っているという。ノボルはんの話では若い頃大町の金物・鋳型の小さな会社に勤めていたようだ。「厚生年金なんぞに加入しているところでない。個人経営の会社だった」と。

既に弟は亡くなり、姉（地獄耳に聞くと妹）が看護師で面倒を見ているという。土木用のコンクリートブロックを作る「淡路ブロック」で働いたのはずっと後のことらしい。私の親父も数年間勤めた（社会保険庁の年金記録で期間が分かるだろう）。親父は仕事の後、郡家の酒屋で立ち飲みをしてから自転車で家路につくのが日課だった（二人で酒を飲むことはなかったであろう）。周やんも自転車通勤だったが、相変わらず一人だった。町内会にも顔を出さず、近所付き合いもなかった。

私はノボルはんに恋愛があったのかどうか聞いてみた。長老は草を引く手を止め「どうやろな。蓼食う虫もすきずきというからな、なかったともいえんな」と意味ありげに笑った。「周やんの恋か。こいつは面白い」。少し離れたところにいた、口の悪いBが話しに割り込んできた。土地のものは周やんが定期的に「上の方」に行っていたことは皆知っていた。ここで物語作家なら恋の一つも加えたいところだが、はっきりしない。田舎で飲む、打つもやらず奇人はどう孤独を凌いだのだろうか。福原の風俗に遊びに行くだけなら淋しいことだ。

点描画

親父が亡くなってもうすぐ四年になる。その肖像画を何度か試みたが描き切れたとはいいがたい。私が東京から島に帰ってほぼ一年で亡くなった。長屋も大地震で前方に二、三度傾き、天井のあちこちから雨漏りがしていた。私は長屋の西の端の四畳半だけでも修理して住めるようにしたいと考え、坂口という大工に頼んだ。入り口の小さな台所と物置も雨漏りがしていたので百五十万ほどかけ一緒に直してもらった。

親父はなぜか家に手を加えることを嫌がった。当初、家の東にある堆肥舎が真っ直ぐに建っていたのでそこをリホームしようと思った。出入りの腕の確かな宮大工に見積もりまで作ってもらったが、親父に話すと「ワシの眼の黒いうちは許さん。やるなら死んでからにしろ」とえらい剣幕で怒った。母屋はピサの斜塔ではないが年々傾きがひどくなっていた。「あんたの息子は安心して寝起きするところがないのですよ。分かりますか。それに改築費は私持ちですからね」といったが無駄だった。なぜ反対なのか尋ねても「ダメなものはダメだ」と受け付けない。親父は生まれた家に愛着があるのは分かっていたが、納屋の一部まで触らせないことに納得がいかなかった。父の腹のうちを母（喧嘩をしながらも長年連れ添った）に聞いても「あの人は昔から頑固だからな」というばかりだった。私は気が確かなのか疑ったが、筋の通らない妙な頑固さに昔の親父を見る思いがした。

ともかく私はささやかな長屋の離れを確保し、物置を書庫にした。親父とは距離を置いて接するようにした（自分の感情を抑えられるように）。父はかなり恵まれた子供時代を過ごしたはずだ。姉はいたが男は一人だった。戦後の農地解放まで二町近い田があった。若く結婚してから畜産研修で何ヵ月も北海道に遊んだ（牛は母が飼ったので知識はほとんど生かされることがなかった）。遡ると、学校も島を離れ県立農学校に入った。そこを出ておれば将来が約束されていたがなぜか中退した（息子を気づかっておばばも伯母も私に話さなかった）。近所の坊下家を訪ねた折、眼光鋭い元市会議員（副議長を最後に引退した）は「スーちゃんはソンチョはんが甘やかして駄目にした。当時の県農を出とれば風をきって歩けたぞ。キャリアを積めばやがて町長か県会議員も夢ではなかった」と赤い眼でいう。

とことんぐれるには気が優しすぎた。親父は酒が入らないと息子を叱ることができなかった。私は東京の大学に入ったが親父からの手紙は一本もなかった。手紙はすべて母にまかせていた（親父の声は聞かれなかった）。その母親の手紙も押し付けがましいもので（「人に騙されていないか」「お金を安易に貸したり借りたりしていないか」「よい友達と交わりなさい」といった風な）、私は皮肉で諧謔的な返事を書いた。そうすると「お父さんが腹を立てている」「親の言うことを素直に聞きなさい（命令調で）」といった手紙が又届いた。

筆まめな私であったが、そのままにして返事を出さない時もあった。母を介しての遣り取りはずいぶんと問題があった。私はいつも親父宛に書いたが、真意がゆがめられて伝わったところがあった。母はよき仲介役とは成り得なかった（息子の心根を推し量ることはしなかったし、親父の心を代弁することもなかった）。

私は何に対して怒っていたのか　その一

近頃の子供は反抗期すらない子がいるらしいが、精神衛生上あまりいいことではない。赤子の時に泣きわめくのも理不尽な世界に生み出されてきた抗議と取れなくもない。泣くことをしなかった私は弱い生命体だった。死の門に下るところを辛うじて生の門に行き着いた。

祖父の遺品のなかに三歳の時の写真があった。セピア色の写真の裏に「三才　耕一郎」とのみ書かれてあった。体は細く小さい。坊主頭で弓なりの眉の下、黒い眸が静かにこちらを見ている。第三者的に観察して、眼に特徴がある。後年よく観た仏画の眼に似ていて、口許は少し開け微笑んでいるように見える。上下とも白の夏衣装で、胸にKというイニシァルが刺繍されている。足は下駄履きで、左の手にラッパを持って立っている。

人間業《ぎょう》を始めて間もない頃だが、なぜか心の一番高い境地にいたのではとすら思えてくる。私は齢を重ねるごとに眼は曇り濁っていったことになる。十歳ぐらいまでにある第一反抗期は気づかないうちに終わったようだ。幸福な季節は瞬く間に過ぎ去った。おばばや祖父と両親の間は政治的言語を使うと冷戦状態に入っていった。三歳の時、私はどこで寝起きをしていたのか。両親は母屋の奥の間にいたのでそこだろう。

おばばと祖父は裏座敷の二階に住んでいた。小学低学年の頃は大黒柱の間に一人寝起きしていた。祖父から例の不思議な独楽をプレゼントされたのでよく憶えている。中学に上がる前に両親は裏座敷の二階に移った。二人の妹も一緒だった。美保の頭をなでると搗《つ》き立てのお餅のようにへこんだ。おばばと祖父は母屋のヒロシキに来ていた。まだ竈《かまど》も大黒柱の間での食卓も一緒だった。

私は少なくとも小学六年の頃には神棚と仏壇のある部屋で一人寝起きしていた。勉強机も土間から仏壇の隣に移し新規一転を計ろうとした。不勉強がじわじわと利いて来ていたので、マサイッちゃんの声がしても二回に一回は断るようになった。もう一つの誘惑はテレビだった（購入はこの頃かもう少し前だろう）。夜、時々マサイッちゃんと文ちゃんが観に来ていた。祖父の配慮だろう、夜の番組に絞り家族で観ることができた。

私が高校に上がる頃かその前、おばばと祖父は前の長屋の一角を改修し移り住んだ。入り口脇に薪で炊く小さな風呂場も備え付けた。台所も別になった。息子夫婦との関係は修復の利かないものとなっていった。

私は高校に上がった頃に風邪をこじらせ腎臓を痛めた（やがて急性から慢性になった）。町医者からは運動を止められ、自転車通学がバスに替わった。快活な子供が内面に眼を向ける憂鬱な人間になっていった。第二の反抗期でもあった。私の鬱屈した感情は表に出ることはあまりなく沈潜していった。口数も減った。学校の帰りによく海に出、突堤や海岸をぶらついた。大通りのすみ孫の前は必ず通ったが寄る気にならなかった（伯母の姿を時々見かけることがあったが）。伯母の方も厳しい姑とそりが合わず、娘をおばばや祖父に預けた（一時、娘は長屋の狭い部屋でおばばや祖父と寝起きしていた）。

夫婦喧嘩の素はなんであったのか、親父の酒量が増えた。犬の前でも二日は空けず喧嘩が行われ、犬の顔が哲学者のようになった。家族がばらばらになる寸前まできており、辛うじて持ちこたえていた。不思議なことに一時、家族を明るくしたのは美保だった。どういうわけか親父がかわいがった。祖父もその天真爛漫さを愛した。私もピーンとくるものがあった。「コイツはむくなアリョーシャだ（女ではあるが）」と。美保は妙に人を和ませ、和解させるところがあった（いまやごく普通のおばはんになった）。

複雑な家族にあって思慮のある子は文学か宗教の道を選択するだろうが（政治もないことはない）、私は前者を選んだ。もっというと父がその道へ私を追いやった。

私は何に対して怒っていたのか　その二

これ全て善とか、これ全て悪という人間はいないだろう。少なくとも私が出会い、観てきた人々はそうだ。高校に上がるとよく笑っていた少年は無口で暗い影を引きずるようになっていた。伯母の家族にも変化があり、夫婦と娘で志筑の本屋を出るつもりのようだった。いつの夜であったか、伯母が我が家を訪ねて来たことがあった。おばばの娘らしく気丈で私の母のように感情を荒立てることはなかった。新たに本屋を始めるため夫婦で関東の方まで回った。栃木のどこか宇都宮であったか、で空っ風に遭い、お父さん（夫をこう呼んでいた）と寒い思いをした。「話には聞いていたけどお父さんも私もあの寒さはあかんわ」というが、あまり深刻さはない。塩辛い味噌汁にも夫婦で閉口したらしい（私の東京生活でも経験した）。

結局関東の水が合わないということになった。本屋や問屋の伝手《つて》を頼って堺の近くに落ち着き、それほど大きくない本屋を始めた。千草書房といったが伯母が名付けたものだろう。その間一人娘をおばばと祖父が預かることになった。和ちゃんは高校生になっていたが二年はいただろうか。伯母は店が軌道に乗ると和ちゃんを引き取った。主人は森雄と言ったがお相撲さんのような体躯の持ち主で豪胆にして繊細なところがあった。この血は和ちゃんに引き継がれた。夫婦仲は極めてよかった。

町医者の治療は効を奏さず私の病気は慢性化し三年に及んだ。勉強に力が入らず二十まで命が持つのかと思うことすらあった。雅一君も家のテッタイと高校の勉強であまり会うこともなくなった。いま思えば高校の三年間は静かな反抗期と呼べるものだった。未熟ながらも人間や社会に懐疑を持ち、その見方を鋭くした。一家というよりおばばと祖父の「希望の星」は雲間に隠れるかどこかに消え去っていた。活力は最低のところを維持し、私はただ息をしているに過ぎなかった。ヨシは相変わらず快活で三学年の頃には男気のあるTと付き合っていた。オレの顔を見ればその暗さに驚いたことだろう。

先生（口の悪い生徒は先コウといった）のほとんどはスノッブだった。唯一私が親しんだのは美術クラブの城野先生だった。放課後に下手な油絵を描いて過ごした。美大を目指していた正本君のみが黙々と絵筆を動かしていた。面長の色白美人山下文子も美術クラブに属していた。時々S病院で見かけた。私が東京に出てしばらくして山下が自殺したことを聞かされた。帰省した夏であったか冬であったか、同級生が死因をノイローゼだといった。最近「地獄耳」から聞いた話では山下は生きていた（この伝では私も何度か殺されたに違いない）。

おばばと祖父は不断と変わらず接してくれていた。私はなんに怒りを燃やしていたのであったか。第一は自分自身だった。親父や母に対してもそうだった。権威主義的でスノッブ丸出しの先コウ達。チンケな島社会へも炎は燻っていた（十代の少年が話しているのだ）。段々と大人になり東京に出てからは人間の裏面に気づかされることも多くなった。私自身が悪と化すこともなかったとはいえない。還暦から五年、いま第三の反抗期に入っているようだ。

五十六十巣立ちのひなよ、と河内音頭の文句にあるが、現実は歯が欠け老いの影が少しずつ忍び寄っている。私の人物スケッチがどこまで的確か少々怪しいが、いましばらく記憶の旅をしてみたい。

書くということ、観るということ　その一

書くことで何かを見出すこと。この「何か」のところに真実と美を置くことができるだろう。と少々大きく構えたが、漠としながらもごくごく若い頃からの思いだった。喩えが適切かどうか分からないが、壁に出来た雨の沁み。風が微妙な技を加える。凝視していると奇妙な形が現れる。動物であったり、花や人間の顔に変化する。そんなのはアートではないと人が言うかもしれない。そうかも

知れない（私の眼はアートであるか否かを問題にしない）。なぜか心に引っかかる。ある日、そこから一本の線が生まれるだろう。

落書き。社会の風潮は町の壁に落書きすることを許さなくなった。私は東京中歩き回り落書きを写真に収めようとしたことがあった。巧みなものもあるが大概は稚拙だ。絵や言葉は性的で猥雑なものだった。ニューヨークの町にはバスキヤが現れたが、東京はやけに清潔な町に変貌していった。下町にストリート・アートはあっただろうか。ろくな詩も俳句もなかった。落書きも一本の線だ。書きなぐっているうちに確かな言葉（自分の内面の声）に出会う。言葉が言葉を引き寄せ段々と形になっていく。「隠されていたもの」が陽のもとに現れる。時をおいて批判を加える（自分が本当に表現したかったものかどうか。美はあるだろうか）。こうした技を千回繰り返す。

真実は時に非情にして残酷な顔を見せる。フランスの画家ロートレックは女をモデルによく描いた。友情で結ばれていた歌姫イヴェット・ギルベールではあるが、黒い手袋をして観客に応えるその顔は眉も口も大きく歪み醜悪ですらある。当時、ギルベールはその優雅な身のこなしと辛辣《しんらつ》なシャンソンで人気があった。「まあ、ロートレック様これが本当の私なの」と聞き返すことになる。

写楽の役者絵をご存知の読者も多いだろう。余りに真を描こうとした結果、十ヵ月で筆を置かざるを得なかったとの批評記録が残っている。よんどころない筋からの抗議があったことも想像される。事実はどうであれ写楽は自分が観たものを描ききった。私はまず観ることから始めたい（私の中にいる、曇りのない眼を持つ小男も賛同するだろう）。

私の自伝が百万の読者を持つことは考えられないが個人情報やプライバシー問題は他人ごとではないだろう。これは数の問題ではない。小さな舞台ではあっても「座付作者」としては登場人物に責任を持たなければならない。出し物を面白くすべきだろうか。書き進むうちにこの誘惑が大きくなってくる。困ったことだ。小説で生涯を書き上げる方法がある。多くの作家が採用し成功している（それでも自分を大きく見せたり反対に露悪的なケース、道化師役に扮したりと様々だ）。すべて否定するわけではないが自分を等身大に描くことはかなり難しい。既に誇張がある。歪みがある。前にもいったが自伝は差し引いて読んでもらうのがよい。

私はかつて短詩と写真による自伝を試みたことがあったが、どこまで成功しただろうか。反響はほんの少しだけあった。短詩のみの自伝（日記に近い）はあるところで中断したままになっている。このスケッチで学んだことは半歩でも一歩でも前に進むことだった。軽やかな足取りではないにしても。翻って見ると、三十近くまで私は甘いマーマレードのような男だった。

第七章　素朴さと軽やかさと

十五歳の春から十八歳の春まで

書きながら、暗鬱な高校時代の三年間をどこかで避けたいという思いがあった。年齢的には十五歳の春から十八歳の春までということになる。住んでいるところがまるで囚人の島のように思われた。さして大きくない志筑《しづき》だが、菅公こと菅原道真が筑紫に流されるときに立ち寄った言い伝えがある。町の中心部に高校があったが、通学の帰りになぜか足は海に向いた。陽気な西谷、虚無的な谷口（ショウモナイが口癖であった）、室津から通っていたヌーボーとした大久利らと波止場や海岸をぶらつくことはあったが、ほとんど一人のことが多かった。志筑のバス停から数十メートルも行けばそこは海だった。海は春夏秋冬それぞれの顔を見せたが、寄せては返す浪の音は磯の香と相俟って私を落ち着かせてくれた。

伯母のいるすみ孫の前は素通りしたが、薄木呉服店はおばばの用事などで時々寄った。おばば自慢の手作り菓子（あの甘にがいミカン菓子）や枇杷《びわ》、山桃、夏みかん、柿などの季節の果物（祖父はアケビを植えていたこともあった）を気前よくあげていた。お返しにカルピスやパイナップル、桃の缶詰をもらったりした。

当時、和服をめす婦人方もいたので人の出入りは少なくなかった。町には喫茶店も数軒あったが一、二度入ったぐらいのものだった。学校の何かの用で雉鼻《きじはな》君の家（薄木の近くで喫茶店をやっていた）に行くとコカコーラを出してくれた。炭酸と薬草の入り混じったような妙な味だったことを憶えている。メーン通りの中橋周辺にはお好み焼き屋も何軒かあり、学校帰りに入る生徒もいた。私は母のお金の細かさもあり、出入りすることはなかった。

川に沿って映画館三島座もあった。昭和四十年代の初めだが映画にはほとんど関心が向かなかった。当時、小津の映画は掛かっていただろうか、それすら知らない。学校では話題に上らなかった（孤立していた私が知らなかっただけかも知れないが）。映画それも洋物への関心は東京に出てからだった。「東京物語」のよさは東京では気づかなかった（ある程度年をとる必要がある）。三十前の私はパリで、日本人が一人もいない映画館で観て、じんわりとした感動を味わった。心地よい涙が自然と流れた。パリではオズがロングランで上映されていた（又話が先に飛んでしまった）。雑誌の映画案内を見てはオズとヒチコック、ブニュエルを集中的に観た。

高校には文学少年は余りいなかった（冗談好きで、とびっきり勉強のできた真島秀才は何を読んでいただろうか）。当時、ヘッセはかなり読まれていた。トーマス・マンも人気があった。先生達は読書を薦めたとは思えない。本を読むより無味乾燥な受験教材を読めというのが方針のようであった（ヨシは読書の楽しみを知っただろうか）。

私は読書を未知への旅のように思っていた。真実といったものを探り当てていたとは思えないが、新鮮な発見や喜びがあった。詩より小説を多く読むようになったが、政治や経済の本はごく限られたものだった。私は小説の人物（ヒーローやヒロインに限らず）に素朴さを見出すと心のなかで拍手をおくった。善人、悪人を問わない。いや、もっと言うと悪人の中にこそ見出される特質のように思えた。

頭をあげれば
阿修羅が駆けぬける
かろやかに　かろやかに
あとに風がおこり
ビャクダンのかすかな香り
読みかけの書を捨て
さあ　さあ　あとを追え

映画のワンシーンのように

映画のワンシーンのように印象深く残っていながら、そこがどこで、いつのことかは霞がかかったようにはっきりしないといった記憶がある。漁師町のお祭りだった。諸肌を脱いだ若い男がやや年配の男に抜き身の刀で追いかけられ、必死の形相で逃げ回っている。その光景を下の方の開け放たれた窓から私が見ている。ただそれだけのものだった。夢のように繰り返し現れた。どこでのことか。私はいろいろ推理した。

母方の里は開けた平地に家があり、周りは田圃だ。神社も少し離れている。洲本にも河口の道路沿いに親戚があった。近くに八幡神社があったが、ここも平地だった。志筑神社も秋祭りが盛んだったが、薄木呉服店からは離れている。郡家におばばの弟正義が所帯を構えている前田家があるが、小高い丘はない。

消去法で一つだけ残った場所がある。これもおばばの弟で、島の南、由良で写真館を開いていた家だ。主は三男の好三はんで妻登志恵はんの間に一人息子がいた。私より七、八歳上だった。洲本からバスで小一時間はかかったのでたまに訪問するぐらいだった。

廣田写真館一階の部屋に息子道則兄や両親、おばばがいたことになる（道則はんは存命なので聞いてみたい気もするが憶えているだろうか）。漁師町の由良は荒っぽい祭りで知られ、毎年けが人や死人（運が悪い時には）が出ていた。後年、なぜか私は逃げていた男を若い燕と空想するようになった。亭主の嫉妬で男の片腕が切り落とされる……。いや、これは小説だ。現実の中に嘘が常に割り込んでくる。やがて嘘の方が主役にとって代わることになる。

宝塚歌劇場

これも物心がついた小さな頃の話になる。おばばと宝塚歌劇場の淡谷のり子ショーを観に行った。何人かの同伴者がいたはずだがおばばのことしか思い浮かばない。宝塚の近くには粟井の伯母が住んでいたので歌劇場での光景が二重写しになっているかも知れない。昭和三十年の初め頃だが、おばばの体型はかなり貫禄あるものになっていた。渋谷のり子もお尻が張り出し二人はいい勝負であった。ブルースの内容はおぼろげながら分かる程度だったろうが、劇場の熱気は肌で感じられた。

どこかに行けば日常とは別の世界があることを知った（後年、ロートレックの絵を見たときの親近感の根も同じものだろう）。いや、光輝き少々悪の匂いのする劇場も日常のなかの一つだ。帰り際におばばがいった。「淡谷のり子が舞台から恋人を募集していたな。チビさんにはまだ早いか」。時がたち、私は不惑の年を越えてから悪友と有楽町にあった日劇に通い始めた。楽屋まで押しかけ、ある太った女に赤いバラの花束を贈った。

伊弉諾《イザナギ》さんの春祭り

物事には光のさす陽の面と陰の面がある。日常のなかにあってお祭りは光輝く晴れやかな日である。時は春。私は小学校の教室にいても伊弉諾神宮でのダンジリの太鼓や囃しの声を聴くと落ち着かなかった。田舎の先生もそれほど無粋ではなかった。授業を早めに打ち切り生徒を帰らせた（若い先生なら土地のダンジリを担いだり、世話をしていたかも知れない）。ただ竹谷は昔から神宮にダンジリを出していなかった。私がダンジリに乗ったのは氏子である志筑神社の秋祭りだった。

話は伊弉諾さんの祭りの縁日の一コマである。気の合った仲間三、四人で神宮に行き、屋台を回った。子供達が真っ先に行くのは食べ物ということになるが、この頃ピンス焼きはあっただろうか。焼きそばやタコ焼きはあった。仲間には雅一君の他に誰がいただろうか。片岡兄弟や正井の清ちゃんが考えられる。少ない小遣いを何に使うか。ある屋台というかテントで、私は奇妙なものを買った。男は小さな万華鏡のようなものを取り出し、私に見せた。「これでのぞくと骨が見えるぞ」。小さな丸い筒を私の手の甲に当て、見てごらんという風に促す。確かに白い骨のようなものが映っていた。他の仲間は食べ物に金を使い果たしたのか、まだ食べるために取って置いたかしていて、私一人がそれを買った。

みんなで県道を歩いて帰ったが、何人か（あるいは全員）に面白がって貸した。子供なりに理性と科学精神は生まれていた。五、六百メートル歩いた橋の手前で、巧みな男の魔術が解けた。雅一君か誰かが「見えるのは本当の骨かどうか」議論になった。手の甲はいいとして、頭の骨は違うのではということになった。小学校の理科室には人体模型が展示されていた。「人体模型の骨とちゃうよ」と誰かが叫ぶ。手と頭の骨とは明らかに違っていなければならない（ここに桜谷君がいそうだ）。

勉強好きではなかった私も骸骨の模型は知っていた。水滴のような水銀の奇妙な動きを知ったのもその教室だった。私は皆の見ている前で小さな筒を分解した。ガラスの間から鳥の羽が出てきた。瞬く間に子供達の関心は冷めてしまった。私は橋の上から子供騙しのおもちゃを川に投げ捨てた。私はおばばや妹に自慢したい気持ちもあったと思われるが、私は家に帰って話題にしなかった。

秋のお彼岸

季節の移ろいも東京ではそれほど感じられなかったが、田園では五感に訴えかけてくる。秋の彼岸頃によく見かけた白装束の人々を近頃はとんと見かけなくなった。四国ではまだ盛んに遍路巡りが行われている。おばばと祖父は四国に渡っただろうか（二人に聞きそびれてしまった）。八十八箇所巡りは宗派には関係なさそうだ。最近ではバスツアーも増えている。同行二人というから本来個人それぞれが仏さんと向き合う旅なのであろう。

忙しい日常にあって自分を見失うことはしばしばで、私も気付けば頭に白髪を頂く齢になった。芭蕉は奥の細道の旅を終え、次に西国の旅を計画していたがその前に寿命が尽きてしまった。もう少し生きておれば、カルミがさらに深化して新たな俳諧が見られたことだろう。四国やひょっとして淡路にも足を踏み入れたかもしれない（風雅の旅で遍路とは違っただろうが）。

春の彼岸はまだ肌寒く、桜の季節を心待ちにするところがある。秋はそれなりに、華やかさはあるが人を内省的にさせる。紫式部は物語の中で春と秋のよさを勝負させ、秋に軍配を上げたのではなかったか。そうしなくとも人の生涯には春と秋がある。ささやかな、この自伝においても「春」を主に書き散らしてきた。いま季節は秋ながら昔の「春」に思いを巡らせている（幼年時代はまさに「春」の先駆けではないか。人は夏の盛りを過ぎやがて老いの秋を迎えることになる）。

あちこちの田の畦には彼岸花が咲いている。木々が葉を枯らしつつある中で、火炎のような朱の色が眼に鋭く飛び込んでくる。花の中でも紅葉、菊とは異なり彼岸花は人の好き嫌いが激しい。生々しいシビトバナであるかと思うと天上に咲くという曼珠沙華であったりする。この季節、私はおばばや祖父のお供で水やシキビを持って先祖の墓に参った。

熊次郎を祖とするお墓は家から田一枚隔てた前の山の天辺にあり、本家の東隣に建っている。お墓参りの習慣は正月、春のお彼岸、お盆、秋のお彼岸と続いた。どういうわけか家族のうちでも親父一人が墓参りをしなかった。竹谷の貴船と志筑神社、山田原真浄寺の総代は長く務めたので、これも父の不思議の一つだった（生前、葬式仏教として余り歓迎しない風はあったが）。私は戦争体験が虚無的な人生観にさせたのではと推測している。

私が小さかった頃、前にも触れたが神さんと仏さんの間に一人寝起きしていた。部屋の北側の棚には中央がアマテラス、左右にイザナギと志筑の天神さんが祭られていた。実は片隅にもう一柱（「オトシさん」）を祭っていたが、どういう謂《いわ》れの神さんかもう分からない。部屋の西には仏壇が置かれていた。熊次郎はんが母屋を建てた百数十年前から同じところにある。仏壇は玄関と表の中間の間に面していて、おばばと祖父は二人で経をよくあげていた。老夫婦には何も特別なことではなく日常の一つとなっていた。その間では法華の講も二十年前まで行われていた。おばばと祖父は長年連れ添っただけに経の息はぴったりとあっていた。お彼岸などに加わる母とは少し調子が合っていなかった。私も母と同じように少々調子が外れていて、これは還暦を五年過ぎたいまも変わっていない。

悪人論　その一

人間にあって悪人呼ばわりされる人々がいる。子供の頃、母にあの子は悪い子だから付き合わないように繰り返し言われた。しかしその悪い子は大人びてはいるがどこか憎めないところがある。腕力に物を言わせ、エンピツであったり、折りたたみ式ナイフ（男の子の間で流行った）を気の弱い子から失敬していく。抗議をしょうものならゲンコツを覚悟しなければならない。餓鬼大将は悪い子だろうか。猛犬のようなどうしょうもないやつはいなかった。仲間のそれなりの人気がなければただの乱暴者として孤立してしまう。女の子の人気も得られない（不思議と餓鬼大将というものは気にするもので、それが目的で力を誇示するのではと疑いたくなる）。

菅野周蔵はよくイジメにあっていた。家も貧しく誰ともほとんど口を利くことはなかった（黒い大きな眼は意外に澄んでいた）。イジメを受けても先生に訴えにいくこともしなかった。周やんをかばってやる餓鬼大将がいたかどうか知らない。思い切って喧嘩でもすれば仲良しになれたかも知れないがそれもしなかった。なぜここまで私がこだわるのか考えてみる。周蔵を聖人列伝の一人に加えたいとさえ思うのだが、買いかぶりだろうか。「その鏡に映る自分を見ると鮮明になる」。私は君とは正反対の人間だ。

悪人論　その二

子規はあれほどの大病にもかかわらず宗教に走らなかったようだ。三十六年の生涯で明治三十五年(一九〇二)秋に亡くなっている。方や漱石は鎌倉の円覚寺を訪ねている。心の領域に入る時、宗教は避けて通れない問題ではあるが、私はというと老いても曖昧なままだ。大学生の頃、円覚寺に通っていた友人(もう名前が出てこない)がいて一緒に二度訪ねたことがあった。

座禅の後に朝比奈宗源師の法話に耳を傾けたことがあった。二度目の時で盂蘭盆会《うらぼんえ》に当たっていた。師は盂蘭盆会にまつわる謂れや習慣を穏やかな口調で話されたが大半は忘れてしまった(小難しい話はしなかった)。その日、頭数も少なく家族的な雰囲気があった。慌しい日常にあっても、年に一度でもいいから家族が集い心静かに先祖の霊を迎え、今あることの感謝の気持ちを伝えてほしいと師は語った。誰かが、馬形の茄子やキュウリを供えている地方があるが意味のあることかどうかと尋ねた。師は素朴な問いかけに微笑んでから「鰯の頭も信心からと昔の人はいいことをいいましたな」と座を和ませた。

「飢えは大海ほどの水を飲み干したとしても癒されるものではないが、御仏の心があれば一滴の水で癒される」。師の話で印象深く覚えているのはそれだった(言葉の差異はあっても真意は外していないだろう)。もう四十年以上も前の話になる。

円覚寺は禅寺だが、師は素人である私達に分かるように話をした。私の家は法華だが、集落の多くは真言である。宗派間の対立はなかったようだ。講中の各家持ち回りで月一回「十二日題目」を拝んでいたが、大震災後は小さなお堂に集うだけになった。その月は我が家の当番で、十六日に遅らせていた。夜、皆で拝んでいる途中に小さな地震があったが、講中の誰も大地震の前触れだとは気付かなかった。御題目は我が家で最後となった。母の話では裏屋敷が全壊したが、母屋の仏壇は位牌が皆北向きに変わっただけだった、と今も不思議がる。

人が亡くなると昔は土葬で、それらの作業は講中の人々で行っていた。祖父もおばばも火葬で古い仕来《しきた》りはだいぶ前になくなっていたことになる。小さなお堂は子供達の遊び場であったが、私の家からは離れていた。小高い雑木林の中にあり何の遊び道具もなかった。多分、おばばに連れられお日待ちに行ったであろうが、どうも思い出せない。

真言の広生寺も貴船神社も子供の遊び場に過ぎなかった。神宮の参拝も半ば習慣的なものだった。たまに買うおみくじにも一喜一憂することはなかった（信心のない人間がたまたま大吉を当てたところで何ほどのことがあるだろうか）。人間の都合で拝まれる神さまは迷惑だろうとの思いが子供心にあった。この考えはいまも変わらない。

悪人論　その三

1　この世に悪人と呼ばれる人間は少なくない。それだけならどうということはないが、力と共に無邪気ささえ持つものがいる。

2　悪人の資質の中にある種の悲しみを見る。

3　私はこれまで何者かの加護で人を殺めたことはない。が、悪の種子は持っていると考える（いつとは明確に言えないが若い頃からそう感じてきた）。

私の内なる宗教上の問題は明確ではない、と告白しておこう。これからも折にふれ考えてみたい。自分に嘘をつかないために不明なところは不明としておこう。唯一はっきりしていることがある。うまく描き切れるかどうか分からないが、やっつけてみよう。

三十の手前で文学上の野心を持って渡仏した（何者が私を唆したのか）。私の財産といえば若さというだけで他は何もなかった。お金はそれほどなかったが時間はたっぷりとあった。私の中の「菫《すみれ》ほどな」小さな男も顔を出すようになっていた。

文学は美と共に悪といわれるものに多く関わっている。私は子供の頃からそれら登場人物になぜか引き付けられてきた。私は小さな男に尋ねた。

「オレは善人だろうか」。男はちょっと首を傾げる。

「では悪人だろうか」。再び尋ねる。男は微笑む。「どちらかといえば悪人の部類でしょう」「ブルイか。面白い言い回しをするやつだ」。悪は一つの力であるだろう。ずっと私は煮え切らない善人面をした男だった。控え目といえば聞こえがいいが臆病ですらあった。

二人は同時に言葉を発した。「悪人でいいではないか」。

悪人とは広く誤解を招く言葉だが、詩人としたところで同じこと。実態が内面になければただのでくの坊ということになる。「三国志」に登場する魏の才気煥発な曹操は詩人にして悪人であった。風狂の禅僧一休はどうか。子供と手毬に興じた、大愚良寛は悪と無縁だったろうか。

私は全てにおいて中途ハンで、迷いの深い森にいることは分かっていた。このまま泡かあぶくのように消えていくなら、「それも良しとしよう」と思った。ただし、それは「闘ってからのことだ」と小さな男に言った。

初めその思いを詩に書いた。詩は段々とセンチメンタルなものからより乾いたもの、ものそのものを即興的に詠うスタイルに変わっていった。まだ小さな歩みではあったが。

悪人論　その四

その三では悪い冗談のような悪人論を展開したが取り消さないで置こう。私は少々酔っていたのだ。悪人といえば、日本人なら真っ先に石川五右衛門を挙げるだろうか。子供の頃、おばばは五右衛門の釜茹《かまゆ》での話をした。京都三条の河原で息子と一緒に釜茹でにされた時、「五右衛門というお人はな、初め我が子をショッテいたが熱くなってくると子を足に敷いてしもた」。おばばは教訓めいたことは言わなかったが、感覚的な熱さが伝わってきた（誰がいつ、このような刑を思い付いたのだろう）。我が家はずっと五右衛門風呂だった。風呂の底に丸い板を沈め、湯を棒でかき回して入っていた。湯加減がちょっと熱いだけで足は赤くなり引っ込めた。

始皇帝は焚書坑儒《こうじゅ》を平気で行った（「史記」に詳しい）。日の本では信長が寺を焼き敵対する僧徒を平気で殺した。後世の人々は殺人者と呼ばず、英雄、傑物と称えた。このような例は枚挙にいとまがないので止める。

九月某日。畑に行くと叢《くさむら》から虫の澄んだ声が周りに響きわたる。夜に入れば、部屋の四方八方から音色を異にする声が聴こえてくる。姿は見えないがその音色はバッハやモーツァルトも及ばないものだった。去年まではそれほど気にしなかったが、この秋は声が体に染み入る。虫たちだけでなく地球上の生き物が人間の言葉を話すことがあるなら、抗議の声で溢れるだろう。人間は生物の頂点に君臨して殺生与奪の権利を与えられていると思い込んでいる。神のように（人間の天下が未来永劫続くとは思えない）。

人は生きものを殺し食らわなければ生きていけない。それを当然の権利としている（神に親しい我々が餓死していいのか、というわけだ）。いま、昆虫が有力な食糧源として世界中で研究され、プロジェクチームが立ち上げられている。

夜、鈴虫や松虫の声は抗議にしてはあまりに美しい。

もう一度考えねばならぬ

日本語の一人称は多くの言い方があることは前に触れた。荷風の若かりし頃の小説は「自分」で語られる。ご存知の「吾輩は猫である」の吾輩は滑稽味を出している。が、ワガハイは現代ではほとんど使われなくなった。鷗外の小説は「余」「自分」「僕」と使い分けがなされている。いまだ「僕」は現役だが、中年を過ぎると気取りと見られなくもない。そもそも日本語は人称を抜かしても相手に通じるところがある。戦争が止んで男性は女性化に向かい、女性はその逆となった。優しい男達よ。

大学生の頃（私と断らなくてもいいだろう）、歌舞伎町の安酒場に仲間と入った。さして齢の変わらない女が齢の離れた男と飲んでいた。色の白いキュートな女は恋人（教師のようだ）と話していたが、「僕」を使っていたので、意外性から印象が後々まで残った。「ボク真剣だよ。ユタカは遊びなの」。若いボクの方が結婚を中年男に迫っていた。しばらくして二人はホテル街に消えていった。

ところで、と私は考える。この自伝は僕ではしっくりとこない。いささか抵抗がある。荷風の「断腸亭日乗」は余ないし予を使っている。

余生来偏屈にて物に義理がたく往々馬鹿な目に逢ふことあり（荷風四十歳。大正七年〈一九一八年〉正月三日）。

余は私の幼年時代も今も身近に使われることはなかった。祖父は覚書に使っているが、日常会話では聞いたことがない。

我（吾）はどうか。古くからある言葉だ。「源氏物語」にも出てくるほどに。現代においても我々として使うが、一人称単数では古くなった。二人称ではくだけたものになる。俺やおいらもくだけた言葉だが、私は時々口にしている（女性の前では控えているが）。「わたくし」も自伝作者としては違和感がある。そうしたわけで「私」に落ち着いた。事としだいによっては俺があってもいいだろう。

さて、生涯の全体プランとして序・破・急の大まかな三部構成を考えている。「序」は開眼には遠いが片目が薄っすら開いた三十歳まで。「破」はそれに相応しく変化と迷いが続いた、六十歳まで。それから後の九十歳までが「急」ということになる（命の種が残っておれば）。この自分なりの約束ごとも破られている。子供の頃を描いても、そこに六十五歳の男の眼と批判眼が入り込んでいる。多くの年月が過ぎ去った。私はどういう子供であったのか。何を夢見ていたのか。もう一度、時を遡りじっくりと考えたい。

東京日常　一年目

東京行きについてはそれほど迷いがなかったように思う。政治や経済でなく、大学の文科を目指したが、文学の手ほどきをしてくれる人物がおれば大学でなくてもいい位に考えていた（都合よくそんな人物はいなかった）。詩人や小説家が噺家のように弟子をとるならそうしたことだろう。某大学に受かったが一月ほどで学校に行かなくなった（夢を持ちすぎていたようだ）。当時、世田谷区宮坂にあった二階建てアパートの三畳間に落ち着いた。上下八部屋ほどあった。その部屋の狭さも共同便所もさして不便を感じなかった。

遠藤牧師の紹介で渋谷のプロテスタントの教会にも通っていた。そこで知り合った岸君は受験生で六大学を目指していた。北海道は函館の産（であったと思うが、別の町だったかも知れない）、知的でおおようなところがあり、すぐ打ち解けあった。教会には大柄で垢抜けた女性が来ていたが、青学の生徒でマドンナ的な存在だった（顔と名前は忘却の淵に沈んでしまった）。岸君の淡い憧れであった。しばらくして私は図書館などで受験勉強を始めた。岸君は一人で勉強しても無駄が多いこと。受験独特の方法があることなどから私に代々木ゼミナールの受講生になることを勧めた。私の体調は少しずつ戻っていたが余り無理がきかなかった。

夏が過ぎた頃、空きのできた代々木ゼミの寮に入った。もう場所は思い出せないが寮は細長い部屋で机とベッドが備え付けられたシンプルなものだった。「何でも見てやろう」で一躍有名になった作家の小田実が寮長だったと思うが話した記憶がない（私に精神的余裕がなかったのかも知れない）。建物のどこか一角に居を構えていたようだ。部屋の隣に体育会系で合気道の心得のあるものがいた。かなり勉強ができ、夜、互いの部屋で話すことがあった。翌年に明大の工学部に入ったが、交流は途切れてしまった。

その男の紹介で隣部屋を一つ跨いだ部屋にいた男と知り合った。三年ほど寮に居残っている変りダネだった。大柄で片腕がなかった。門限破りの常習者で新宿の安酒場によく通っている噂があった。

何度か部屋に招いてもらったが、棚にヘンリー・ミラーの全集本がずらりと並べられていた。美術書もあったが受験本はほんの言いわけ程度しかなかった。

教会の日曜礼拝だけが息のつけるものだった。岸君も欠かさず顔をだしていたが受験勉強を急ぐ風はなかった。朝日ジャーナルをよく小脇に抱えていたが政治的な話はしなかった。「どう、ピッチは上がってる。(受験の)傾向と対策はうまくいっているかな」云々といった会話が主たるもので、さすがに女性の話は出なかった。二人でキリスト教の神の話はしただろうか(私は熱心な信者ではなかった)。

もう教会の牧師の名前も出てこない。小柄で眼光の鋭いエネルギッシュな人物だった。私は東京のオアシスとしてそこに通っていた。牧師の小柄な娘(愛嬌があった)や世に拗ねた安宅とは大学に入ってから親しくなった。母親から、受験に落ちればお父さんがお前を自衛隊に入れると言っているといった文面の手紙が届いたのもこの頃だろう。

私の名前と縁のあった大学に入ったが、その自由さ(いい加減さも含め)が気質に合った。今はどうか知らない。何年か前に文学部の夜間部は廃止になった。そこで私は文学の基礎を学んだことになる。学生運動が盛んな頃でしばしば門が閉鎖されていたが。私は人に、夜に力をこめて「夜の学校」といった(真理は夜に生まれると思っていたから)。一年遅れの大学ではあったが教室は昼間働いている生徒や先生より年のいった生徒がいて熱気があった。

同人誌

今の文学部はどうか知らないが、昭和四十年代前半の大学では同人誌は盛んで手短な発表の場だった。が、よく言われるように三号で止むのがほとんどだった。私のものもそうだった。「雪割草」は福井衞《まもる》君の主宰だった。府中の文具店の息子で紙はたっぷりあった。かわいらしい名の同人誌だったが私は暗い詩や小説を書いた。三号までは出たと思うが、手許には一冊もない。短歌は書かず詩や小説の方に移っていた。

早稲田の古本街では真っ先にドストエフスキーを買い求めた。その関連の評論などは大学の図書館で借りた。その頃知り合った、博覧強記の斎藤悦夫君は私より少し年長だったが、文学サークルを持っていてその仲間達とも交流した。その一人と珍しく激論を闘わしたことがあった（何が原因だったのだろうか）。

当時、ランボーの詩やその生き方が頻繁に話題になった。なぜ二十そこいらで詩を放棄し、商人としてアフリカに渡ったのか。詩と人生（その日常性）の関係。詩は老いたのか（では新しい詩とはどういうものか）。簡単に詩を捨てることができるものなのかどうか（女が男を思い切るように）。早熟な天才性と放浪癖。云々。ランボーは詩で詠《うた》った世界をもう一度生きようとしたかのようだ。灼熱のアフリカで。仲間達が心酔した小林秀雄は我々の正しい水先案内人であったであろうか。

斎藤君とはバルザックを競うように読んだことを憶えている。「カーンよ、ロダンの寝巻き姿のバルザック像を知っているか。あれこそ作家だ」と静かにいう。思わず、軽率な私は「人間喜劇」の一つでもいいから書きたいものだ、と叫んだことだろう。

「夜の学校」を中退するものもいたので、卒業後も付き合いがあったのは福島の方から出てきた、斎藤君と蒲田で写真店を開いている奥村泰二郎君の二人だけとなった。奥村は剣道を長くやっていただけにガッシリした体躯、丈高くどこか一本気でシャイなところがあった。安部公房と三島由紀夫を高く買っていたが、この両作家が矛盾することなく同居しているところが印象に残った。公房好みは海岸や砂の写真を写していたことにも現れていた。私もからっとした文体と前衛の公房を好んだ。私の三号誌（もう名前すら出てこない）に文章を求めたことがあった。斎藤兄とは二人で短編集を出したが、拙いものであれ一部は取っておくべきだった。

「早稲田文学」なるものがあったはずだが、三人は出入りをしていなかった（低迷期で関心のある作家がいなかった）。ともあれ書いたものを人目にさらし、批判してもらうことはいいことだ。キャンパスの中で、自分の内面を見つめていたもの達がいなかったとはいえまい。ピカソは無名時代（青の時代がそうだ）貧乏で飢えてはいたが精神は充実していたことだろう。私はゴッホの劇的な生涯より常日頃、こざっぱりした身なりでバイオリンを楽しみ、絵に打ち込んだアンリー・ルソーの生き方が好きだった（気質の問題だ）。

後年（四十の前）、饒舌家で面倒見のよかった「花いちもんめ」「漫画家残酷物語」などで有名な永島慎二氏に誘われ、西一知氏の詩の教室に通ったことがあった。永島さんとは阿佐谷の喫茶店でしばしば会っていたが、かわいいウェイトレスとのキューピット役まで引き受けてくれたことがあった。西氏は同人誌を持っていて、永島氏がイラストや短文を載せていた。私をすぐ同人に加えてくれた。この頃、私の詩はずいぶんと短くなり、山頭火や尾崎放哉ばりのものを一行詩と称して書くようになった。わき道に入った機に西氏のことに触れたい。

西氏は不断穏やかなおとなしい人だったが、ひとたびアルコールが入るとガラリと人格が変わった（このことは永島氏から聞かされていた）。ある日、新宿の裏通りにある道草という酒場で詩人同士の喧嘩となった。こういう夜が何度かあり、私は西氏を背負いタクシーで落合の自宅まで連れ帰った。

それでも永島氏と連れ立って詩の教室に通った。一つは話がユニークであったこと。もう一つは美しい女弟子（後年、詩集を贈呈してくれた）が来ていたことで喜々として通った。いま私の写真集「陽気な骨」に西氏の写真がワンカット収まっている。穏やかに微笑んでいるもので片目は義眼。これも複雑な詩人の一面であった。私は写真に短詩と文章を添えた。

　詩は修羅の落書とらくがきしてる

詩人のH氏、でなくN氏。バッハも当時は前衛たった。それで充分、ありがとう（落合）１９８７

西氏の肖像は八七年に写したものだ。私は四九年生まれなので、三十八歳の夏のことになる。先走ったが詩人西一知については永島慎二と共に自伝の「破」（三十一歳から六十歳まで）で取り上げたい。この頃、碧悟桐研究家で短詩人の来空氏とも永島さんの紹介で知り合った。

首里の娘　その一

私は安宅の紹介だったと思うが、富坂のキリスト教の寮に移った。木造の古い建物だったが、賄い付きで部屋代が安かった。二人部屋もそれほど気にならなかった。安宅は中大の法科に籍を置いていたがほとんど通っていなかった。寮の主としてどこかの部屋を一人で占めていた。鼻筋の通った端正な顔立ち、背丈は中背よりやや低く腹が少し出ていた。長髪で黒縁の眼鏡をかけ声は低く籠もっていた。実家は朱里城の近くにあった。

私は学校が夏休みになるのを待って沖縄に行くことにした。寮の管理人で作家崩れの田中という男が加わった。田中某は大塚に家があり母親と兄がいた。荷風と石川淳に心酔し、その影響でなぜか独身主義を通していた。小柄で長髪、どこか愛嬌があったがドン・ファンの一面をもっていた。前歯が一つなく、そこにタバコを差す癖があった。四十は越していたが五、六歳は若く見えた。寮のパーティーで知り合った頭一つ分高い女子大生と付き合っていた。

沖縄に行くにはまだパスポートが必要な時代で、貨幣をドルに交換した。安宅は途中私の郷里を訪ねたいというので、田中と一緒に淡路に来た。おばばや祖父がまだ健在で表の間でおばばはお茶を立ててもてなした。祖父は静かな口調で、田中に問われるままに掛け軸や襖の書の話をした。

安宅は「お孫さんはフランス文学に夢中ですが、日本の良さにはまだ気付かれてないようですな。二人でよく議論しますが、古いと思われる伝統の中に新しいものの芽があります。お孫さんには国粋主義者と見られておりますが」と、やや皮肉の混じった低い声でいう。祖父は微笑みながら少し困惑顔である。すかさずおばばが「若い時は左に右にといろいろありますからな」と軽く受け流す。田中はもっぱら祖父母を持ち上げる。

一晩泊ってから、岩屋から播淡汽船で明石に渡り、夜行電車で鹿児島まで行った。知覧にも足を延ばした（田中の小説の舞台になるはずだった、その後原稿に纏め上げただろうか）。市内の街路のいたるところで夾竹桃が咲き誇っていた。那覇までは空の旅となった。沖縄の微妙な自治には目がゆかず、珍しい風景や風俗に眼を奪われた。

朱里の家には夕方着き、両親と二人の妹が迎えてくれた。玄関脇の部屋には古酒の泡盛が貯蔵されていた。父親は那覇にある新聞社の重役だったと思う。若い頃に本州から沖縄に渡ったように安宅から聞かされたことがある。姓は沖縄によくあるもので、あるいは妻の姓を名乗ったか（私は仮称にしているが、このあたりのことは憶測の域を出ない）。晩餐に家長が同席し、遠路はるばる訪ねてきた息子の客人として遇してくれた。母親の琉球料理が家の古い泡盛と共に振舞われた。妹達は母の手伝いをして同席はしなかった。初めて飲んだ泡盛は口当たりがよくやっとのことで、用意された離れのベッドに辿りつくことができた。

酔いは酒のせいだけではなかった。娘と短い言葉を交わしただけであったがひと目で引き付けられた。私の眼は利かなくなっていたから描写することは難しい。加えて四十数年前のことだ。若々しい顔に笑いがあってもおかしくないはずだが（そうであったと思うが）、なぜか悲しみのようなものを感じた（南国には珍しい色の白さも一因だった）。長い髪を三つ編みにして二つに分けていたが、白い服とよく似合っていた。背もそれほど高い方ではなかったので（妹の方が少し高かった）、私には十五、六に見えた。もう一日逗留したかったがそうもいかなかった。

翌日は那覇から飛行機で石垣島に渡り、さらに船で西表島まで足を延ばした。碧い海は瀬戸内の海の色とも違っていた。マングローブの森は奇怪で生命力に溢れていた（田中一村の絵は好きだが綺麗過ぎる）。下手でもいいからスケッチを取るべきだった。

旅館は一軒あるのみで、北海道から来たという若いＯＬと相部屋になった。夜、田中が手を出さないかと気になりまんじりともしなかったことを今も憶えている。台風の到来で足止めをくらい帰るのを一日延ばすことにもなった。その後沖縄本島で二人と別れ、私は那覇から船で神戸まで帰った。船上、馬鹿の一つ覚えのようにアサドヤユンタの一節を繰り返し口にした。これを書きながら妹小夜が埠頭に迎えに来てくれていたことを思い出した。妹はもう働いていて（高名な美容師の内弟子となっていた）、髪型もボーイッシュにしていたのでしばらく気付かずにいた。随分と大人びて見えた。

　同じ年の秋、斎藤君と幸子さん（後に細君となる）に誘われ三人で北海道に旅をした。北へ北へ、森や野を列車が駆け抜けていった。どこをどう行ったのであったか。途中、西表島で知り合った、怖いもの知らずの女性が函館駅に会いに来てくれた。私は旅先から首里の「思い姫」に何通か絵葉書を出した。私は「幸福な病」に四年間かかっていたことになる。

首里の娘　その二

朱里で安宅の妹緑にあったわけだが、ひと目惚れだった。色白に黒い眸、控え目で言葉数は少なかった。妹の方がやや背が高く快活だった。私は相変わらず痩せ、童顔を隠すために髭を生やし始めていた。白い帽子を被り中原中也を気取っていたであろう（デカダンには陥ってはいなかった）。まだ荷風の影響下にはなかった。あの夏の日、一人朱里に残り緑の眸を見、たわいないことを話したかった（もうそれだけでよかったのだ）。

　沖縄の空や海、空気さえも東京のものと違っていた。朱里城は日本のどの城とも異なり色鮮やかだった。眼に飛び込む町や丘、市場は異国情緒に溢れていた。十九歳の私は沖縄の歴史や政治にまったく無知だった。安宅は西表島で意気投合した函館のＯＬを加え我々を、牛島司令官が沖縄戦で自決した洞窟やひめゆり部隊が最後を迎えた場所に案内した。私の心は上の空だった。正は政治に敏感だった。ウチナンチュと本土とを分け、本土の人間を平和呆けした、堕落した人種のように話すことがあった（皮肉の形を取りながら）。街のいたるところで見かけるアメリカ人をアメ公と蔑称で呼んだ。

東京で私はよくジャズ喫茶に出入りし、ジョン・コルトレーンやセロニアス・モンクを聴いていた。「君はアメリカに魂を売ったのかい。大和魂を失くしちゃいないだろうね」と低い声でからかうことがあった。二十二歳の学生から大和魂を聴かされ妙な心持ちになった。その後、アイルランド人がイギリスに対するような眼で沖縄を見るようになった。

西表島に入った時、正が話した海の向こうにあるという楽土ニライカナイに関心があった。本島、宮古や八重山は紺碧の海に囲まれている。沖の波間の彼方に楽土を求めても不思議はない（かつて私の郷里の近く、和歌山や高知沖から補陀落《ふだらく》浄土を目指した人々がいた）。

東京に戻って翌年、緑が東京の女子大に入った。安宅は自慢の妹を私に会わそうとしなかった。消息を尋ねても「世間知らずのネンネだからね」とはぐらかす。自身は法科の授業に出ず留年を重ねていたが、厳格な兄のてまえ遠慮があったのかも知れない。齢の離れた兄は登戸に一軒家を構え若い妻と住んでいた。緑は兄の家から学校に通っていた。それでも正は一度、兄の家に連れて行ってくれた。小高い丘にある一軒家で兄嫁が沖縄の手料理でもてなしてくれた。

兄は名の通った企業に勤め堅実な人生を歩んでいた。正は「出来すぎた兄」とよく言っていたが、兄の前では借りてきた猫のようにおとなしかった。兄は大柄な男であった以外にどんな会話を交わしたのかさえ思い出せない。緑は若妻の料理の手伝いをしたが一緒に会話を楽しんだ記憶はない。髪型も三つ編みを解き長い髪に変わっていた。

その当時、人間の様々な感情がある中で、軽率な私は黒い眸から何を読み取っただろうか。少なくとも悲しみを知ることはなかった（かなり時がたってから思い至った）。二年を待たず父親が亡くなっている。古代遺跡に造詣が深く、ペルーで客死していた。一家の大黒柱たる賢兄からは正とその友である私は不良と映ったはずだ（類が類を呼ぶという風に）。

若い愚かな男には恋を成就させる戦略も戦術も持ち合わせていなかった。頼みの綱である安宅は渋谷の教会通いも止め、国粋的な言動が目立つようになった。その一方で寮のパーティーで知り合った仙台の短大生と同棲し、自堕落な生活をするようになっていた。偶然だろうが、女の名前は碧《みどり》といった。私は住居を上野の近くに移しだんだんと安宅とは疎遠になっていった。

社会人となり恋愛に決着をつけるべき時期に来ていた（進展もなく望みはかなり低いものだった）。私は二度目の職場として浜松町にあった食品関係の新聞社に勤めていた。この頃、緑は世田谷のアパートに妹と住んでいた。もう季節もはっきりしないが、思い切って緑を訪ねることにした。玄関に妹が出てきて私を内に入れ、二つの部屋の間にある小さな応接間に通してくれた。姉に声を掛けると、緑は大柄な男と二人で現れた（これでものごとがはっきりしたわけだ）。

四人がどのよう表情で、どのような言葉を発したのか思い起こすことができない（私はこの惨めな記憶を何度か消し去ろうとした）。修羅場は起こらなかった。突然の訪問者を大人びた妹が気遣ったのではなかったか。緑は恋人の傍らに立って二人の遣り取りを聞いていた。緑と私は眼を合わすことはなかった。

あれからかなりの時間が流れた。心というものを取り出して見せることができるなら、そこに火傷の跡が残っているはずだ。

首里の娘　その三

人の生涯を旅にたとえることはそれほど珍しいことではない。十八で島を出て様々な人々に出会ってきたが、六十五歳の今、かなり忘却の淵に沈んでしまった。もう緑の顔もぼやけ思い出すことができない。存命だとすれば、還暦も過ぎて子や孫がいても不思議ではない。きっと太ってもいるだろう（二人の兄はそういう体質であった）。面影を留めていたとして、須磨や明石で遭っても誰だか気付かないことだろう。緑と縁は似ている字だが何という遠さだ。

私は「ホメロス」を読む時、緑とパイエケスの王女ナウシカアをなぜか重ねることがあった。今も朱里の白壁の家はあるだろうか。玄関脇に置かれた大きな甕《かめ》からは泡盛がふつふつと生命の音をたてている。威厳に充ちた父親が二人の道化から東京の奇想天外な話に静かに耳を傾ける。二人の美しい姉妹は母の手料理を手伝いながら時々笑い声をあげる。食卓には骨付きの豚の煮物や豆腐、野趣あふれる山海の珍味。香りのする泡盛に心地よく酔い話の華が咲く。突然、三つ編みの少女が大きな眸を輝かせ「あなた自身のことをもっともっと話して」と若い道化にせがむ。

ダブリンのナウシカアは優しいが足が不自由だ（作家の想像力ってやつは何を考え出すのだろうか）。花火の揚がるたそがれ時、ブルームの若いガーティを見ながらする不埒な行為は品性を欠くものであった。私が物語作家ならナウシカアから声を奪うだろう。眼を奪えばセンチメンタリズムに落ち込むだろうから。さてどういう物語になるだろうか。現代においてなお情熱的恋愛は成り立つだろうか。

いま、ナウシカアは台所で大根を切っている。

第八章　「ユリシーズ」

大内先生とブルームのこと

大内義一先生は当時もう五十の坂を越えていた。商学部の英語の先生だったが我々の文学部でも教えていた。授業はジョイスの「ユリシーズ」だったが一年で終わるはずがなかった。楽しい脱線もしばしばで読み終えるには本家オデュッセウスが漂流していたほどの時間が必要だっただろう。先生は中肉中背、ガッチリとした体躯でやや猫背だった。気取りがなく生徒ともざっくばらんに話した。

私が淡路から出てきたことを話すと顔が一段とほころんだ。「ほー、アワジからやってきたか。ずいぶん痩せているがレバーを取らなくちゃいかん」。しばらく経って斎藤君らとやっていた同人誌を見せると、「ほー、君はディーダラスか」と眼を細めて笑った。時々はディーダラスの頭に「痩せた」と付けることがあった。痩せた芸術家肌のスティーヴン・ディーダラス（「痩せた」ソクラテスでなくてよかった）。大内先生はブルームの好物のところで講義が進まなくなった。主人公と同じようにモツが大好きで話は料理学に変わった。私の腹はグウグウと鳴った。

時がたち場所が異なると、ギリシアの小島イタケを故郷にもつ英雄もずいぶんと変わるものだ（とても同じ血縁の人物とは思えない）。妻モリーとの夫婦関係も人間くさいものがある。これはジョイス一流の冗談であろうかなどといろいろと考えた（換骨奪胎にしては大胆すぎる）。私は先生の研究室に押しかけることもあったが気さくに応じてくれた。卒業してからも夜、仕事を終えてからとびとびではあったが教室に一年近く通った。「君たちの先輩が来てくれたよ」といって皆に紹介し、現代詩を話題にすることがあった。

私はシュールレアリスムの詩人ということになっていた。我らがブルームを巡って話題はつきなかった。Bはよき平和主義者にして家庭人である（積極的平和主義者であったかは不明だが）。Bは羊の腎臓が好物である（ダブリンのビールにモツは合うと先生は言った）。Bは市井のポーランド系ユダヤ人である（作者はどういう意図でユダヤ人としたのか、聞きそびれた）。Bは少し不幸なことにコキュ（寝取られ亭主、ヨーロッパ喜劇の王道である）にされたが、妻モリーを愛している（モリーの独白と人生肯定）。Bはディーダラスと血縁関係にないが精神的には繋がっている。Bの日常のある一日が特別な日となった。云々。大内先生の愉快な講義は今も私の中で続いている。

毒消し豆

我が家ではその薬草を「毒消し豆」と呼んでいた。子供の頃、この苦いせんじ薬をおばばは私に飲ませていたかどうかはっきりしない。島の一部では今もその名称で呼ばれ、時々、直売所の野菜や果物の脇に並べられている。広辞苑で調べたが記載はなかった。

少し呆けのきている母に聞くと、若い頃ブリキ屋の清子はんに腸にいいからと教わったという。清子はんは長寿で、三年ほど前に九十をゆうに越して亡くなった。我が家の初代熊次郎の娘きくの何番目かの子だった。清子はんは畑の隅にその薬草を植え、一種家庭常備薬としていた。我が家でも畑のどこかに植えていただろうか。清子はんに種を分けて貰っていたことは考えられる。いや待て。私が東京にいた頃おばばや祖父が八朔《はっさく》や柿を送ってくれていたが、その中にゲンノショウコと一緒に毒消し豆が入っていた。

良薬は口に苦しというが、毒消し豆は実に苦い。小さな豆を煮ると真っ赤になり、冷めるとやや黒味を帯びてくる。私は季節の変わり目に体調を崩すことがよくあったので、一週間か十日ほど朝夕煎じて飲んでいた。同人誌仲間の斎藤君にもあげていたので、大学中にはその薬草を服用していたことになる。正月やお盆に帰省した折には必ず持ち帰っていた。

それは春先にぐんぐん成長し夏場から秋にかけて小さな黄色い花を咲かせた。花の中から鞘を出し（二、三十センチにもなる）実をつけ、冬場には鞘がはじける。そこで鞘がはじける前に採り天日干しにする。最近、車で東浦を走っていた時に毒消し豆が群生しているのを見かけた。これよりかなり前の話になるが、帰省した折、我が家の放牧場の隅に十メートル四方に黄色い花を付けていたのを憶えている。今でも種が残りぽつぽつと群生している。

今年（二〇一四年）に入り、市の地域おこし協力隊の吉川隊長が空いている土地があるなら薬草を作らせてほしいと訪ねてきた。春先、畑の二筋に隊員たちとミシマサイコを植え、秋に黄色い花を咲かせた。根が薬草となる。隊長の話では漢方薬の多くは中国産だが、政治などによるチャイナリスクを避けるため製薬会社が日本産に力を入れだしているという。

かの兼好も「徒然草」で、空き地があれば薬草を植えておくことを勧めている。一市民としては医療代も馬鹿にならないので、畑の隅に毒消し豆を植え常備薬としている。

クレーの日記

ドイツで、カンディンスキーなどと抽象絵画を開拓したパウル・クレーの絵は現実的な面影を残しながら抽象化された、独特な面白さがある。天地が逆さになったり、一つの線が家になったり、鳥や道になったりする。絵の中に文字や奇妙な記号なども登場する。発想の中に、裏打ちされた現実があり、そこから自由自在に形や色を変化させていく。クレーは画家というより医学や科学の研究者を思わせる。

大学生の頃、私は中野区野方のおんぼろアパートに住んでいたことがある。大学の紹介で敷金も礼金もかからなかった。平屋の一軒屋で五つ六つの部屋に仕切ってあった。三畳間と四畳半の部屋があって、私は玄関を入った三畳間にいた。一番奥に画家の小川君（後に彦《げん》を名乗った）がいて、大学には通わず一日中絵を描いていた。部屋はイーゼルに描きかけのキャンバスが置かれ、その周りにスケッチブック、絵画の本が積み重ねられていた。画家は一間の押入の襖を外し、上段をベッド替わりに使っていた。訪ねると物をどかし、一人分のスペースを空けてくれた。

そしてコーヒーブレイクとなる。小川君は描きかけの絵を見せ私に意見を求めた。小川君は詩の本もよく読んでいて朔太郎や中原中也を話題にした。アポリネールのミラボー橋を朗読してから、ローランサンと詩人の恋のエピソードを楽しそうに聞かせた。私にフランドル派の画家ヒエロニムス・ボッシュの怪奇、風刺に富む絵を見せたのも彼が初めだった（その後、三十前にマドリッドのプラド美術館で実物を観た）。画集、画家の伝記や自伝をよく借りたがその中にクレーの日記があった。日記は後日、本屋で購入し、今も愛読書の一つになっている。しばらくして小川君はクレーの若い頃のように髭を生やし始めた。大柄で二、三日徹夜しても平気な体力を持っていた。大男と繊細な筆使い、シャガールのような画風の故に印象深く残っている。やがて細君となる、活力あふれる女性と別のアパートで同棲を始めたが、何年か交流が続いた。

クレーの日記はこれまで繰り返し読んだ。一九〇九年のところに次の一節がある。

私の作品がときとして幼稚な印象を与えるとすれば、それは僅かの部分・段階に還元・凝縮しようとする私の意志のためだ。「素朴」を目指す規律のためである。幼稚なのではなく、ひたすら無駄をはぶくということなのだ。（八五七番の部分）

クレーのチュニジア旅行は印象的だ。線の画家が色を発見した。私は東京とパリでクレーの絵を何度か観た。小品が多いが空間に広がりがあり、線や色に独特なリズムがあった。素材の質感もいい。少なくとも高校生の時にクレーの絵を知っていたら、その道を歩んだことだろう。いや待て。プロになれないまでも六十代でも七十になっても遅くはない。

急がば回れ

若い頃はA地点からB地点まで行くのに直線コースを取れば早く行き着くと思うが、いろいろ経験するにつれそうでもないことに気付かされる。急がば回れ、という諺があるが、だいたい正しいようだ。「だいたい」というのは物事には例外もあることだから。それにそもそも急ぐことがそうあるだろうか。

目的地に行くには本能の声に従うのが一番のように思えてくる。

B地点に少女の家があった。子供の頃、少女は私の生活圏（八キロに収まった）のギリギリの港町に住んでいた。私のいるA地点からそこに行くまでには二つの道があった。一つは平坦な広い道で、私の住む三叉路からずーと延び、Gという港町まで続いていた。この賑やかな町の大通りを右に切れて海岸沿いに行くと、美しさと賢さを備えた少女の町に着くことができた。もう一つは山道で道は狭く、民家がまばらだった。そこは猪や野犬がうろついていた。大通りの方にはI集落があり、餓鬼大将がいた。傘下のものの家もあり、道にたむろしている。少し行くと駄菓子屋があり、おばあさんと色の黒い少女が張り番をしている。この女の子とB地点の少女は仲良しだが、私たちの仲を裂こうとしていた。というのも黒い少女は私を大好きだったから。

橋を渡り、しばらく行くと大きな杜《もり》とお宮がある。さらに人家を抜け、二つ目の橋を渡るとGの町が現れる。ここには少女と美しさを競っている長身色白のFがいた。「あの娘は足が速いだけでぜんぜん美しくないじゃないの」とよく母親や周りの子供達にいっていた。私には不当なやきもちだと分かっていたが、もう女のこわさに気付いていたので（たった七つで）、少女のことは弁護しなかった（心の底でやましさを持ったが）。

また、町には私のライバルのNがいた。その弟と二人で私の行動を猛犬と一緒に監視していた。途中の海岸沿いの漁師町には逆にたのもしい味方のOの家があった。あの少女との仲を取り持ってくれたが、餓鬼大将にも力負けはしなかった。相撲で負かしたこともあったから。少女の家は海から少し山に向かって上がったH神社のそばにあった。

一方、山の方の道は民家もまばらで、くねくねした薄暗い山道や森を抜けなければならなかった。ある朝、私は燕《つばめ》の動きから吉兆を感じとり、山の道をとることにした。途中まではT小学校への道で、隣家のMと通っている道なので迷うことはなかった。B地点まで半分ぐらい歩いたところで、小学校の赤い校舎やその奥にある大きなお宮の杜が見えた。少し平坦な道を歩いてからまた山に入った。

ここからは初めての道で見覚えのある家はなかった。しばらくは進んでいるのか後戻りしているのか分からなかった。二匹の野良犬に遭ったが木の棒で向かっていかなければ噛まれるところだった。その辺りはK集落らしく川沿いに歩き、細い一本道を丘に上がった。何度も迷いながら少女の住む町に着いたのはお昼前だった。小高い丘を一目散に下り、少女の家の門に立った。前々から私が訪ねて来るのを知っている風だった。「あら、K君道に迷わずよく来てくれたわね」。白い歯からほほ笑みがこぼれた。疲れもうそのように吹っ飛んだ。

B地点に行くのに別の道もあったわけだが私は迂回の道をとった。どちらが早く少女の家に着いたかどうかは分からない。餓鬼大将に遭えばけんかを売られたかもしれない。Gの町では警官に呼び止められ、応答いかんでは家に帰されるおそれがあった。小さな恋がたき、Nのわなにかかったかも知れない。しかし、早晩私はB地点まで行き着き少女の前に立ったことだろう。

居合道場

杉並区今井に居合道場があった。誰の紹介であったか定かではないが通うことにした（小川君のような気がする）。大村唯次先生が道場主で、白髪に白い髭を蓄え、背丈は高くなかったが物静かな人だった。様々な職業の若者が先生の人柄に引かれ、通っていた。私は日曜日とか仕事を終えてから週二、三回稽古をつけてもらっていた（この頃は体調もだいぶ戻っていた）。

二十代の前半から東京を離れるまで五、六年は道場に通った。道場は板敷きでそれほど広くはなかった。四畳半の三、四倍といったところだろうか。壁の一面は大きな鏡が張られていた。大村先生は道場に面した三畳間に座り稽古をみていた。現代に居合とは妙な取り合わせだが、私にはしっくりと合っていた。稽古の汗が心地よかった。

ある時、先生は「細身の剣士だね。筋はいい。稽古を続ければ、世が世なら勝先生の用心棒になれただろう」と言って笑った（海舟の下で見聞が広げられるなら悪くない）。娘はパリで絵を描いていた。人にはあまり見せなかったが先生自身も絵の心得があった。お茶を飲みながら弟子達と芸術談義に及ぶことがあった。私はその人柄を知ってから最初の詩集を贈呈した。次に道場に行くと、私の詩を「荒削りながら無邪心がある」と評した。

私より少し遅れて久保田徳明君が入門してきた。和服の裁縫で生計を立てていたが、痩せていて繊細なところがあった。齢も変わらず気性がさばけていたので私と気があった。徳明君はほとんど売れなかった私の詩集を買ってくれたのではなかったか。二度目に東京に出た時にはしばらく厄介になった（還暦前に亡くなった徳明君のことはどこかでもう少し触れたい）。

徳明君と知り合う前であったか。道場でやや面長の色の白い、眼の鋭い人物に出会った。数学者の彌永健一さんで、父親はかなり名の知れた数学者だった。私は彦君からかなり風変わりな夫妻のことを聞かされていた。彌永さんは一見物静かで（一方で成田・三里塚闘争に参加していた）、私とは穏やかな付き合いだった。

家は大塚にあったが、生活パターンが異なっていたので細君ともども手紙の遣り取りが主だった。彌永さんは昼間、道場に来ていた。私は好奇心旺盛で情熱的な細君と意気投合した。アメリカ人で齢は私とさほど変わらなかった。オリンピック水泳のゴールドメダリストであることを後日知った。光代は戸籍上の名前だったが、北斎のようにさまざまに雅号を替えた。日本語もかなりできたが少々禅問答のようなシュールな表現があった。

光代さんは彌永兄より背が高く、思い立つとその世界に真っ直ぐに飛び込んだ。私はその行動から火のイメージを持った。鎌倉後期の傑物、大灯国師妙超を尊敬していた、というより崇拝していた。円覚寺で座禅を組んだこともあった。よく老子が話題になったが、日本人が物事にやたらと「道」をつけたがると批判した。仏さんを作って魂を入れ忘れていると。

剣道、柔道、茶道、華道に歌道、そういえば居合にも道があった。文学にも道が付いて不思議ではない（はて、私の詩に魂は籠もっているだろうか）。二人に詩を書いて送っていた。彌永夫婦は温かさの中にも批判精神が旺盛であった。

脇道に逸れるが老子について考えたい。当時、彌永夫婦と私の間に三者三様の老子があったように思う。またそれでよかった。老子は枠に収まらない。

1　善と悪の違いだって、どれ位のものであろうか。
2　質朴で純真なものは色あせて見える。
3　最も技量ある人は不器用に見える。
4　正しい言葉は真実に反するように聞こえる。

老子は道と徳の洞察者である。悪人だろうか。ある面では。道徳経は危ない書物でもある。青年期ではなく四十になってから読む本といえる。

東京《トウケイ》と東京

「水滸伝」に親しんだ読者なら「東京《トウケイ》」はなじみ深い町だ。中国語では何と発声するだろうか。トウキョウは日本語だ。舞台となる東京は魑魅魍魎が跋扈する都である。水滸伝は伯母の置いていった本の中にはなかった。すみ孫の高い棚に子供用の世界名作全集がずらりと並んでいたことを憶えている。伯母に一言いえばくれただろうがなぜか遠慮した。岩波で読んだのは東京に出て大学に入ってからだった。子供向けの「水滸伝」は偶然、高円寺の古本屋で見つけた（円城寺健の訳）。

長い平和が続いた後、疫病がはやり東京の民は半分が亡くなった。そこで天子は災いをおはらいしてもらうため竜虎山に洪信という男を使わした。このごうまんで軽率な洪信は道士に体よくあしらわれ、おまけにお宮の伏魔殿では周りの反対を押し切って魔王を閉じ込めていた石板を取り除かせた。ここから百八人の物語が展開する。

我々の首都をまさか大宗国の都にならって名付けたわけではあるまい。が、いつの世も伏魔殿を開ける洪信のような人物がいるものだ。平和な時が六十九年間流れた。私は銀座の風月堂で花和尚にあった。洪信も霞が関辺りにいるらしい。これは友人との政治談議の枕に振ったものだが、水滸伝は文学であり、政治でもあるだろう。この自伝で政治を一つの柱としたが正直に言って貧しい知識しか持っていない。しかしどういう形であれその関わりを書き留めておきたい。

平成の世の伏魔殿を開けたのはどこの誰だ。

政治の季節に何を見たか

菅家の家庭不和は私を宗教にも政治にも向かわせず、文学に走らせた。父と気の強い母はよく喧嘩した。一体何が原因だったのだろうか。父が水商売の女に入れ揚げたとか、博打で誰かに借金をしたとかといったことではなかった。喧嘩は二日をおかず繰り返された。物心ついてから、ある時、このエネルギーを何か創造的なことに向けたらかなりの成果が得られるだろうと思った。

もう少し齢がいった頃（高校生になっていた）、神さまがいて人間を退屈から救うために、そうしむけているのではと考えたりもした。かなり小さな頃、祖父が仏壇の間に夫婦を並べ、言い分を聞き仲裁しているところを見た。父が一人だけの時もあった。酒気を帯びてない時の父は借りてきた猫のように無口でおとなしかった。母の方は非理性的で雄弁だった。祖父を前にしてもしおらしく折れることがなかった。

ある時、父に弁当の焼き魚が六日続いたこと（母の料理をうっかりほめたのが災いした）。学校で使う備品のお金をなかなか出してくれないことなどを訴え、父の方からお金を出してもらえないか聞いた。父は家の大蔵省はアキラであること。弁当の件は調子に乗せたお前が悪いこと（私は珍しく美味しかったので正直にいったのだった）などをいつになく陽気な口調で言った。

そして、父の最後の一言が私を驚かせた。「アキラもあれでいいところがある」。前にも触れたかと思うが、私は夫婦間の魔訶不思議さを感じた。やがて祖父は夫婦間のことには口を出さなくなった。誇り高いおばばと息子夫婦の間も修復の利かないものになっていった。やがておばばと祖父は幸吉が建てた長屋の一角に移り、小さな台所と薪をくべて沸かす風呂場を別に作った。おばばと祖父は一時、堺の娘の近くに住むことも考えていた。

私が大学に入った頃は昭和四十年前半で、学生運動が盛り上がりを見せていた。夜、学校に行くと教室が革マル派に封鎖されていることも珍しいことではなかった。教室に入れたとしても教授が現れないこともあった。ひどくなると文学部の門が閉じられた（ロックアウトと言った）。政治の季節のことは同時代の人々が本や映像にしている。後に連合赤軍によるあさま山荘事件が起こったが、当時はまだ大らかさが残っていた。

ある時、私は教室の廊下でヘルメットを被った女闘士三人に囲まれたことがあった。ビラを手渡し、闘争理論を次々とまくし立てた。年長者とおぼしき女が私の浮世離れした応答に自己批判を迫った。私はそれまでも学生運動にほとんど共感を覚えなかった。「そう簡単に自己批判ができるわけがない。あなた方が運動を十年続け、なお信念が変わらなかったら信用しよう。その頃は企業に就職しているか家庭の主婦に収まっているだろう」。そのような意味のことを話した。三人組みはゲバ棒を振るうことはしなかったが聞く耳を持たなかった。罵りながら去って行った。

大学を離れた女闘士達はその後どうしたであろうか。信念を持ち続け、歴代内閣の政策や行為を観続けているだろうか。私は主に大学の図書を借りシェイクスピアやバルザック、トーマス・マン、カフカなどを読み漁った。谷崎源氏はその良さがまだ十分に分からなかった。史記は列伝に引かれたが（政治学でもある）、いまやあらかた忘れてしまった。春秋乱世を冷徹な眼で捉えた、簡素で力強い「春秋左氏伝」をどこまで理解しただろうか。

漢文と古文

高校生の頃の漢文を観たいと思ったが教材のすべてが大地震で失われてしまった。いま生徒が使っている教科書が四十数年前と同じかどうか知らない。私は腎臓を悪くし、勉強に忍耐と集中力を欠いていた。どこか怠惰な暗い生徒になっていた。漢文の先生の顔は憶えているが名前が出てこない（卒業記念アルバムで郡司先生だと分かった）。先生の顔は陽に焼けて一年中黒かった。家は百姓をやっていたかも知れない。古文は若い小柄な女の先生で声の美しさで今も印象に残っている。授業で「枕草子」や「源氏物語」の音読を耳にしたが、その後私は声において先生に勝る女性には、そう多くは出会っていない。

漢文も古文も男子生徒の睡眠の時間だった。教室の後ろから軽いいびきがよく聞かれた。私は辛うじて眠気を抑えすばらしい声に聞き入った。私は妙なことを思った。非常に美人で声の悪い女と不細工ではあるが非常に声のいい女を選べるとするならどうするかと。少々迷ったあげく後者を採るだろう。おんな先生はどこに住んでいたのだろうか（名前を忘れるとは失礼なことだ）。

何年生の時か忘れたが、郡司先生は臥薪嘗胆《がしんしょうたん》のところを淡々と進めていた（ここだけが妙に印象に残っている）。時は中国の春秋時代で戦争が日常だった。まるで平和が戦争のつかの間であるかのように。古代の呉と越が舞台となっている。呉には楚から亡命した思慮深い伍子胥《ごししょ》がいた（「列伝」に詳しい）。

私は市の図書館に出かけ、臥薪嘗胆のことを調べることにした。教科書は「十八史略」から採られたようだ。臥薪を呉王の、嘗胆を越王のこととしているが共に王の遺恨は深い。図書館の親切な女性職員は「史記」の世家二冊を貸してくれた。春秋時代に国を興した呉太伯世家《ごたいはくせいか》に臥薪のことは出ておらず、越王句践世家《えつおうこうせんせいか》の中に呉との戦で敗れ、赦されて帰国した王句践が、坐臥するたびに仰いで肝をなめ、会稽の恥を忘れなかったことが書かれてあった。

「源氏物語」と「史記」を並べてみよう。まったくかけ離れた世界だろうか。源氏は恋から離れ政治力学の観点からも読めるだろう（無粋ではあるが）。紫式部は時の権力者の近くにいた。史記は何よりも人間ドラマである。司馬遷は屈辱的な刑を賜った。神経衰弱気味の現代作家で誰がどこまで迫っているだろうか。現代人はむしろ、心の問題では退化しているのではないだろうか。

熟柿

家の周りに今も柿の木がある。長屋の前にも何本か植えられていたが、道を広げる時に伐られた。柿の木は「さくい」ので子供が登ってもよく折れた。私も稲刈りの終わった田に枝もろとも落ちたことを憶えているが、大したけがはしなかった。家の東の山に今は梅が植わっているが昔、柿山があった。呼び名だけが今に残っている。祖父が若い頃に植え、父がリヤカーで郡家の市場に出荷していたらしい。富有という柿で大きくほどよい甘みがあった。長屋の前にあったのも同じものだった。家の裏には後で植えられた富有が今も実を付けている。

家の東にある柿の木が一番古くなった。これは四つ目で、そこから根を延ばし二つの子を作った。柿の寿命はどれくらいだろうか、ふと考えてみる。四つ目がもう三代我が家を見てきている。

秋になると、おばばは柿を私に採らせ陶器に盛って訪ねて来た人に出していた。俳句を齧った人は柿を手に「柿食えば鐘がなるなり広生寺、でんな」とおばばの口真似をした。家から広生寺が見えたし毎日、鐘の声はよく届いていた。おばばはお茶を立てふるまうことがあった。柿から茶菓子は作っただろうか。夏みかんの皮はよくお菓子になり、その苦みと甘みは抹茶に合った。おばばは俳句のたしなみはなかったがお茶は堂に入っていた。私に作法を口やかましく教えることは一度もなかった。おばばと爺さんは仕事の間々に世間話をし、お茶を静かに愛でた。おばばは針仕事をし、爺さんは長く鶏を飼っていた。裏座敷の軒下に牡蠣の貝殻を積み上げ、それを砕いて鶏の飼料に混ぜていた姿を憶えている。

柿の剪定は爺さんがやっていた。毎年秋には大きな柿になった。親父も剪定をしたが柿はやや小ぶりになった。私が六十で島に帰って来てから柿は隔年成りで、ますます小ぶりになった。今年は生り年だったがヘタ虫にだいぶやられた。

柿の熟する一ヵ月ほど前から私は歯がはれ膿まで出るようになった。町の歯医者に行くと「よく我慢しましたね。詰めものをした歯の根もとが腐っていますよ。痛みの原因がそれです」といい、抜歯を勧める。渋っていると、「腫れと炎症が続き癌にだってなりかねませんよ」と脅す。前に近いところなので口許が妙に間抜けにならないか心配したが、医師に従うことにした。

やがて私の歯は熟柿しか受け付けなくなるだろう。嘆いても仕方のないことだ。

二〇一四年十月、我が失われた歯のために。

　柿熟し歯一枚をなくしてる

虫聴き

東京を引き払い故郷に帰ってこの秋でまるまる五年になる。父とはわだかまりがあったが、「東京で充分やりたいことはやっただろう。帰ってきてくれ」という声を受け入れた。脳梗塞で足も不自由になっていた。父は死期を予感していたのだろう、私が帰って一年ほどして亡くなった。妹達には自分の本音を話していたようだが、私には自分を「晒す」ことはなかった。牛舎を住まいに改築したいと話した時にそうさせなかった。

「家に手を入れるならわしが死んでからにしろ」と珍しく怒った。元宮大工の中郡さんに見積もりを出してもらっていたが話は流れた。傾いた母屋は住むのに危ないので、物置になっていた長屋の一角を改修した。晩年おばばと祖父が住んでいた部屋で、四畳半と二畳ほどの台所、その隣に二畳の物置があった。二畳の空間はささやかな書庫とした。便所がないので母屋まで出掛けている。小の方は時々畑で済ませることがある。月や満天の星を眺めながらのそれはささやかな幸福感を与えてくれる。

田舎暮らしについて、漱石先生は子規に宛て面白いことを書いている。結婚するか、放蕩するか、読書のどれかをしないことには田舎は辛抱できないと。私の家からさほど遠くない町には図書館があり、また少し車を南に走らせると別の市の図書館もある。読書に不自由はなさそうだ。まだ女への思いはあるがあえて断つこともないだろう。島の自然は豊かだ。山の方の田七枚は休耕田になっていて、いまや雉の遊び場だ。昆虫好きなファーブルがおれば極楽と感じることだろう。

この秋はなぜか虫の声に驚かされた。畑仕事をしている昼日中から、ギスやこおろぎが四方から鳴き出す。夜にはすざましい。小用で門の前に立つと高く澄んだ音が暗闇からわきあがる。夏の終わりはまだ声も定まっていないが、秋が深まるにつれ名人芸のオンパレードとなる。この音を聴けるだけでも島に帰った価値がありそうだ。

ある夜、部屋の窓を少し開けていると全身緑の虫が入って来た。たまたま図書館で借りたモーツァルトのピアノ協奏曲を掛けていると、違い棚の傍まで行ってソロを奏で出した。何の違和感もない。大都会のコンサートでもめったに聴けるものではない。ブラボー、ブラボーと私は叫んでいた。「こいつはモーツァルトの上を行っている」。朝には緑の小さなマエストロは姿を消していた。

第九章 「マタイ受難曲」

クラシック喫茶

大学はしばしばロックアウトがあり、私はクラシック喫茶で読書するのが半ば習慣になった。高田馬場から大学に行く通り道にあらえびす、らんぶるがあった。ちょっと足を延ばすと渋谷にライオン、高円寺にはネルケン、中野にはそのものズバリの名称クラシック、阿佐ヶ谷の駅から奥まったところや荻窪辺りにもクラシック喫茶があった。普通の喫茶店と違い長い時間いても文句はいわれない（お金のない学生にはありがたい場所だった）。

この習慣はサラリーマンになり、東京を離れるまで変わらず続いた。ジャズ喫茶にも斎藤君の影響があって足が向いた。新宿紀伊国屋の裏の地下に船底のような喫茶店があり、買った本を持って入ったりした。歌舞伎町に向かう細道や大通り沿いにもジャズ喫茶があった。ダグは今もある（後年、写真家アラーキーが仲間と来ているところに何度か居合わせた）。

昭和四十年代、東京にはかなりのクラシック喫茶があり、そこは砂漠のオアシスに譬えることができるだろう（そういえば歌の文句に「東京砂漠」があった）。多くのクラシック喫茶が時代の流れの中で消えていったのは残念なことだ。読書は日比谷図書館や区の図書館も利用したが、やはり喫茶店が一番落ち着けた。オアシスに一杯のコーヒーと音楽。リクエスト板はいつも書き込みで一杯だった。モーツァルトはシンフォニーを中心にどの曲もよく掛かっていた。心地よいリズムに眠りに誘われることもあった。ベートーヴェン、ブルックナーやマーラーの熱いファンがいるようで、それらのリクエスト曲をよく耳にした。なぜか男、それも大学生が溜まっていた。大声で話をして注意されている光景にも出会った。

そういえば私はついに緑をオアシスに誘わずじまいで縁が切れてしまった。ひと目惚れというのは一方の思い込みが激しいので、成就はなかなか難しい。程よい距離が保てず、精神が一種の金縛りにあっているので相手から見ればしばしば滑稽に映ることになる（本来の自由な精神が奪われているのだ）。女たらしは情熱を装い、舞い上がらず冷静だ。若い女（同様に男にもいえることだが）はそのぎこちなさや滑稽さを誤解してしまう。男の本当の良さを見つける前に別れてしまうことになる。

緑は控えめで物静かなところがあったが、その黒い眸《ひとみ》は私を兄の不良仲間と見、怖れただろう。東京に出て、しばらくして父親を亡くしていた（この喪失感は思いのほか深いものがあったはずだ）。この頃の私は、眼はあっても見えず、口はあっても思いをうまく伝えられない、まったくの木偶の坊であった。妙な表現になるが、たっぷりと愚かであった。生活感も希薄だった。

恋の望みがほとんどなくなった頃か（それとも決定的なことがあった後か）。私は新宿の厚生年金会館にバッハの「マタイ受難曲」を聴きに行った。正確に言うと、それは映像で全コラールが入ったかなり長いものだった。指揮はベルリンフィルハーモニー管弦楽団を率いたフルトヴェングラーだったと記憶している。私は批評する十分な耳を持っていなかったが、テンポはゆったりとして重々しいものだった。丁度私の気分に合っていたのか、これを機にバッハを意識的に聴くようになった（我が耳は人に自慢のできる耳ではないが）。緑のことも時が忘却の淵に沈めていったが、かなりの時間が経ってからも喫茶店で偶《たま》にマタイが掛かると思い出すことがあった。今では顔すらはっきりしない。つい最近、私は図書館で「マタイ受難曲」のCDを借り、心に響く曲と共にある言葉に行き当たった。私は二度聴き返した。

第二〇曲のアリアと合唱の中で、ソロが「イエスの魂の苦しみは我が死を償い　その悲しみは我を喜びに満たす」と歌う。それを受け、合唱が「ゆえに我らの救いの力なるその受難は　まことに苦けれどしかもなお甘し」と。私は最後の「苦けれどなお甘し」で、長年もやもやしていたものが霧散した。

円空仏

私の日常の中にキリスト教はほとんどなかった。その知識も絵画や彫刻、文学（特に小説）を通じてのものだった。暗い高校時代にプロテスタントの教会に通ってはいたが底の浅いものだった。大学生の頃も渋谷のプロテスタント教会に出入りはしていたがしばらくすると足は遠のいていった。宗教を柱の一つに立ててもいいが、この自伝で語れるものは少ない。私は仏教徒と胸を張って言えるだろうか。

前にも触れたが、湘南から通学していた同級生に誘われ、鎌倉の円覚寺を二度訪ねたことがあった。円覚寺は禅寺で臨済宗円覚寺派の本山になる。漱石も訪ねている。私は座禅をしたが何かが変わっただろうか。思い起こすと私が引き付けられた人物には禅僧が多い。「狂雲集」を詠んだ一休、大愚良寛、非常に面白い書を残した（丸と三角と四角）仙厓《せんがい》、皆禅僧である。私が円空仏に出会ったのは四十を越してからだ。十一面観音との出会いは新宿のデパートだったが、ひと目で虜になってしまった。ずいぶんと先回りをしたが円空のことはいずれ話したいと思っている。私は三十歳前に円空は知らなかった。

パウル・クレーの最晩年に天使の絵が登場する。これらは東洋の島国にあっても宗派を超え共感、共鳴することができるだろう（クレーがキリスト教の何派かは問題ではない）。私は観音像と同じ感動を覚える。

宗教には偏見や誤解が付きまとう。これが政治と結び付いた時にどういうことになるかは歴史が教えてくれる。ドストエフスキーは生涯神の問題で苦しんだことを告白しているが、日常の宗派はロシア正教であったか。当時、体を鞭で打ったり、去勢する宗派まであったようだ。「カラマーゾフの兄弟」でのアリョーシャやゾシマ長老のいた僧院は正教ということになるのだろうか。東京にニコライ堂が今もあるが私は訪ねたことはなかった（今も建築への関心がある）。大学時代に文学仲間と、聖書を知らないで欧米やロシアの文学が分からないのではないかと論争になったことがある。間違いではないだろうが、聖書を深く知らなくても、それを越えて心に響いてくるものがある（一地域や時代を越えて）。芭蕉のいう「不易」になるだろう。私は宗教においてもその日常性に眼がいく。

我が家は代々法華宗で、島の中ほどにお寺がある。本山は京都の本能寺である。子供の頃、仏壇の間でおばばと祖父が経を唱えていたのを今もよく憶えている。二人の息はぴったりと合っていた。二つのお彼岸やお盆などに母が入ると微妙に調子が狂った。母は何事も大げさで過剰だった。言葉を浪費することに、一種快感すら覚えている節があった。良寛さんのいう「おしみおしみ言葉を使う」ことはしなかった。母とは反対に父はだんだん寡黙になり、ついに最後まで二人の間にハーモニーは生まれなかった。

爺さんの小気味いい拍子木《ひょうし》の音が今も耳の奥に残っている。拍子木は黒檀の十五センチ位のものだったが、もう家には見当たらない。

ドストエフキーは知人への手紙の中で、キリストが真理の外にあるとしても、自分はキリストと共に歩みたいと打ち明けている。私はこの言い回しを円空に拝借したい。円空仏から話はあちこちに飛んだが、足が達者なうちに中部から東北、北海道の各お寺や民家を訪ねたいと思っている。

父の名前

父の名前は祖父が付けた。亡くなった翌年のお盆であったか、我が家に親戚一同が集まり法事を行った。その折、伯母が何気なく弟の思い出と共に「晋の名はお爺ちゃんが古代中国の国名から採って付けたのだよ」と言った。私は深く尋ねなかったが気になっていた。今も昔も子の名前には親の思いや希望が籠もっている。初め私は漢和辞典に当たった。晋の部首が日であることも忘れていた。

正字は晉。春秋時代の国名だが、我が国では同音の秦と区別するために「ススム晋」と呼ぶことや易では「地上に明るさが出る象」であることを知った。思っていた通り晋はおめでたい名であった。私は父から名前の由来を聞くことはなかった。父の相方である人も嫁いでこの方一度も聞いたことがないという。両親は偶然だろうが、共に名前は漢字一字だった。姓を加えても二字で日本では珍しい。人は名前と裏腹になることも多いものだが、父は内に太陽を秘めていたのだろうか。私は「春秋左氏伝」と「史記」を齧る程度だが、晋には名君の誉れ高い重耳、後の文公がいた。もちろん祖父は知っていて頭のどこかにあったかも知れない（なかなか子は親の思うようには育たないものらしい）。

二人の妹の名前は父がつけた。歴史ものが好きなことから、美保はなぜか美保神社から来ていると思っていたがそうではなかった。いつであったか、おばばは「ススムは娘の名を三文小説から採った。我が子の一生ごとなのに」と少しお冠であった（おばばは末の孫娘をかわいがっていた）。美保子は親父が当時読んでいた小説のヒロインのようであったが、それがどの小説か見当が付かなかった。それで行くと小夜の名もどうも怪しい。古く歌に詠われた「小夜の中山」からではなさそうだ。

漱石は小説のヒロインの名をどこから思いついたのだろうか。子供に名をつけるように作ったであろうか。小説は作り物とはいえそれなりの思いはあるだろう。人はドラマで仮面を被る時、ぎこちなさや偽りから抜け出し真実に迫ることができることを私は知っている。

世界を大遊技場と見た人がいる。読者よ。では共に仮面を被ろうではないか。

もし君が小説家なら

もし君が小説家なら
さまざまな想像と技巧を凝らし
一人の人物を十人のモデルから創りあげ
五百もの登場人物を動かさねばならない
喧嘩や殺し　恋の火種も
すべてネタになる

もし君が詩人なら
お悔やみの一つも言わねばならないが
それはそれ無用の用ということもある
ただただそこに有ればいい
雲を道連れの旅もいいだろう
それも同行二人
いく土地土地で　やがて
かすかな音を聞き分け
眼に見えぬものを見るだろう
君は小説家　詩人のどっち
君は好きな得物をとればいい

アリョーシャ

我が家のアリョーシャは女である。妹は私より七つ年下で、小さな頃はどこか茫洋としたところがあった。泣くことはほとんどなく、ともかくよく笑った。その笑いが家族だけでなく近所の子供はもちろんのこと大人達まで和ませた。おばばは初め、この子は少し頭が弱いのではと心配したが、それは杞憂に終わった。家族は二派に分かれていたが、美保はおばばの手伝いは苦にならなかったし、気難し屋の父にも懐《なつ》いていた。なぜかしら父は美保の言うことだけは素直に耳を傾けた。

小説めいた書き方になったが私は高校生の頃、「カラマーゾフの兄弟」を読んでから下の妹を三男

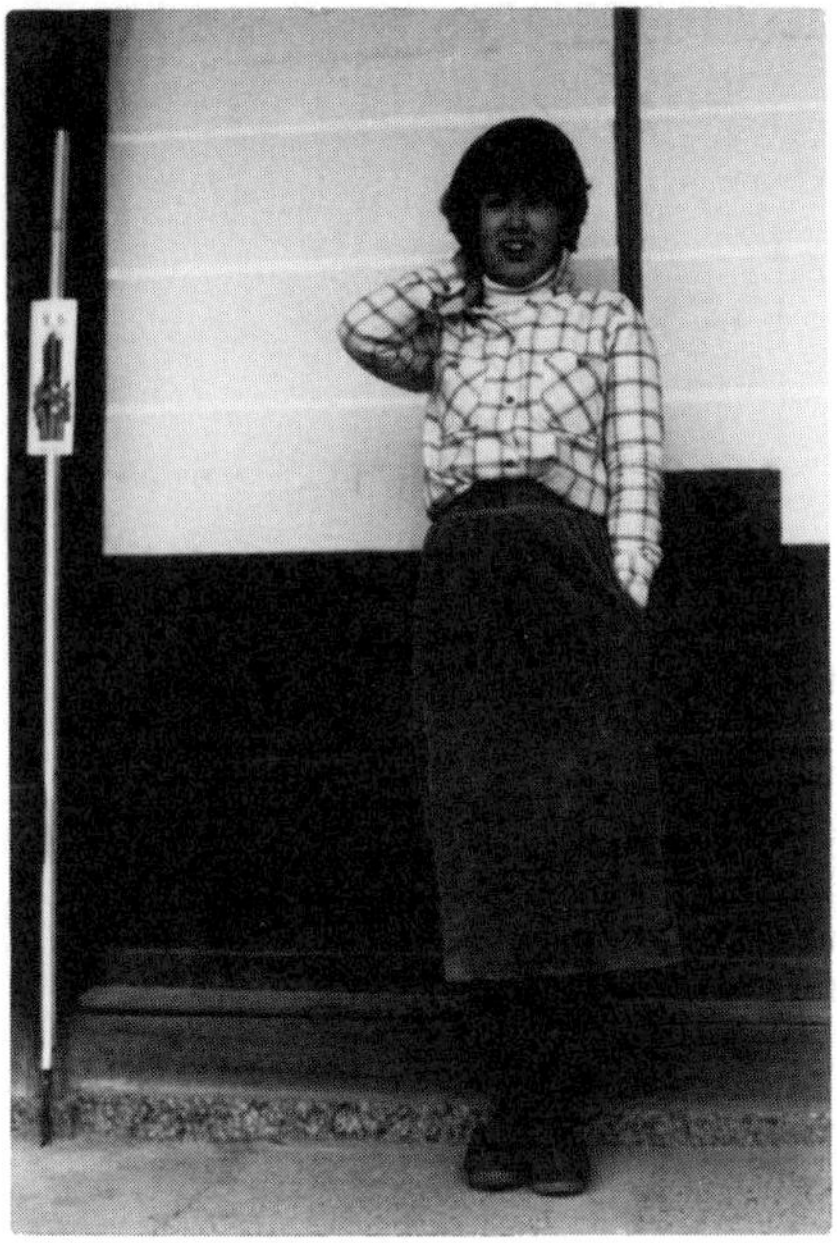

「アリョーシャ」だった頃の妹美保

アリョーシャに重ねて考えるようになった。どこかぼんやりしたところと聡明さが渾然一体となっていた。人を疑ってみることをしなかった。だから誰も美保を騙そうなどと考えなかった。信心深いかどうか尋ねられると返事に窮する。仏間でおばばと祖父がお経を唱えていると、傍にちょこんと座って手を合わせたかと思うとすぐに眠ってしまうことがあった。尊い仏に祈らなくとも、もうその徳を体得しているという風にも見えた（これは褒めすぎだろうか）。

父と私の間は常日頃、妙な沈黙とわだかまりがあったが、美保は父と何の屈託もなく話した（親父の虚無を本能的に感じとっていただろうか）。我が家のアリョーシャはロシア的というより聊斎志異《りょうさいしい》の人物に近いかも知れない。本性は見せないが、実は恩義や徳に篤い狐だったというような。

私は十八で島を離れたが、正月や盆休みに帰省していた。おばばの諧謔精神や祖父の賢明さで父母との均衡が辛うじて保たれていた。それ以上に美保の明るさ、無邪気さが救いとなっていたように思う。志異の登場人物は「奇貨居くべし」とよく口にする。美保は奇貨だな、と思うことが何度かあった。

美保は高校を終えると島を出、料理の専門学校に入った。お盆であったか、帰省すると美保も帰っていた。もう二十位になっていただろうか。ふっくらした頬は少し痩せ、ほとんど笑わなくなっていた。どこか他人行儀で、無邪気さは消え、何か憑き物が落ちたかのように普通の女になっていた。

嘘

小説は絵空事で片付けられないところがある。それは今も廃《すた》らないことからも分かる。物語というか小説は詩歌と共に日本では古い歴史をもっている（『源氏物語』を見よ）。嘘、つまりフィクションから真実を探りあてようとするわけだが、これは人間という不可思議な生き物に適っているらしい。人は嘘が好きだ。とてつもなく、と言ってもいい過ぎではなさそうだ。

この自伝、油断をするとすぐ小説が忍び込んでくる。この日常には寄せては返す波のような退屈さがある。自伝は原稿用紙三十枚もあれば語り尽くせるだろうと考えたがそうならなかった。一見平凡に見える日常も見えるものと見えない世界があって、後者の世界に足を一歩踏み入れると、もうわけの分からない広大さだ。科学が発達した現代だが、夢や心の謎はまだほんの少し解けただけで、さらなる謎と闇が現れたのではないか。

今、科学で母の胎内にいた時の記憶が明らかになって来ているようだ。私の記憶はその辺のことは分からない。生まれてすぐおしゃかさんのように天上天下唯我独尊とは語らなかった。私にはへその緒がからまり、息も絶え絶えに母の胎内から出てきた。産婆が蒙古斑のあるお尻をパンパンと叩いて蘇生させた（このことは何度か話した）。私は世間に出てネクタイをするようになったが、首の辺りが妙に締め付けられるのを感じた。私の付き合った若い女性がむしろネクタイを喜んで身に付けたがったのが意外であった。サラリーマンになりたての頃、母がネクタイをした方がきりっとして男らしいと私を褒めたことがあった。

私はこの自伝をドキュメンタリー作家の方法で書き進めている（自伝的小説の試みは別の機会に譲るとしょう）。ただ証言者の多くは亡くなるか老いてしまった。私の記憶だけでなく足で取材を重ねたいと思っているが、耳にした話がすべて正しいかどうかの判断はなかなか難しい。

私は画家のように人物に光を当て、あらゆる角度からスケッチを繰り返すつもりだ。やがてその線の一つ一つが真実や美を捉えるだろうと自らを励ましながら。

変わり者

高校生の頃の仲間に西谷という男がいた。父親は学校の先生をしていたが勉強はそれほど得意ではなかった。私と同じクラスで美術クラブに属していたので、放課後クラブで絵画の話をすることが結構あった。といってもまだ幼稚なもので印象派止まりだったが。デッサンや油絵に特に熱が入っているようには見えなかった。西谷はキリスト教の日曜学校にも通っていた。これは勉強のできる女生徒藤原に声を掛けられたのが切っ掛けのようだった。どういうわけかメガネをかけた勉強のできる女生徒にもてた。ラブレターも何通かもらっていた。

私は病気もあり、とかく引込み思案で暗い生徒であった。西谷はギリシャ神話風に表現するとアポロンの子、いやそのものだった。当時はまだカラオケはなかったがいい喉を持っていた。賛美歌や流行歌を歌わせると右に出るものはなかった。私は彼が声楽か、如才なさから政治家の道に進むものと思っていた。が、卒業と同時に京都に出、陶芸の道に入った。

西谷の交友関係は男女を問わず広かったがヨシには手が届かなかった。これぱかりはアポロンも手が出せなかったことになる。アポロンといっても瀬戸内の少々野暮ったいものであったが。世間の人はそれぞれにレッテルを張り安心を得るといったところがある。「田舎のアポロン」は私のほめ言葉だ。西谷にも恋の挫折はあったが、仕事の方は器用さやセンスのよさで得意先を増やしていったようだ。

私は還暦の齢に島に帰ったが、時々西谷に会うようになった。何年か前に脳梗塞をやり粘土をこねられなくなっていた（この無念さは痛いほど分かった）。病のせいもあるだろうが眼は濁り、高校生の時の明るさは消えていた。町のギリシャ建築風の喫茶店で話した折、意外なことを聞かされた。西谷は高校生の頃、私にジェラシーを持っていたと打ち明けた（あまり人と交わらず暗く沈んでいた私を嫉妬するとは）。私の家に遊んだ時のことも話した。狭い離れでおばばはお茶を振舞ったらしいが（もう私は憶えていない）「あのお茶の味は忘れられない。お婆さんが生きておれば茶碗を使ってもらいたかったな」と懐かしがった。小さな妹の無垢《むく》なアルカイックスマイルにもまいったらしい。

別の機会にも同じ喫茶店で会った。高校時代の同級生の名前を挙げたが私はほとんど忘れてしまっていた。「昔の君のことを聞いたが、たいがいはかなりの変わり者と思ってたよ。痩せて眼をギラつかせた猫という者もいた。冗談だろうが豚箱に入るのではというものまでいたよ」と言ってから歪んだ口許で笑った。変わり者との評価に私はお礼を言った。というのも変わり者を肯定的に捉えていたから。そういった者がいて、文学なり政治も前に進んで行くと確信している。「君もそう思っていたのか」聞くと曖昧に笑って答えなかった。もうあの快活なアポロンの面影はどこにもなかった。二人の間に大河のような時間が流れたことに気付かされた。

あえてスケッチのままに

私は自叙伝を時系列で書くやり方を採らなかったし、今ではあえてスケッチのまま残そうと思っている。日記なら一日一日を追うこともできるが、多くの個人的な体験は時の淵に消えていった。記憶には歪みや思い違いもある（ある場面にいなかった人物が紛れ込むことだって考えられる）。私は心に引っかかる情景や言葉なりを取り出し、それが何であり私にどう影響を与えたのか知ろうとした。それら私の精神、心を育んだものを「書く行為の中で」見つけられたらと考えるようになった。

人は常日頃、自分のことは自分が一番知っていると思い生活しているが、これは怪しいことだ。私は自分の中に愚かさを見つける（これはすぐに見つかる）。へそ曲がりな私は、ではひとつ「その愚かさに磨きをかけてやれ」と自分に言い聞かせる。座禅や瞑想で自分の内なる何かが変わるだろうか（私は思い出したように時々やってみる）。人の心は頑なであり、大なり小なり、あらゆる欲望の虜となっている。もちろん私もその一人だ。いま私は書くというより何かを吐き出そうとしている。

山頭火は歩くことを歩行禅と捉え、九州や中国、四国を行乞《ぎょうこつ》しながら日記や自由律を書いた。今や広く知られた俳人なので多くの言葉を費やすこともないだろう。もう何十年か前、一人の男が数寄屋橋の高架下で雨の日も風の日も立ち続け、自分の俳句本を売っていた。本というより手作りのパンフレットといった体裁のものだった。細君らしき女性と一緒のこともあった。私はカンパの意味も込め何冊か手に入れた。山頭火の影響を色濃く持つ自由律だったが、自分を素直に出していた。小柄で齢もいっていた。私は作品の中身もさることながら「おれは一冊の本を売るのに、ああして街中に立てるだろうか」と考えたことを憶えている。数寄屋橋の詩人は体も少し不自由のようであったが、穏やかで声高に叫ぶことはなかった。

私は二十代半ばで自費出版の詩集を出していたが、仲間内で少し評判になる位のものだった。街頭に立って売ろうとは思わなかった。文学の門を私は詩と若干の小説を持って入ったが、詩は今も短詩という形で続けている。写真に短詩をつけ出版した（「陽気な骨」）こともあるが、今の時代、ジャンルの垣根はないだろう。小説は衰退しているであろうか。

様々な名前

自分の名前とは長い付き合いということになる。だいぶしっくりとくるようになって来た。祖父が名付けてくれたが時に小説中の人物のようにも思えた。

名前は初め違和感があってもやがて馴染み、人格さえ持ってくるから不思議だ。正岡子規は俳号として漱石を考えていたが、夏目金之助に譲った。譲らなければ「正岡漱石」が誕生したことになる。では漢詩の素養のあった夏目先生はどういうペンネームを思いついただろうか。漱石の言葉そのものに諧謔がある。私が使えば水に沈んでしまいそうだ。森鷗外の本名は林太郎だ。鷗外は偉い軍医であったが一種仮面をつけ小説を発表した。最後は森林太郎で死ぬことを強く望んだ。永井荷風はなかなかしゃれた優雅な名前で「濹東綺譚」の作者に相応しい。荷風は江戸の戯作者に帰ろうとした。本名は壮吉という。

俳人はほとんどが雅号だ。子規の弟子高浜虚子の本名は清だ。虚子の方がふてぶてしいまでの俳句作者に相応しい。西東三鬼は鬼才で前衛的な俳句をものした。渡辺白泉も俳号だがアイロニー溢れる作品を残した。種田山頭火は本名正一だが、今や山頭火のみで世に広く知られている。尾崎放哉は初恋の女性の名を変えて俳号とした。山頭火と共に自由律で伝統俳句を脅かしている（短い乾いた言葉は鋭い）。

時代を遡れば小林一茶がいる。名前は信之。その日記は赤裸々で人間的だ。生涯に膨大な句を吐いた。与謝蕪村は本姓谷口だが母親に縁のある与謝村から苗字を採っている。蕪村は数ある俳号の一つだがどうして寂しげな名を付けたのだろうか。絵も味わい深いが天は二物を与えたことになる。

浮世絵画家は全てが雅号といえる。葛飾北斎に至っては名前と住居をひっきりなしに変え、長生きをして神技に近づこうとした。画狂人はその名に相応しい。東洲斎写楽は活動期間十ヵ月、生没不詳。阿波の蜂須賀侯お抱えの能役者説があるが、絵は一度観ると忘れがたい。

名前は生涯ついて回る。名前はそれぞれに意味を持っている。未来社会では政府が市民を番号と記号で呼ぶだろうか。私の姓にKが当てられ、名前と合わせK１９４９という風に（効率主義の官僚ならやりかねない）。Ｋ１９４９は中学生の時Ｍ１９４８と出会い恋をした。云々と未来作家は書くかも知れない。いや待て。この自伝、プライバシー問題から本名が使えないなら、花や動物の名前を当てよう。土地の名前だってなかなか捨てがたい。自然は名前で充ちている。

出世払い

私が大学生の頃、高田馬場から早稲田のキャンパスまでよく歩いた。駅からバスが出ていたが急ぐことは何もなかった。歩くことは、体はもとより精神にいい影響を及ぼしていた。暗さを残しつつも小学生の頃の快活さを取り戻しつつあった。昭和四十年代、馬場の駅周辺は飲食街で小さな居酒屋が所狭し、と軒を連ねていた。店内はいつもサラリーマンや学生で溢れていた。

夜、学校の帰りにたまたま店に入った。空いている席の向かいに五十を越した位の男が一人飲んでいた。私は学帽や制服はすぐ止して、古着屋で買った明るい浅葱《あさぎ》色の背広を着ていた。童顔を隠す意味もあり髭を生やし始めていた。夏が近づいていたので枝豆をツマに喉を潤すのに生ビールを注文した（と思う）。私を学生と見た前の男が声を掛けてきて話が弾んだ。その頃、私は仲間内の同人誌に詩や短編を書いていたのでそのことを話題にした。男は大学の文系教授だったが早稲田であったかどうか忘れてしまった。馬場の近くには学習院、日本女子大などがあった。物静かな先生で黙っていたらどこか企業の重役と見間違ったかもしれない。

私は授業そっちのけでドストエフスキーやバルザック、安部公房などを読んでいた。うる覚えながら教授（もう名前が出てこない）は若い頃に小説家を志したこと。早くに結婚したので二束の草鞋をはいていたことを静かな口調で話した。「小説はもう止めたよ」といったが止めてないと私は感じた。先生は私の齢や産、同人仲間のことに耳を傾けた。後年気付いたことだが、物書きならたいていはするネタ集めもあっただろう。荷風散人は存命であっただろうか（一九五九年に亡くなっていた）。生前、荷風は馬場のようなゴテゴテした居酒屋に顔を見せたかどうか。馬場や早稲田は荷風小説の舞台になっただろうか。それに散人は人付き合いのいい人間ではなかった。

大学教授をしながら小説を書く、私には理想的な環境のように思えたが、逆に足枷になることもあるだろう。漱石は退路を断って作家となった。芸術の女神はある面で時にそういう覚悟を求めるのかも知れない。教授とは対等に話したが、大学生の私は世間も分からず、怖いもの知らずであった。店の喧騒も気にならなかった。お会計になって教授がダッチアカントを言い出す、と思いきや私の分まで払った。落ち着かない私を見て「君、出世払いとしておきましょう。芥川賞をとれば取立てにいきますよ」と軽いジョークを飛ばした。

教授が生きておれば百歳の手前になる。小生意気な大学生が小説のモデルに生かされることがあったのだろうか。「ともかく書き続けることだね。ほごの山を築きなさい」。

第十章　明るい部屋

私の耳

大学生の間ではともかくランボーがよく読まれていた。詩人ではヴェルレーヌ、ボードレールやコクトーもそうであったが、何と言ってもランボーが一等抜きん出ていた。これはある種の熱病だった。同時代のイギリスやアメリカなどでもそうであったのだろうか、私は知らない。斎藤君や同人誌仲間ともこの早熟な天才がよく話題になった。十五、六で詩を書き始めるのは珍しいことではないが、田舎町からパリに出奔し、二十過ぎには詩を完全に放棄してアデンで商人になる男は稀有だろう。

ヴェルレーヌとの出会いと決別も日本人の好きなゴッホとゴーギャンの関係にダブらせて見ていただろう。ランボー熱は小林秀雄の影響も大きかったように思う。私もやや硬質な小林訳でランボーを知った。小林氏はいい耳の持ち主だったであろうか。それ以上に、よき水先案内人だったであろうか(文学の船出はどんなところであれいい。齢も人種も問題ではない)。

私もランボー熱にやられたことは間違いない。学生の間には詩作よりその生き方を真似るものが多くいた。ハシーシュまでは吸わなくとも破天荒な生き方に陥った。世間に出た小さなランボーたちはどういう人生を過ごしたのだろうか。誰もが詩人というわけにはいかない。大衆詩人という言葉もあるが、大衆の方はそれほど詩を求め、必要としているわけではない。詩人は書かなくてもそこに有るだけでいいようにも思う。とすると、詩を放棄して生きたアフリカでもランボーは詩人だった、ということになる。詩人は商人にもなるだろうし、農夫、大学教授、大臣、役者だっておかしなことではない。

大学を卒業してしばらくして私は書き溜めた詩を本にしたが、祖父が出版祝いを兼ねて一部買ってくれた外、二、三部売れた程度だった。もっとも定価を常識外の値にしてあったが。ジャン＝デュック・ゴダール監督のシネマ、「気狂いピエロ」をいつ観たのかはっきりしないが、主人公の独白にランボーがあった。

おれは見つけたぞ
何を　永遠というやつ
海のふところに入る太陽さ

私はやがて死ぬやくざな主人公とこの詩（どこか澄みわたった）の一体感に感動を覚えた。刹那と永遠の抱擁。フランス語で語られる詩も思っていたように心地よいリズムがあった。詩は短い言葉で思いと調子を凝縮させる。でたらめな日常。心のなかに荒野をもつ、男の日常にこそ詩がなくてはならないものだったのかも知れない（「気狂いピエロ」と「勝手にしやがれ」を一緒にしているようだが、色は同じだ）。斎藤君やその仲間はアテネ・フランセに通っていた。私は安物のレコード（ソノシート）でラシーヌやヴェルレーヌ、ボードレールを聴いていた。柔軟性を失くした頑固な耳はその京言葉のような言語をなかなか受け入れなかった。私の耳は眼ほどには進歩しなかった。

処女詩集　その一

自伝のスケッチをかなり素早いタッチで書き続けてきたが、不確かな線も目立つ。その中で、ほんの少し確かな手応えもなくはない。朝、軽い体操をし、白くなった髭をカミソリで当たり、水で顔を二度ばかり洗ってから机に向かう。ミューズに失礼に当たらぬように。うまく行く時もあればそうでない時もあるが、私はあまり気に病むことはしない。ロートレックやモジリアーニのようにいずれ一本の線が真実を捉えるだろう。

大学生の頃に書いた詩の何篇かは失われたというより、捨てた。今思えば断片でも取って置けばと思う。というのも言葉の断片でも時がたてば芽吹く種子を内包しているのだから。若さゆえに短編も途中で終わったものは捨てた（稚拙であったと思うが）。詩の方は世間に出て何年かして自費出版したが、いま手許に一冊だけ残っている。全体が濃いブルーのカバーで、左上に詩集、その横に偽詩人と白抜きされている。昭和五十年七月十五日の発行。序文付で百六ページ。定価一万円。住所は都内の西日暮里になっている。五十年というと私は二十六歳ということになる。

序文からして気負いが目に付く（必ずしも悪いことではないが）。なぜか竹下夢二の感傷を否定し、詩で積極的に生と関わりを持つように述べている。謎の多い美についても「必ずしも美しいものだけではない」ことに着目している。私の詩を「裏返しにされた愛」であると。稚拙さはあるがある種の熱がある。ありがたいことに船出の始めにエスプリが積まれてあった。作家は処女作に帰るということが今も正しいなら、もう一度読み返してみたい。愛情と批判精神を持って。

処女詩集　その二

日暮れて道は遠い、と思わないでもない。といってジタバタしてもなにも始まらないだろう。例の小さな男が無邪気に笑いながら尋ねる。それに私も笑いながら答える。

「きみは生きたか」
「少しは」
「きみは愛したか」
「少しは」
「きみは書いたか」
「少しは」
　まだ狂気が足りない

やがて私を律儀な客が訪ねてくるだろう。ここで数少ない読者に処女詩集から二、三篇をお見せしよう。

目は心の窓　魂の出入り口
自由に飛び立ったまま
長い長い放浪をする

そして水晶の鏡には
果敢無い影があぶくのように
浮かんでは消えていく
――お前が見つけた
と言うその時まで
その日がいつになるかは
誰も　魂さえ知らない

私は詩集のタイトルを「偽詩人」としたが、詩人に成り切っていないところから「偽」を付けたと思われる。世の詩人という人種に対するからかいもあっただろう。詩を書くから詩人なのではない、詩精神を持つから詩人なのだ。作品はその結果に過ぎない。絵の詩人（クレーのような）もおれば音楽の詩人もいる。何も書かない詩人だって存在するだろう。詩人の愛は茫洋として取りとめがない。

処女詩集　その三

午前中、町の歯医者に行くため、スケッチを中断したが、詩集を読み返すことができた。本を出してから四十数年が経ったが、変わったものと変わらずに残ったものがある。私は美を「白い野獣」に譬え詠っている一篇を見つけた。

都会の黄昏に

街角のどこかで出会う
優しい心をもって
そして僕は空想する
誇り高い青春に
一度は過ぎる狂気の一時
これを何に賭けようか
恋の野心　桃源郷への夢
人並みの月並みな生活
一つ一つ数え上げながら
僕は未来を生き楽しんだ
今ならすべてを擲うことも
捨てることも可能だ
突然　僕は街角で見つけた
美を　白い野獣を
エイハブ船長のように
あれを追え　世の果てまで

詩を書くということがどういうことか、今もって分からないが、ある時から私は落書きこそ相応しいと考えるようになった。童心に返ってというか童心をもって、心に浮かぶままに書きなぐる。いまはそれらの作業をかなり「意識的」に行っている。うまくゆく時もあれば失敗に終わる時もあるが、うまくいかなければ又一からやってみる。この自伝も落書きの要素がある。まず書いてみる。それらの言葉を削り取っていく、又書く。その繰り返しだ。最後に素朴さが残ればいい。私の読者は子供達だ、落書きを面白がればいい。大人達の心は動脈硬化を起こしたみたいに硬い。交感は人間だけに限らない。小鳥と話す。一本の樹木と話す。雲と話す。詩人の十八番は恋と愛だ。

愛は慎ましく
誰も気付きもせず
ほとんど失ってから知らされる
長い長い旅を経て
川は海へと辿り着く
愛とはその労働のようなもの
その忍耐のようなもの
だが恋とはいつも互いに
一緒になろうとする
燃える心は火のように
激しく激しく呼び合い一緒に
なってより大きな炎となる
恋とは火山のようなもの

本を出した頃はもう黒髪の少女との縁も切れていたので贈呈はしなかった。詩にはE・A・ポーや朔太郎、ボードレール、ランボー、ヒエロニムス・ボス、スペインの鬼才ダリの影が見てとれる。詩の出発はいつだっていい。ある日、君は突然何かを書き出さないとも限らない。それは九十歳からだって遅いということはない。

レスボス島の女

ほとんど忘れかけていた女のことを思い出す。私は野球にはそれほど関心がなかったが、大学生の頃、一度だけ早慶戦を観に神宮に行ったことがある。奥村は高校で剣道をやっていたが野球好きではなかったはずなので、声を掛けてくれたのは同人誌仲間の福井君であったか。福井君は途中商学部に移ったが、卒業まで角帽と学生服で通した男だった。この日の試合はどっちが勝ったのかもう忘れてしまった。慶応側の応援スタンドには女性がけっこういた。忘れかけていた女性は慶応の学生ではなかった。

試合観戦の後、福井君と二人で新宿（学生は略して「ジュク」と呼んでいた）に出たが、コマの近くは学生で溢れていた。何の弾みか私はスレンダーなかわいい女性に声を掛けた。向こうも三、四人で来ていた。当時、コマ劇場前には噴水がありプールのような浅い水が張られていた（私の記憶が確かなら）。興奮した角帽の何人かがプールに飛び込んだり、投げこまれたりしていた。声を掛けた女達と馬鹿騒ぎを眺めた後、髪型をボーイッシュにした女と話した。ヤンキーぽいところはなく、くだけた中にも言葉遣いはどこか丁寧だった。顔立ちはゴダールの映画に出ていたアンナ・カリーナに似ていた（それで声を掛けたのかも知れない）。年齢も私とさして変わらなかった。「私と付き合いたいの」と聞いてから少しいたずらっぽく笑った。何か隠語を一言いった。その隠語は想像することができた。少女はレスボス島の女だった。

「あなたは素直な方のようだからいうけど」と断って、「あたし、男の人を愛せないのよ。いずれあなたは失望するわ」ときっぱりといった。

小説の中でそういう種の女性がいることは知っていたが、現実に遭ったことは初めてだった。グループでも目立って色白でかわいく、話してみて思いやりのあることが分かった。これ以上書けば小説を書くことになる。昭和四十年代の歌舞伎町で出会った、少し風変わりな女性とは二度遭うことはなかった。私と一緒にいたのはあるいは奥村だったかも知れない。奥村は物書きになるつもりなら東京の街、それも裏町を歩き回ることだなと私に常々言っていた。実際、東京の案内役をよく買って出てくれていた。

後日、プルーストを読み、歌舞伎町の少女とゴモラを持つアルベルチーヌとを重ね合わせてみることがあった。作者は男性をモデルとして、魅力あるアルベルチーヌを創り上げていた。人生行路でソドムを持たない私ではあるが、女には痛い目にも遭ったし又助けられもした。「女は精神を水晶のように豊かにしてくれる」。若い頃知った、フランソワー・ヴィヨンの詩だが、私の心の奥底に今も残っている。「北回帰線」の、作家志望の主人公は妻でありレスボスの住人である女に振り回される。その悲喜劇が「生」の名の下に力強く描き出されている。

それにしても今になってなぜ歌舞伎町で遭った少女が深い記憶の底から蘇ってきたのだろうか。もう四十数年前の、たった一度切りの出会いであったが。

失敗作の反省

あの小説の断片でも残ってないものだろうか。今なら断片は断片として冷静に見られるが、多分捨てたのだろう。世間に出てそれほど経ってない頃ではなかったか。私はシェイクスピアと共にギリシア悲劇を盛んに読んでいた時期があった。初め、骨太でシンプルなギリシア悲劇を現代に移そうと考えた。舞台は東京。登場人物として伯母を持ってこようと考えたが、劇は全然動かなかった。伯母とギリシア悲劇の激しい気性のヒロインとは性格においてかなり開きがあった。思うようにペンが走らず、しばらく放置してから小説の形式をとることにし、いろいろメモを取った（それが前に話した断片だが）。原稿用紙に何十枚か書いて、これもぴたっとペンが止まった。二十代前半で私の「引き出し」はあまりなかった。いきなりギリシア悲劇だ、背伸びもいいところだった。

パゾリーニの映画も頭にあった。荒涼とした、赤茶けた岩や石の原野は今も頭の中に残っている。私はあくまで現代にこだわった。私は紙に三角形を描いてみた。二人の人物にもう一人が加わるとドラマが成立する。二人は対話となるが、まだ十分に動かない。三の構図はさまざまな（それこそ無限ともいえる）バリエーションを生む。

1　伯母に「王」のような主人がいる。そこに第三の人物が登場する。
伯母の葛藤。死（誰かの）。
これとは別に
2　伯母に「王」のような主人がいる。主人に女ができた（伯母を捨てる）。伯母の復讐。子供を殺す。メデイア。

３　伯母に言い寄る伊達男（独身）。主人は少々喜劇的人物になる。誰も死なない。ジョイスの「ユリシーズ」。

１は恐ろしいオイデプス王の悲劇が下地になっている。今思えば、どこか無意識のうちに父を思い描いていたことになる。ペンが進まなくなるわけだ。「カラマーゾフ」も１のバリエーションとして捉えることができる。もはや王としての威厳はない（退廃した王）。一人の小悪魔的な女（グルーシェンカ）にうつつを抜かしている。第三の男としての息子たち（三人の兄弟にスメルジャコフを加える）。

私は大物を狙った初心者の釣り師に譬えられるだろう。当時、経験も役者も不足していた。今ならどうするだろうか。登場人物は動いてくれるだろうか。

結婚二度説

私が大学生だった頃、生涯に二度結婚するのが理にかなったものとしてある種ブームとなった。どの教授が言い出したものかもう分からない。宗教学の仁江田（この漢字でよかったか）教授が言いだしっぺ（品のない表現になるが）であったであろうか。教室で話題にし盛り上がったが、違うような気がする。仁江田先生は学生に人気があり、大きな教室は生徒でいつも一杯だったことを憶えている。私は首里の幼さが残る娘に夢中なっていたが、この説を話せばびっくりしたことだろう。そうなる為には二十年の時差が必要だろうし、出会いだって覚束《おぼつか》ない。

何事も未経験な若者は人生経験に富んだ女から感情教育を受ける。一回目の結婚。男は長じて豊かな経験を若い女に伝授する。二度目の結婚。初めの結婚において、若い男は年増から女の機微や性愛、老獪《ろうかい》ささえ教わるだろう（老子思想に近いものがあるかも知れない）。処世術に恋愛術。日常における権力への対応も学科に入っているだろう。時に、女が女に見せる鋭い観察力や洞察力は、もし君が小説家になるなら非常に役立つものになるだろう。バルザックの「谷間のゆり」を見よ。婦人は未亡人ではなかったが、まだ自信の持てなかった青年を怪物（天才という）に育てた。

酸いも甘いも分かった中年男は少女に一種帝王学を教えるだろう（男の愚かさも含めて）。夫の死。磨き上げられた女は、姉さん女房として青年に愛情細やかな感情教育を実践していく……理想主義だろうか。説としては面白いが人生はそう単純ではない、と読者は言うかも知れない。

光源氏は見初めた少女に感情教育をしたが（丹精をこめ花を育てるように）、若い男柏木にさらわれてしまった。セルバンテスの小説にも同じものがあった。この現実は夢のように支離滅裂で矛盾に充ち充ちているところがある。心の海は情欲や妬みといった、ありとあらゆる欲望が渦巻き、虚無の嵐が吹き荒れている。あなたの船が無事平穏の港に碇を下ろせるかは誰も分からない。

明るい部屋・「お馬鹿さん」

朝の十五分、机に向かい何を書こうかと思い巡らす。作家は自分の心の奥底へ降りていかなければならない、と「失われた時を求めて」の作者は言っている。私も心の階段を降りていく、とそこにさまざまな部屋が現れる。人の気配の全然しない部屋やドアの朽ち果てた廃墟もある。とてつもなく数はありそうだが、すべての部屋に立ち入れるわけではなさそうだと本能的に感じた（長くそこに留まれないことにも）。また、次回にそこに降りていけば確実にその部屋に行き着けるかも、「定かでない」気がした。それに私はもう若くはない。眼や耳と共に足腰も弱まっていくだろう。

安藤忠雄氏の設計になるコンクリートの部屋は堅牢だが足腰を冷やしそうだ（私の偏見かも知れないが）。地中海の白壁が美しいガウディ風の部屋が眼に留まった。「ここに入らない手はない」と本能がささやく（よく人は形あるものから入っていくものだ）。樫のドア、その周りの壁には貝が組み込まれていた。中は程よい空間で、壁は少し青みがかっていた。丸いテーブルに椅子が二脚あるのみだった。しばらくすると、高くはないがどこからともなく海の音が聞こえてきた。窓がなかったにもかかわらず、部屋は暗くなく、むしろ明るく地下にいる感じはしなかった。天井も程よい高さで「あぁ、心地いい部屋だ」と思わず声が出たほどだ。ただ、部屋はキッチンも冷蔵庫もなく、まるで生活感はなかった。江戸前期の茶人で造園、建築に秀でた小堀遠州《えんしゅう》の茶室でもまだものがあるほうだな、と妙な関心をした。湯呑みや急須すら置かれていなかった。

突然、私の名を呼ぶ声がして、「やっと来てくれたのね」という。いつの間にか少女が私の傍に立っていた。どこか見覚えのある顔立ちだったが誰かは分からなかった。色白でやや面長、齢は十を二つか三つ越えたくらいだった。少女は「まだ分からないのね」という風にほほえむ。私はどこか人でないようなまぶしさを感じていた。部屋には時計も置かれていなかったが、不思議なことに壁の一角にさして大きくない長方形の鏡が掛かっていた。

私は話すことより聞きたいことが山ほどあったが、何から話していいのか分からなかった（おぼろげながら少女の正体が分かった）。

「きみは足が速いでしょう」。妙な問いかけだ。「ええ、ええ。浜辺を走るのが大好きだから。風のようにね。男の子にだって負けないわ」。私はうなずいた。

かなり前から港町に足の速い女の子がいる噂は知っていた。小六の時であったか、その町から少し離れたところにお調子者の小森の家があった。少女に競争を申し入れたが、大差で退けられた。小森の親戚筋に当たるHが隣町に住んでいたが、従弟から話を聞き、オレが頭を下げさせてやろうと仲間に公言した。Hは二級上で背も高かった。砂浜で競い合うことになったが、そこは私が二度溺れそうになった海岸で、長い弓なりの砂浜が続いていた。大きな岩があってそこが駆けっこの最終地点だった。Hも負けた。男の子の恨みを買うことを怖れた少女はもう競争するのを止そうと思った。が、プライドの高い子供達はそれを許さなかった。Hの仲間は長身で足の速い材木屋の高木を切り札として出してきた。

高木は地元の運動会でも優勝していて、足の速いことは知られていた。少女はこれを最後と、申し入れを受けた。不正は行われなかった（子供達の名誉のために言っておきたい）。子供達の見守るなか、僅差だったが高木も負けた。これらのことを、しばらく経ってからネクラの同級生奥野から聞いた。もう少女は男の子と走ろうとはしなかったし、恥ずかしく思う年頃になっていた。私は目の前にいる少女にそれらのエピソードを話した。

少女は遠い昔を思い出している風だった。「君も（と彼女はいった）速かったわ。中学の運動会で高木さんを負かしたのをミツと見ていたわ。応援していたのよ」。「君は知らないでしょう」という眼で私を見た。ミツは少女の女友達で私を気に入っていた。

「女同士でも友情はあるものでしょ」と私に謎を投げかける。どれほど時間が経ったのか分からない。たいして経っていなかっただろう。「君とあの浜辺を思い切り走りたかったわ」。

私はふと鏡を見る。幻想的なポール・デルーボーの絵の裸婦らの傍らにしばしば登場する、痩せた老学者が映っていた。

「三十過ぎに遠いところからお手紙が届きました。もう私は二人の子の母になっていました」。姿は少女のままだったが、大人の少しくぐもった落ち着いた声に変わっていた。その眸からは何も読み取れない。

「お手紙は今も大切にとってあります。あなたは大人しすぎる子だった。お馬鹿さん」。その声は子を叱る母のようであった。

明るい部屋・図書館

地下の部屋は巨大な雀蜂の巣のようになっていたが、全容を知ることは難しいようだ。私の訪ねるそれぞれの部屋は直観を信じるより外はないと自分に言い聞かせた。どの部屋の入り口にも何の表示もなされていなかった。かろうじてドアや壁に特徴が見られる程度だった。道に看板一つ掲げていないので「ずいぶん不親切ではないか」と一人ごつ。ダンテの「地獄」にだって看板が掲げてあったではないか（この門を入る時、ことごとく希望を捨てよといった）。

程なく歩いて、近代建築によくある住宅の入り口を見つけた。中は静寂が支配し、そこそこの空間があった。受付には二人の女性がいたがその胴体は本の形をし、そこから両手が出ていた。「いま流行のファッションかな」と思ったが、それほど違和感はなかった。部屋は図書館のようになっていた。

「待てよ。これはどこかで見たことがある」。懐かしい感じがあるがなぜかその場所は思い出せない。

小学校の図書室だろうか。小さな図書室があったが、私はもっぱら野に出て遊び回りあまり出入りはしなかった。中学でも図書室はほとんど行かなかったし、いまやその場所すら憶えていない。町の図書館だろうか（どうもはっきりしない）。

部屋は二階があり、自由に上がって行けた。本が天井まである棚にジャンル分けされて、びっしりと並べられてあった。どうしても足は文学のコーナーに向く。ごく小さな頃に読んだ本を探したが見つからない。そう、あの伯母の本屋に並んでいた子供向けの世界名作全集だ。「宝島」はどこだろうか。「ああ無情」「ロビンソン漂流記」は……探すところを間違えたのだろうか。小さな足音が近づいてくる。本の形をした若い方の係りの女性で、長い黒髪と笑顔が魅力的だ。

「なにかお探しですか」

「いいえ。昔、読んだ本をちょっと見たくてね」。若い女性を煩わせることはない。

「本を手にとってぱらぱらとめくりたかっただけですから」

大人向けの文学本なら、現にある島の図書館で十分に間に合っている。私が探していたのは小さい頃に見たり、読んだりした本だった。

この部屋も窓はなかったが、明るさと静けさがあった。一階の奥には本の倉庫も備えているようだ。

「リクエスト頂ければ別の図書館からも取り寄せができますよ」

「ありがとう。本の虫というわけではないので。日暮れて道遠し、ですが」

若い女性はほほえんだ。

「まだそんな齢には見えませんね。ここに好きなだけいてください」

私はそうしたいと思ったが、まだ訪ねたい部屋がいくつかあった。

子供の頃、私は伯母の本屋さんに連れて行ってもらうのが楽しみだった。伯母に一言言えばくれることは分かっていたが手に取るだけで我慢した。おばばと遊びにいって本の背表紙を見ていただけで幸福な気持ちになった。大人になるにつれ、多少知識は膨らんだかも知れないが、もうそういう幸福感を感じることはなかった。

明るい部屋・幼なじみ

地下はなだらかなスロープが続き、螺旋状になって下っていた。途中、半ば開いた部屋があって、考えごとをしながら歩いていた私を誰かが呼び止めた。若々しい声で私の名前をチャン付けで呼んだ。戸口に紺の背広姿で中肉中背の男が立っていた。四角張った顔に黒い度の強そうなメガネを掛け、手の指にタバコの吸いかけを挟んでいた。私はすぐ誰か分かった。幼なじみのマサイッちゃんだった。

「ここでは一軒屋というわけにはいかないのでな。それに実のところもう飲み食いする必要もないんだ。ただ人には習慣がしみついているから。コンビニでタバコとインスタントコーヒーを買ってのんでいるがね」（地下は町の機能を備えていた。コーヒーが買えるなんて素敵だ、と妙なことを思った）。

マサイッちゃんは二十そこそこに見えた。私が東京から帰省した時は必ず会っていた。家が隣にあり、小学生の頃に二人で通学したり、兄弟のように遊んだりしたことを思い出した。雅一は七、八歳からメガネを掛けていた。幼稚園から小、中、高校も同じだった。卒業すると島の銀行に勤めた。五十の手前で、肺癌で亡くなったが、東京にいた私は葬儀に帰ってこなかった（死に顔を見たくなかったということもあった）。私の父が旅立ちを見送った。

集合団地のような一室はポットやカップ、水差しなどが置かれてあったがディスプレーのようで生活のにおいはしなかった。室内は電球も蛍光灯もないのに昼間のような明るさだった。雅一君はもう俗気が抜けたのか、どこか僧侶のように見えた（もともと穏やかで争いを好む性質ではなかったが）。

怒りのにがさまた青さ
四月の気層のひかりの底を
唾《つばき》し　はぎしりゆききする
おれは一人の修羅なのだ

コーヒーを私に勧めながら、「これは賢治の詩だったな」と雅一は聞く。私は頷く。

「ボクは行員で経済本か実用書ばかり読んできたが、いつも詩を読みたいと思っていた」。白い歯を見せて笑った。「うちの妻にもいってないが」。

「そうじゃないかと思っていた。詩の話はほとんどしなかった。でも驚かないよ」。

私はつい最近九十を越して亡くなった、母千代子はんのことを聞いた。死は避けられないものとはいえ、母より先に息子が早く逝くことは言葉に表せないつらさだろう。

「ああ、母は親父と近くに住んでる。まったく昔のようにね。母はいつもコーゥちゃんのことを話題にしていたな」。

それから話題は二人で日が暮れるまで山や野で遊んだ子供の頃に及んだ。

「こちらに早く来いともいい辛いな。地獄絵にある悪鬼もいないし、そこそこには快適だ。いや、退屈といってもいい。そのために時々現実の日常にお邪魔するやつもいるが、ボクはそこまでしたくない。たまにゴルフの打ちっぱなしにも行くけどそれほど熱心じゃない」。私は幼なじみを見て安心した。

「コーゥちゃん、何か書いてたな。いまもそうかい」。「ああ、ほとんど読者はいないが気にせずやっている」

「ボクのような人間は、詩はなぐさめだったな。日常のなかでちょっとした感動や潤いが力になったから」。雅一ちゃんは鼻から紫煙を吐き出した。

明るい部屋・白犬

さらに下っていく細い道で一匹の白犬に遭った。向こうもすぐに気付いた。私が犬の泣き真似をすると同じように応じ、笑った。

「おまえをずっとオスとおもっていたよ」

「男勝りだったから。いまもそうだけど」。私は犬が笑ったり、人間の言葉を話すのに何の疑問も違和感も覚えなかった。さっしのいい犬は「漱石先生の猫だって話したでしょ。眼の曇った人さまの方では理解できなかっただけですけど」。シロは私をある部屋の前に連れて行った。遠州庵のような部屋で二人はお茶を立てていた。

「コウか、まあお上がり」と爺さんがいう。傍におばばがいた。

「おまえも爺さんのように髪の毛が白くなったな。慌ててこちらに来ることはないからのぅ。こちらのことはなんの心配もせんでええ」。爺さんも私を見、静かに頷いている。

「たまにセッちゃんも顔を見せてくれる。ほんとに心の優しい娘だったからな。結婚式の晴れ姿がいまも焼きついていますよ。お爺さんが宝物のように写真アルバムに収めてあるはずだが。まさかススムも捨ててやしないやろ」。

ここも窓はなかったが、入り口の反対側から明るい柔らかい光が入っていた。お茶の色や味わった渋みが子供の頃の記憶を呼び起こす。奥に別の部屋があり、そこから突然、一人の痩せた若者が出てきた。足にゲートルを巻いた二十前後の男で、しばらく誰だか分からなかった。眼や鼻の格好から敗戦後間もない父だと知れた。私が六十を五つ越え、親父は二十の若者という妙なことになっていたが、何の不思議さも感じなかった。

ただ、若者に「オヤジ」と呼びかけるのも変だし、おばばのように「ススム」と声を掛けるのも気が引けていると、若者は挨拶もせず奥に引っ込んでしまった。

「昔からああだからな」とおばばが笑う。「九州から帰って、心がすさんでいるようなので嫁でもとれば気が晴れるだろうと、お爺さんと話していたところなの。自分のうちに引きこもって腹の中をさらけ出さない子だからのぅ」。

物音一つしない部屋でおばばの話は続く。「お爺さんと時々話したことだが、セッちゃんのような娘を嫁にもらえばよかったのかも知れないの。血は少し近すぎるが気心がよう分かっているのでな。セッちゃんも兄やん兄やんとなついていてたしのぅ。なかなかうまくいかないものだ」。

「そうすると、おばば、私は存在しなかったことにもなりますね」と笑うと、「そうなるかのぅ。やっぱりこのままがよかったかのぅ」。脇で二人の会話を爺さんは静かに微笑しながら聞いていた。

明るい部屋・翁

「シロよ、町外れに住む翁に会いたいのだが連れて行ってくれるか」と耳打ちすると、シロは迷うことなく駆け出した。シロは地理に明るかった。雀蜂の巣のようになった町の中心部は映画館や演芸ホール、飲み屋といった歓楽街になっていて、壁から笑い声が漏れていた。それらを右手に見ながらさらに下って行くと集合住宅のような部屋の前に来た。私は物寂しい庵を想像していたが見事に裏切られた。一階がリビングで二階が寝室になっていたが全体的にはやはり簡素だった（これはル・コルビュジエだなとなぜか思った）。

「少し驚きましたか。庵も悪くないが、ここも住んでみると案外いいものです」。主はきさくな中にも威厳のようなものが備わっていた。もう五十に届くかという年齢で椅子を勧めてくれた。僧侶姿の男が茶を出してくれた。

私はかなり前から翁の俳句に前衛的なものを見ていた。その「カルミ」さえ一時のプロセスかも知れないという気がした。主は口数の多い人ではなかったが、かといっておとなしいという風でもない。初め漱石のような人物を想像したがそれとも違う。五十前の翁はかなりの老人のように見えたが眼は輝きを失っていなかった。部屋は程よい明るさがあった。声は十分に聞き取れた。翁は江戸弁でなく今の東京言葉を話した。

私はその詩心に関心があった（「歩く実験室」という言葉が思い浮かんだ）。翁は聞き上手だ。相方と茶をすすりながら耳を傾けている。

私は三十前まで俳句を古臭いものと思い関心も薄かった。書いている詩が段々と短くなるにつれ俳句を親しいものとして感じるようになった。もう一つはパリを「うろついて」いた頃にシェイクスピア・アンド・カンパニーの主人が声を掛けてくれ、本屋の二階に上がった。部屋では私と齢の変わらない作家が俳句を話題にして講演をしていたが、後で私に話しかけてきた。早口でバショウ、ブソン、イッサをその翻訳された句と共に褒め上げていることは分かったが、自分の思いを十分に相手に伝えられないもどかしさを感じた（ボキャブラリーの貧しさもさることながら、俳句はそのアメリカ人以上に分かっていなかった）。これらのことを翁に話した。

「パリで俳諧がね。ふうむ、ふうむ」。翁は小津映画に出てくる笠智衆のように静かに笑った。私は翁の次の言葉を待ったが何も言わなかった。自分の完成した作品にそれほど関心がないようにも見受けられた。もう書き捨てられた過去のものといった風な。それに翁は西国の旅に気持ちが傾いているようだった。

「いまの俳句に詩心があるだろうか。季語にもたれ掛かっていないだろうか。新しい試みは必要だし、時として停滞も起こるだろう。いきなり普遍を求めることは燃え盛る火に飛び込むようなものだ。カルミも一朝一夕に生まれたものではない。日々の変化のなかに眼を凝らし、書き連ねていくうちにある境地に達するだろう」。翁は落ち着いた口調で話した。子規以降、俳人の誰が「カルミ」を実践しただろうか。

翁は多弁の人ではない。ル・コルビュジエ風の部屋はいたって静かだ。小さな声でも互いに十分に通じる。翁の相棒の顔が漫画家永島慎二にどこか似ていたので、そのことを話した。永島さんは自伝的な漫画（どの作品であったか）にひょうひょうと生きる、分身の長暇《ながひま》氏を登場させた。晩年は放哉の句に触発され版画に彫ったりもした。「世の中には似たものが三人いるといいますから」と僧侶風の男は気真面目にいった。

　翁は留守にすることも多いが、と断って「またお茶を飲みに来たまえ。君はコーヒーのほうがよかったかな」と私に声をかけた。私はそれを素直に受け取った。翁の中にもスノッブがある。特に若い頃がそうだったようだ。流行にも敏感だったが一方で普遍を求める気持ちが常にあった。これは矛盾だろうか。俳句に留まらず芸術にあって、二つは一体だ。翁にも先達がいた。部屋を出てから私は翁の言葉を思い出した。それは先達の跡を求めないで、先達が求めたところを求める、というものだった。また、こうも思った。これから先迷いも生じるだろうが、立ち返るところがあると。

明るい部屋・仏師

私にはもう一人会いたい人物がいた。そこで、シロに頼み案内してもらうことにした。町の道は螺旋状になっていたが、横丁もありかなり入り組んでいた。シロに聞くと、雀蜂の巣のような部屋に五百人程の人々が住まわっていた。小さな川沿いに映画館があったが今回は遠慮することにした。少し行くと大きな貝をあしらったホールの入り口が見えた。「ここで「フィガロの結婚」が観られたら最高だろうな」と独りごつ。「アタイも観たい」。耳のいいシロがいう。「そうか、おまえもオペラが好きか。いずれ一緒に来よう。それにしても変わった犬だなあ」。私は人間よりも心の機微に通じた彼女に約束した。

　東西南北どの方向に向かっているのか分からなかったが、細い道を下りコミュニティーの中心からやや離れた林の中にその住まいがあった。近くに行くと鉈《なた》をふるう音が耳に入ってきた。ここにも表札のようなものはない。入り口の鍵も掛けられていなかった。一階が仕事場になっていて丸太や木切れが散らかっていた。職人肌の中年男は急いでいる風はなかったが、仕事ぶりは速かった。「おう、やって来たな」。私の来訪を前から知っている風で、私の方も何の不思議さも覚えなかった。風貌はどこか棟方志功に似ていた。メガネは掛けていなかったが、鋭い眼を持ち白い歯が一本出っ張っていた。頭より先に手が動くらしい。目の前にある丸太が三分割され、そこに仏が彫られつつあった。手斧の跡も生々しい。中央が観音のようで、細い目と微笑んでいる口許を見てとることができた。木が別の生命を宿し始めていたが、私はその制作現場をシロとかなり長い時間見せてもらった。節くれだった男の手がリズミカルに動いていた。

一息入れている時に「犬に仏性がありますか」と男に尋ねた。

「よく観察して御覧なさい。人間の上をいっておる。いや、りっぱな高僧といってもいいでしょう。ケダモノというのはむしろ人間の側にありそうだ。犬から見れば人間ほど愚かでわけの分からない化け物もいないということになる」。仏師の眼は「どうですか」と私に問いかけていた。「まあ、人間が一番などというのは思い上がりもいいところで、地球上の全生物に申しわけないという心持ちでいる方がいいでしょう」。

丸太に寄りかかっていたシロは気持ちよさそうにうとうとしていた。仏師は言葉を続けた。「あなたの得手はなにかな。人間も自然の一部で、それらをよく観察しその得手で表してみてはどうだろう」。

明るい部屋・小さな男

ぼちぼち帰ろうとして、誰かにまだ会ってない気がしたが思い浮かばなかった。シロとうろうろしていると、どこからか私の名を呼ぶ声がした。誰だかすぐ分かった。時々私の前に現れる小さな男だった。「そうか、君はこんなところに住んでいたのか」。部屋は一番初めの少女のところと似たものだったが、私はさして深くない海の底にいるような感じを持った。ここもどこからか柔らかい光が射し、暗さはなかった。二人にとって言葉はほとんど必要なかった。

この地下の部屋は無数にあって、もう二度と開けられることのないものもあった。眼に映る光景は現実のようでありながら、夢のような別の世界を形造っていた（二度と現実世界では目にすることはできないことも私は感じていた）。小さな男は私にお構いなく眼を閉じなにか瞑想にふけっていた。微かではあるがどこからともなく海の音が聞こえてくる。シロは又うつらうつら舟をこぎだす。「おまえはよく眠るやつだ。食いものの夢でも見ているのだろう」。

この小さな男こそ私の本質で、肉と皮で覆われた今の私は借り物のような気がしてくる。私は日常様々なものを見ながら実は何も見ていない。美一つとっても十分に感じ取っているだろうか。私のスケッチはまだ拙い（しかし書かれたものはそのままにしておこう、心象の記録となるものだから）。簡潔さや素朴さとは遠い。一本の線、一つの言葉が物事の本質を捉えるには観察と共に何千、何万の手の働きが必要だろう。

いつの間にか小さな男はいなくなっていた。シロはさも心地よさそうにいびきまでかいている。明日、南の方の図書館へ「天使、まだ手探りをしている」の入っているパウル・クレーの画集を借りに行こう、と私は思った。

第十一章　シュールレアリスム

忠臣蔵

どんな言葉の断片も一本の線のように何かを表す切っ掛けになる。次から次と言葉をつむいでいく。混沌から一つの物語が生まれる。画家クレーは子供の頃、叔父の料理屋に遊びに行った。大理石の机を観ていると様々な線のなかから人間の顔（少々グロテスクな）が現れてきたので紙を被せエンピツでなぞった（新潮社「クレーの日記」）。私の眼の奥にはおばばや親戚の人達の発した声と一緒に様々な情景が焼きついている。絵柄だけのこともあるが大概、声を伴って残っていることが多い。その前後はとっくに忘れ去っているのだが。

おばばは針仕事の手を休め、傍にいた私に男の声音で語った。「あまのやりへいはおとこでござる」。忠臣蔵に出てくる義侠心のある商人の名だ。私は男の名前が勇ましい「ヤリヘイ」として耳に残った。「やりへいは男でござる」とおばばに言い返す。おばばは笑って「あまの」で一呼吸置き、「やりへいは男でござる」と語った。これも悪くないという風に。大人になり、映画や歌舞伎を何度か観る機会があったが、ついにあの台詞に出会うことはなかった。その昔、おばばは瞬時に天野屋利兵衛に成り代わり又元に戻った。

家にあった四十七士の絵巻物で、内蔵助が酒に酔い目隠し姿でお茶屋の女を追っかける絵があったが、子供心にいまいち理解できなかった。おばばの内蔵助評があっただろうがもう私のなかには残っていない。私が齢とったということもあるが、赤穂の「昼行灯」のままで生涯を終えられれば、その方が幸せだったのではと思わないでもない。

パウル・クレーの線

十一月の某日、町の図書館に行くと、若い親切な女性がクレーの画集を九冊探し出してくれた（一図書館にしてはけっこうな数だ）。クレーは線の画家だ。後に色に出会い、絵に取り込むことになるが。画家の線は精神の深化を伴っているわけだが、几帳面に作品目録と番号があるので、その道を辿ることができる。

例えばカンディードシリーズ（一九一一年、一二年）。無数の線が引かれ、複雑にして曖昧だ。「彼はカンディードに近づいて、いかにも上品そうに夕食に招く」（ヴォルテールのカンディード。第二章）一九一一年。八二番。ペン。二人の求婚者（同）。一九一二年。三三番（A）ペン。

世界劇場（ヴァリエーション）。一九一八年。一三一番。ペン。そう、一八年の画家の線は複雑で怪奇ですらある。一九年頃から、ある種の秩序と調和が現れる。三七年。「かつてあった土地の断片」。七〇番。木炭と糊絵の具。ここに至って線は簡素化される。

一九三九年。「地獄の公園『入口』」。二三八番。鉛筆。この間に戦争があった。画家自身もドイツ国籍であったので徴兵を受けた。絵に天使が現れる。「天使、まだ女性的な」。一〇一九番。ツールー筆（どんな筆なのか）。天使は翼とともに二つの乳房を持っている。単純化された線が良寛さんの書のように美しい。

同じく三九年。「戦う天使（何と戦っているのだろうか）」。一〇二八番。ツールー筆。四〇年。「嘲りの企て」。一四一番。ツールー筆。ヒエロニムス・ボッシュの「茨の冠」に題材をとり簡潔な線で表している。中央に眼を閉じ茨の冠を被せられたキリスト。取り囲むように嘲りの眼。

単純化された線が太く、力強くなる。「わきを向いている女」。四〇年。三一一番。黒糊絵の具。クレーは、この冒険者は一八七九年にベルン近郊のミュンヘンブーフゼーに生まれている。

子供は本能的に面白い線を引く（妹美保が昔、壁に描いた落書き）が、ある時ぱたっとその霊感が消える。クレーは意識的に死ぬまで線を追い求めた。線は正直な自分の精神であるかのように。その線で見えない世界まで捉えようとした。

詩の依頼

書かれた言葉は年月を経て風化するものもあれば新たな輝きを放つものもあるだろう。多くは風化し消えてゆく。私の連ねた言葉が百年後、一行でも残っているだろうか（誰がそんなことを知ろうか）。先のことを杞憂するより今が大切だ。この日常にあって「私はなぜ書くのか」。自分を知る、ということでこの自伝を書き始めたのではなかったか。私は本能的に川の源流を遡るように、子供の頃の自分に向かった。生きる喜び、あるいは幸福といったものとも繋がっていることを感じた。

これまで幾度か祖父のことを（少々恥になることも含め）語ってきた。私が物心のついた頃は、白髪の物静かななかにも誇りを持った（威厳といった堅苦しさはない）人物であった。多賀村の村長を終えた辺りからの記憶になる。祖父は自慢げに自分を語ることはなかった（私が世間に出てこのような人物に遭うことは稀だった)。孫の眼から見た身内びいきになるだろうか。人の心のうちに入っていくことは簡単なことではない。祖父は自分を語ることに謙虚であった、そこには慎重さもあったであろう(若い頃の失敗から学んだものかも知れない)。何よりも聞き上手だった(この性質は父にもあった)。何か書き物があればと思い祖父の遺品を見たが、あまりなかった。死期を知った少し前から、書付の類は焼くか捨てたようだ。掛け軸は親戚縁者に譲っていた。世渡りに長けた「地獄耳」は松のかわいい盆栽をもらった、と言っていた。この時期、私は東京でサラリーマン生活の傍ら売れない詩を書いていた。

私の詩について、祖父はいいとも悪いとも言わなかったが、ガリ版刷りの詩集の題字を墨で書いてくれた。時期ははっきりしないが、おばばの母やゑの百歳を祝う詩を手紙で頼んできたことがあった。身内ながら詩の最初の依頼だった。それを祖父はノートに几帳面な字で書き写していた。私は忘れていたが、祖父の良き記憶と繋がるので書き写した。唐詩風の詩で前衛ではない。

廣田やゑ大祖母の満百歳に驚嘆をまじえつつ捧ぐ

祝長寿
誉むべき哉
遥かな路　月と日と人
幼稚ながら父の母の母に
舌足らずの詩を歌う

（百歳にして神妙を得ん）
獅子の咆哮と喇叭で
天の神々の眠りを醒ます
着の身　着の儘で
使者をたてる
鶴がつぎからつぎと
舞い降り　化身して
厳かに長寿を祝福する
誉むべき哉
今日も旅往く　山の彼方
雲が湧きおこるところ
虹の橋の袂
麒麟の待つところ
老いて袂の塵を払い
背を正して入る　夢の国

昭和五十年九月三日

やゑは明治八年八月八日に生まれ、百六歳まで生きたが、子供の頃、神宮から南、山一つ越えた柳沢に住んでいた。おばばと時々遊びに行くと笑顔で迎えてくれた。小柄で品のある、美しい人だった（どこか伯母に似ていた）。三味線を弾き、松づくしを謡うといった粋なところがあったようだ。おばばはどうして美しいやゑに似なかったのかと子供心に思った。

第二詩集

自伝では自分を他者より高いところに置き、より理想的に見せようとする意識が働く（人間の虚栄心や弱さでもあるが）。ものには光と陰の両面があるとはよく言われることだが、物事の奥に潜むものを凝視したい。私の失敗や弱さ、臆病、狡猾さを落としてしまえばおかしな自画像に仕上がってしまうだろう。私にとって祖父やおばばの存在は小さくなかった。東京にいて故郷、田舎といえばまず二人を意味していた。五年前の秋に島に帰ったが、もう五十数軒の集落で「村長はん」を知る人はほとんどいない。話題に上ることもなくなった。私の中でも風化が進んでいて、はや命日さえ出てこない。祖父は私が三十の半ば過ぎに亡くなった。焼き場（洲本の奥、海の見える丘にあった）の帰り、マイクロバスから見た海があまりにも碧かったことを強く憶えている。

私はガリ版に詩を刻んだ。和綴《と》じ本の題字を祖父が墨で丁寧に百枚書いてくれた。「まだ地上的な天使」「匕首《アイクチ》」「春眺望」など長短二十二篇を収めた。いま手許に一冊だけ残っている。発行日は昭和五十二年二月二十七日、場所は兵庫県津名郡一宮町竹谷となっている。祖父はどういう思いで読んだであろうか。荒削りで感情をむき出しにした詩をほめることはしなかったが、かといってけなすことはなかった。推測するに、「コゥーよ。ひとつお前がどこまでやれるか見てみよう」といった心持ちではなかったか。それも期待の籠もった愛情をもって。

私は二十代の半ば過ぎで二つ目の詩集を出した。当時、どのような考えなり意図をもっていたのか、その序文で知ることができる（読者にはカタカナを交えているので読みづらいが）。全文を拾うことにする。

私ガ書コウトシタノハ喜劇デス。ナゼニ喜劇カ。現実ハ崇高ナ悲劇ニマデ到ラナイ喜劇デ満チ満チテイル。ソレラ心象ニ映ル有無象ノ影ト実体ヲ捕エ、私ハ書キシルス。

初メ新シイ表題ヲ意図シテイタガ、コレハ以前ニ出版シタ詩集ト同ジ雰囲気、血縁ニ有ル事モアリ、マタ前ノ目論見ヲ、ヨリ明確ニシテ、舌足ラズヲ補ウ為ニ、コノ詩集ヲ「偽詩人」ノ第二部トシタ。

アル面デ私ノ場合、詩ハ心象ノ日記ノヨウナモノデス。人ハ他者ニ対シテ、完全ヲ装ウカ、ソノ様ニアリタイト欲スルモノデショウガ（私モ例外デハナイ）、アル時、ソウデハ無ク、愚カナラ愚カナママ、タダ有ルガママノ胸襟ヲ開イテ見ル事ダト、ドコカラトモ無ク

本の題字を祖父が墨で書いてくれた第二詩集の表紙

声ガシタノデス。

ゴテゴテ自己ヲ飾リ立テル為ニ書クノデハ無ク、ソノ逆デアリタイ。私は書クコトデ、厚イ衣服ヲ放擲シタイ。

私ト同ジ事ヲ願ツテイル読者ノ手ニ、コノ本ガ落チル事ヲ祈リマス。

尚コレ以上説明ヲスルト、「眉毛ガ落チル」事ニモナリカネナイノデ切リ上ゲマス。読者ヨ、同志ヨ、アナタノ眉毛ハ大丈夫デスカ？

ミューズの試練

自分のことはなかなか見えないもので（だから書いているともいえるが）、私の場合は三十歳が文学の一つの節目になるだろう。繰り返し立ち返ることになるだろうが、三十をまたいでパリを徘徊したが、そこで何か精神の快活さ、自由さを得たように思う（開眼とまではいかなかったが）。私の心に希望の灯りをともしたことは間違いない。文学修行ということでは高校時代の短歌から始まって、やがて詩や短編へと移っていった。ギリシア悲劇の試みはみごと失敗に終わった。神さまが、というより私はミューズと思っているが、試練を与えたわけだ。読者は信じるだろうか。もう一度言うが、ミューズの試練と。それは同人誌仲間の頭上にもあった。

当時の大学は同人誌が盛んで、そこから「世に打って出よう」とした野心家もそこそこいたはずだ（漠然とものを書いていたとは思えない）。よく「三号誌」と呼ばれたが、私の場合も三号で打ち止めとなった。幾度かそういうことがあった。仲間のほとんどはサラリーマンとなり、ペンを捨てた。

安部公房に心酔していた奥村泰二郎君（君など使うと水臭いと言うだろう）とは二〇一四年の今も

年賀の遣り取りがある。私が同人誌仲間に誘った記憶があるが、二人の作品は散逸した（几帳面な奥村は持っているだろうか）。家は蒲田にあり、父親が写真館を開いていて、奥村は二代目で今もそれを生業《なりわい》にしている。大学生の頃に何度か足を運び、泊めてもらったことがある。二階の部屋は掃き清められ、クローゼットや本棚、レコードプレイヤー、書き物机、ごみ入れなど、ものはあるべきところに秩序正しく置かれていた。塵一つ落ちてはいなかった。奥村は感情が激してくると（稀であったが）少しどもるところがあったが、それが弱点にならず、底抜けの笑顔とともに女性を虜にした。寡黙ななかにユーモアのセンスも持ち合わせていた。

大学の教室で（何の機会か忘れたが、そうたいしたことではない）立ち話をするようになった。しばらくして互いに姓を呼び捨てにするようになった。私は奥村を「罪と罰」の登場人物ラズーミヒン（憂鬱なラスコーリニコフの友達である）にダブらせることがあった。奥村の家で撮り溜めた写真を見せてもらった（仕事の合間を縫って各地の海に出かけ写真を写していた）。

海と陸がせめぎ合う所のカットが多くあった。それに海そのものの様々な表情。人物はそれほどなかったが、気に入った女の写真も数点あったように思う。技術も確かで、几帳面さもあってその面ではまさに職人だった。写真論はあまり闘わせなかった。奥村は確か木村伊兵衛を買っていた。何気ない日常を淡々と写した五腸茂雄はどうであったか（私はアラーキーこと荒木経惟《のぶよし》と共に高く評価している）。奥付の写真は安部公房の思想が写真になっていた、と言えば言い過ぎだろうか。それら写真や公房論がよく話題となった。

少し脇道に逸れるが、いい機会なので、アラーキーとの愉快な夜について話そう。一九九二の夏、講談師の宝井琴梅兄の口利きで一席設けて貰った。場所は浅草の「駒形どぜう」で、健啖家のアラー

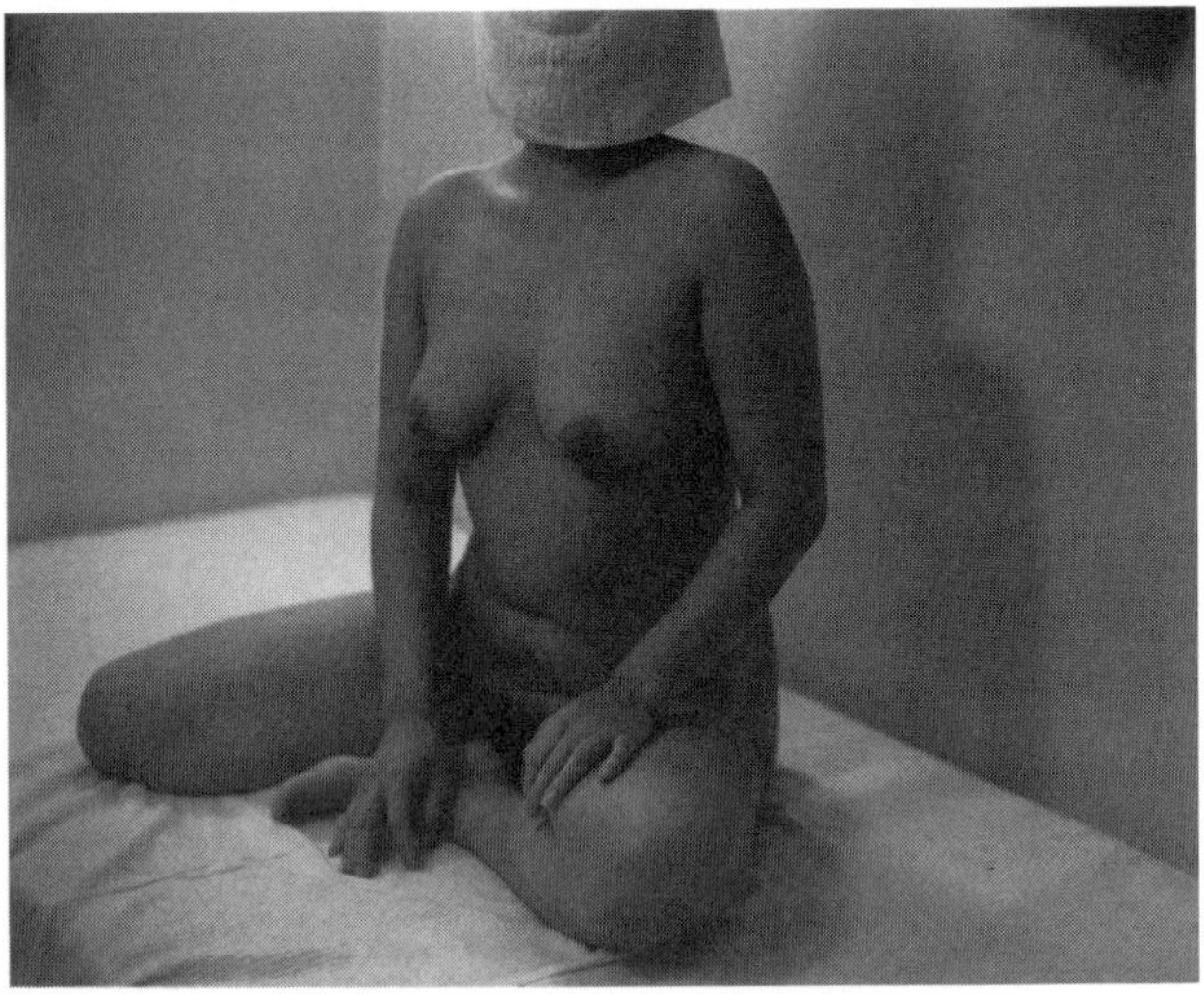

天才アラーキーに（東京ヌード、池袋、2004年5月）

キーはよく食べ、笑い冗談を連発したが、どこかシャイなところがあった。何を話したのであったか。北欧ルネッサンスに活躍した、クラーナハのヌードは話題に上がっただろうか。天才のテンションは下がることはなかった。アラーキーは写真を日記のように写し、ブレを気にせず自分の本能の声に従っていた。

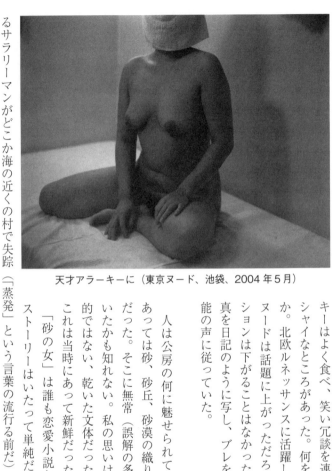

人は公房の何に魅せられていたのか。奥村にあっては砂、砂丘、砂漠の織り成す変転万化の美だった。そこに無常（誤解の多い言葉だ）を見ていたかも知れない。私の思いは複雑だ。まず日本的ではない、乾いた文体だった。新しさや前衛性、これは当時にあって新鮮だった。

「砂の女」は誰も恋愛小説と言わないだろう。ストーリーはいたって単純だ。昆虫を趣味とするサラリーマンがどこか海の近くの村で失踪（「蒸発」という言葉の流行る前だ）する。男は女と知り合う。「砂の村」で。男は逃げる気ならいつでも逃げ出せたが、やがて女との日常が始まる。かなり前に読んだので、印象は曖昧だ。六十五歳のいま読めばまた違った印象を持つだろう。登場する女も荷風のそれとは全然違っていた。

大学生の頃、私は日本の小説はほとんど読まなかった。その中にあって公房はよく読んだ。奥村は三島由紀夫にも心酔していた。この両作家が矛盾することなく心の中で同居していた。私は三島に関心があったが少し距離を置いていた。私が共鳴したのはドストエフスキーやバルザック、ジョイス、ヘンリー・ミラーといった作家だった。カフカも加えなければならない。

安部公房はカフカの影響を受けていると思うが、私に一本の棒が文学になることを教えてくれた。

安部公房

大学生の頃、安部公房は「湿り気」の多い日本文学のなかにあって、ともかく新鮮だった。十九歳の頃に作家は何歳になっていただろうか。私の手許にある学研の「現代日本文学」（大江健三郎氏と一緒に組まれている）の公房年譜を見る。大正十三年（一九二四）東京滝野川で生まれている。私が十九の時には四十五前後に成っていたことになる。私の父とも齢が近い。翌年、父親の住む満州奉天市（現瀋陽市）に移り、十六歳までこの地で育つ。父浅吉は満州医大の医師。母よりみとの間の長男で妹が一人いた。多感な幼・少年期のほとんどを奉天で過ごしている。

昭和十五年（一九四〇）。十六歳。四月、成城高校理乙に入学。書物を乱読した。冬、肺浸潤のため休学して奉天に帰り、一年間療養する。この間、ドストエフスキーに熱中した。

同十八年（一九四三）。十九歳。九月、成城高校を卒業し、十月、東京帝国大学医学部に入学。戦争の進行に伴い、強化されるファシズムの風潮に嫌悪を感じる。学校に出ず、無為に過ごす。リルケの「形象詩集」に引かれる。

同十九年（一九四四）。二十歳。十月、終戦が近いと聞き、診断書を偽造して奉天に帰る。

翌年の冬、発疹チフスが流行、その診断に当たっていた父を感染で亡くす。公房は二十一年の年末に引き上げ船で本土帰還した。二十二年、画学生の山田真知子と結婚。詩や小説を書き始め、それまでの詩を集めた「無名詩集」をガリ版刷りで自費出版した。

二十四歳の時、「終わりし道の標べに」の一部を「個性」に発表。三月に東大医学部を卒業したがインターンは断念。九月、処女作「終わりし道の標べに」（アプレゲール新人創作選）を真善美社より刊行。この年、野間宏、花田清輝、佐々木基一、埴谷雄高、岡本太郎らの「夜の会」のメンバーとなり、花田の影響で、シュールレアリスムに関心をもった。

渋江抽斎の作者なら、年譜を素に（もちろん取材もして）一篇の小説をつむぎだすだろう。安部公房は大学生の私が熱中した数少ない日本の現代作家だった。公房の特異性は満州の風土に根ざすところがかなりある。公房にドストエフスキーやシュールレアリスムを加えると、当時の私にとってかなり身近な存在となる。

三島由紀夫の死

生あるものはいずれ死を迎えることになる。自分から迎えにいかなくても向こうから義理堅くやって来てくれる。ありがたいことに。三島由紀夫は市ヶ谷の自衛隊駐屯地で自刃した。三島の死を私は早大の本部キャンパスで知った。あちらこちらで学生達が叫ぶように話していた光景を憶えている。当時、楯の会には早大生が何人もいたが、私はその誰とも面識はなかった。作家は（それぞれの考えがあっていいわけだが）ペンを持つ以上、それで行動すべきではないか、というのが私の中にあった

（この考えは今も変わっていない）。ドレフュス事件のゾラの行動を見よ。当時、フランスのユダヤ系砲兵大尉アルフレッド・ドレフェスが軍の機密文書を他国に売却したとして、終身禁固となった冤罪で、ゾラら知識人が当局を弾劾した。ゾラ自身、一時はイギリスへの亡命を余儀なくされたことがあった。

古今東西、時の政治に向き合う作家や詩人は多くいたが、これからもいるだろう。いま日本は一党独裁国家ではない。が、民主主義が永劫続くものとも思えない。三島はある時からボディービルに汗を流し、痩せた肉体を改造してギリシア美に近づけようとした。そこには老いを厭《いと》い、嫌う美意識があった。古代ギリシアで競われたオリンピア競技。それとは真逆の深いペシミズム（悲劇を見よ）。感性豊かな作家はペシミズムを感じ取らないわけが無い。「憂国」という映画では役者であった（ここでも自刃して果てた）。

三島文学にあって美は大きなテーマだった。美と政治（「仮面の告白」には政治はまだ顔を出していない）。美に殉じるための大義名分が政治だった、といえば言い過ぎだろうか。では亡き霊に聞くが、市ヶ谷のバルコニーでの必死の訴えに自衛隊員は一人でも同調し、立ち上がっただろうか。

三島と森田某の二つの首と引き換えに政治は何か変わっただろうか。三島の死に先立つ前年であったか、大隈講堂で講演会があった。時の人でもあり、堂内は学生で溢れんばかりだった（私は中段よりやや後ろ側にいた）。講演内容は後に「文化防衛論」（このようなタイトルだったと思う）として刊行された。その頃、私の批判精神は幼児ほどのものだった。スノッブ精神は旺盛だった。三島は太宰の道化的人生を忌み嫌ったが、結果的にはそれに近いものになった、といえばこれも言い過ぎだろうか（私の内にも道化師はいる）。大塩平八郎ほどの義憤はあったであろうか。

その後、伊達者が着るような制服を身にまとった私兵の面々はどういう「日常」を生きただろうか。三島先生は善導者だっただろうか。

女親分とうさぎ

悪友ともいうべき安宅（私は仮称にしている）との出会いは既に触れた。安宅は文京区富坂のキリスト教の寮にいたが、そこでのパーティーで知り合った短大生と付き合うようになった。小柄ではあったが胆の据わった親分肌の女だった。自由奔放なところもあった。仙台の産で親は地元でメガネ店を経営していて、金に不自由の無い身だった。私には安宅がひものように思えた。

「女親分」と仲のいい友達に原田という長身でうりざね顔の美人がいた。付き合っている男がいたが、その女性関係に悩んでいた。原田は当時盛んだった統一教会に入って、心の安寧を得ようとしていた。私が相談に乗っているうちに、原田の方が私を好きになった。原田は絵が得意で、多分、恋人にプレゼントするつもりのものを私にくれた（小さなローマ字で恋人の愛称が入っていた）。私の方は安宅の妹が心から離れず、原田に気持ちが傾かなかった。別離が早く来ておれば、あるいはおっとりした優しい女に走ったかも知れない。原田はうさぎを連想させた。原田は恋人と結婚したとしても苦労が絶えなかったことだろう。私は一度だけ男と会ったが、私と年回りの変わらない優男だった（男の眼から見てもいい男だった）。ただ、「うさぎ」の絵の才能を見抜き、生かしてやれたかどうかは疑問だ。

ある日、紀ノ内（女親分の名前だが）から晩餐の招待を受けたことがあった。小石川のマンションの二階、１ＬＤＫに住んでいた。台所もゆったりしていて、畳の部屋は八畳ほどの広さがあった。安宅は不在で、うさぎと小説家の愛人（恋人という言葉では弱い）になっていた短大生の二人が先に来ていた。内輪のパーティーといった趣だった。三人のなかで女親分は一番小柄であったが、あれやこれや料理の指図をし、西洋風料理でもてなしてくれた。ビールやワインも用意されていた。話の様子から女親分は、うさぎと私をくっつけたがっていた。

うさぎは統一教会の合宿に参加した苦労話をのんびりした口調で話した（少し太って帰って来ていた）。小説家の愛人も大柄でどこかおっとりしていた。田中が若い女を小説のモデルにしていて、その心理や性愛をこと細かく聴かれた様子を話題にした。初め、小説家は原田に目を付けていたが脈がないと分かると、早々とその友達に切り替えた。若い女を口説くのはお手の物で、ちょっとしたドン・ファンだった。

女親分はもっぱら恋の脈（私のうさぎへの）を探ろうとしたが、私の態度は曖昧だった。この頃、まだ安宅の妹に望みをつないでいた（その辺の事情を安宅は女親分に話していなかったようだ）。女親分のおせっかいは、困っている友達へのある種の友情や義侠心とみたい。

夜も更け、女親分は私に泊まっていくように言った。「あなたはそれ位の度胸はあるでしょう」と眼は挑発していた。他の二人も笑顔で賛同した（女三人を前に尻尾を巻いて逃げ帰るわけにもいかない）。紀ノ内は私に上等の布団を敷いてくれた。私はかなり酔ってはいたが頭は冴えて眠れない。台所では女三人が、「源氏物語」さながらに「男の品定め」を始めていた。おしゃべりは畳の間に入ってからも続き、やがて真っ暗になった。

私は女親分とうさぎに挟まれ、小説家の愛人が一番奥に寝ていることが声から知られた。

「あんなひものような男と別れなさいよ。碌なことにならないわよ」（これは女親分の声だ）。「詩を書いているみたいだけど、あんたとお似合いよ。ローランサンとアポリネールの恋か。すてき。すてき」(これは「愛人」の声だ)。やがて遠くから軽いいびきが聞かれた。おんな親分とうさぎはまだ小声で話している。私の名前が出て「いまが買いよ」とはっきりした声が耳に入った。

外が明るくなって、女親分はパジャマ姿、外の二人は服を着たまま毛布を被るだけで寝ていた。「おしゃべりで眠れなかったんじゃないの。女はこういうものよ。夢を持ちすぎちゃだめよ」。女親分の化粧を施していない顔は青白く、どこか不気味ですらあった。うさぎは長い黒髪をブラシで梳かしていた。「私のところに来てくれるのを待っていたのに」と女親分は二人に聞こえるように言って笑った。「さあ、みんなで熱いコーヒーを飲みましょう」。

第十二章　美しい嘘

失恋　その一

私のペンはどうしても重くなる。失恋か。いま一度向き合いこれを最後としたい。成功しておれば傲慢で鼻持ちならない男が一匹出来上がっていたことになる。

いま、二〇一四年、この春のお彼岸に私は六十五歳になった。若い頃に遊んだ仲間の死を知るにつけ、無常迅速を肌身に感じるようになった。頭髪は薄く細くなり、黒いところがだいぶ無くなった。この秋には前の方の歯を一枚欠いた。四十数年前につるんで遊んだ安宅はまだ存命だろうか。昭和四十三年、西暦一九六八年の夏、首里でその妹に出会ったが、雷に打たれたようなひと目惚れだった。全身白ずくめの衣装に長い黒髪、星のきらめきのように眸は輝いていた（読者よ、冷静さを欠く表現を許して頂きたい）。当時、私は二十の一つ手前だった。少女は一つか二つ年下だったが、さらに幼く見えた。両親やその妹が温かく迎えてくれた。この二年か後に父親が亡くなるから、安宅家には一番いい時でもあっただろう。

思うに、父親は娘を非常に可愛がっていただろうし、風変わりで、不良ぎみの息子を自由にさせる懐の深さもあっただろう。その次男の仲間が怪しげな小説家と詩人ということになる。娘自身に恋心があったとしても、相手に父のイメージを重ねたことだろう。「あなたは父のような度量はお持ちですか」と。

翌春、首里の少女は東京に出て来て、長兄の家から学校に通い始めた。この兄に正（悪友の名だが）は後ろめたさもあって、頭が上がらなかった。厳格さだけでない、頼りにもなる「自慢の兄」でもあった。安宅は大学の法科に通っていなかったし、司法試験の勉強をしている様子もなかった。小説家とつるんで行動していたが、作家志望というのでもなかった。また父親と同じジャーナリストを志している風もなく、一種世捨て人のような感じだった。私は沖縄の旅のお礼に熊次郎の脇差一振りをプレゼントした。刃こぼれもなく、姿もどっしりしたものだったが、ただ錆がきていたので、そのことを断って渡した。安宅は「研ぎに出して大切にしたい」と喜んだ。

その年のいつであったか。安宅は川崎市登戸にあった兄の家に私を連れて行った。ここで緑に再会することができた。若い細君が沖縄の手料理でもてなしてくれたが、安宅の妹緑はその手伝いをしていた（場に加わらなかった）。もっぱら兄弟と私が話したが、緑の少し憂いのある眸の外は、もうどんな言葉も残っていない（賢明な兄は弟の悪い仲間をその眼で観察していたであろう）。私の眼は魔法にでも掛かっていたのだろうか。翌年であったか、下の妹も出て来たので兄弟姉妹皆が東京暮らしとなった。兄が働いているとはいえ、父親が三人の学資の面倒を見ていたことになる。しばらくして父親の死があった。

私の記憶が確かなら、安宅の父親は考古学に造形が深く、アンデス山中の古代遺跡巡りの途中で客死した。その後も安宅の生活は改まることは無かった。女親分とは半同棲の関係にあった。姉妹は長兄のもとを離れ、世田谷のどこかのアパートで共同生活を始めた。多分、二人の生活費や学資は兄の肩に掛かっていたであろう（正の方はどうであったか）。今思えば、緑にとって、将来のあやふやな詩人気取りの青年と一緒になる選択肢はなかったであろう。

私が世間に出た年、ほとんど望みがなくなっていたが、緑の気持ちを確かめようとアパートを突然、訪ねた。玄関にあった男物の靴が眼にとまった。妹が出てきて、私を小さな応接室に通した。しばらくして緑と若い男が現れた。二人は立ったまま、私と妹（姉より背が高くしっかり者だった）の話を聞いていたが、私が何を話したかはもう憶えていない。何か書き足したいところだが、ここから先は小説の領域になるだろう。

失恋　その二

世間に出て一年目の年。私が緑のアパートを訪ねてからしばらくして、安宅から会社に電話があった。当時、私は浜松町にあった食品関係の専門紙の記者だった。電話の中身はお金のことで、一万円を貸してくれないかというものだった。新聞部長に時間をもらい、駅まで行った。安宅は暗い顔で立っていた。私が妹のアパートを訪ねたことは耳にしていたと思うが、何も言わなかった。私の方からも触れなかった。金は部長に立て替えてもらった。「急で悪いな。近いうちに返すよ」。安宅はぶっきらぼうに言った。「ああ、いつでもいいよ」。私は金の用途を聞かなかった。

安宅は働いている風ではなかった。大学に籍があれば七年生ぐらいにはなっていただろう。これが安宅と顔を合わす最後となった。緑のことを早く忘れようと努めたが、傷は後々まで残った。私に魚心はあったが、おまえに水心はなかったということになる。若すぎた。何か別に、やり方があったのだろうか。その昔、義経、弁慶一行は安宅の関を越えていったが、私は恋の関所を越えられなかった。

弁慶の度胸も知恵もなかったことになる。

あの後、私は風俗店に出入りし、狂ったように情欲の海に溺れた時期があった。

賭け

あれは上野広小路か、それとも銀座であったか。私の記憶では、銀座のような気がする。昭和四十年代には歩行者天国はあったであろうか。駅で奥村と待ち合わせ、出掛けていった。どちらが言ったか、もうはっきりしないが、ある賭けをしたことがあった。制限時間を決め、通り掛かった女性に声をかけ、何人カフェまでこぎ着けるか、といったものだった。二人は小さなドン・ジョバンニだった。奥村は大柄な体躯のわりに繊細で（偏見を許せよ）、よく気の付く男だった。プライドは私同様に強かった。天下の大通りだ、一人や二人すぐついて来るだろうと思ったが、そう甘くはなかった。真剣になればなるほど、うまくいかなかった。好奇心旺盛な中学生や高校生の女生徒はルールから外されていた。年増は上に制限がなかったが、最初から二人とも腰が引けていた。

奥村と私は互いに眼の届く範囲にいた。時々、私の傍に来て、笑いながら妙な激励をする。「ファウストにこんな場面がなかったか。お前さんにはいい文学体験になるだろう。よく眼に焼き付けておけよ」。奥村は不断カメラを持ち歩いていたが、この日は持っていなかったので、ハンデはゼロだ。釣果ゼロで尻尾を巻いて帰るには互いのプライドが許さなかった。といって初心者二人に引っ掛かるほどうぶな女はいなかった。

互いに三十は声を掛けただろうか。無視か無言で逃げ去るものがあらかたで、その中には幾分軽蔑の顔もあった。奥村と私の距離が狭まり、もう二人で女に声を掛けるようになった。若い、細身のけっこうかわいい二人連れと近くのカフェに入ることになった。齢は我々と変わらない女子大生で、休みを利用して仙台から東京に出て来ていた。二人は夜、上野から帰るつもりをしていた。賭けの種明かしをすると二人は笑った。

「男の人って妙な遊びをするのね。もう少し早く知り合っていれば、いろいろ東京を案内してもらえたのに。残念だわ」と一人がいう。「男は狼というけど、お二人は優しいのね。それとも本性を隠しているのかしら」ともう一人がからかう。我々はそれ（男はオオカミ説）に同意しつつ、反論する。「赤頭巾ちゃんの童話では狼は猟師にやっつけられたが、何か寓意がありそうだ」と奥村。「女は狼以上に怖い生きものかも知れないな」。

私も加勢に回る。「弱きもの、なんじの名は女。とハムレットは言っているが、男をそそのかし、悪をさせるのも女だから」。「なかなか女は複雑な生きものだ」と奥村。「せいぜい狼に遭わないようにしたまえ」。女同士顔を見合わせて笑った。

「私たちだって見る目はもっていますよ。あるいは男より怖いのが女かもね。お二人さん、ご注意なさい」。齢はさして変わらないのに、ずっと相手の方が大人だった。

音楽と音　その一

子供の頃、父が歌っている姿を見たことが無い（いや、五右衛門風呂で何かをうなることがあった）。母は大正ロマン曲をほんの少し口ずさむ程度だった。ラジオで祖父が浪曲を聴いていたが、その一節をうなることはなかったように思う。おばばはどうであったか。趣味人であったので、今のようにカラオケがあれば私を連れ出掛けたことだろう。近所の安本家は土間の大黒柱にラジオが据え付けてあった。子供達がその下に集まり、相撲放送を聴いていたのを憶えている（若乃花、栃錦が話題になっていなかったか）。ラジオから流行歌もよく流れていた。ペギー葉山の「南国土佐を後にして」はもう少し後であったか。美空ひばりの声は毎日のように聴かれた。

私の周りに美声の持ち主はいなかった。おばばの母は百歳近くまで三味線を手に謡《うた》ったらしいが、私はその声を知らない。おばばの弟の一人息子、道則はんは中大のマンドリンクラブに属したが、その道にはいかなかった。残念ながら、私は伯母の歌声を知らない。

私自身については、前に触れたように小学生の音楽のテストで、高田先生から少々音程を外して根深節の評価を頂戴した。音楽教室に一人ひとり呼び出され、先生のオルガンに合わせ教材の曲を歌うものだった。大げさになるが、歌う楽しみを奪われトラウマとなってしまった（先生の何気ない一言であったが）。

中学に上がり、色白で大柄な富山先生は音楽を聴く楽しみを教えてくれた。教室でバッハ、ヘンデル、ハイドン、モーツァルト、ベートーヴェン、チャイコフスキー、ドボルザークなどのレコードを聴かせてくれた。田舎の自然のなかにない音が私の耳に入ってきた。男子生徒の幾人かは心地よさそうに眠っていた。別の日には、「オールド・ブラック・ジョー」を教え、みんなで合唱した（英語の出だしは今も憶えている）。「庭の千草」は日本語だった。先生は穏やかな人柄で、一人でも多くの生徒に音楽の楽しみを伝えようとした伝道師でもあった。

東京に出てからも私はクラシック喫茶やジャズ喫茶で時を過ごすことを習慣とした。私の耳は都会の雑踏、人の声と共に音楽を聴いてきた。モーツァルトのような優れた耳は持ち合わせなかったが、ある面、鈍感で荒々しい音に耐えられる耳を誇りとした。老いると耳が遠くなると言うが、父は死の数日前まで人の声がよく聞こえていた。晩年の祖父にも大きな声は必要ではなかった。

私は今ではシャープやフラット記号の意味するものが分からないし、絶対音感なるものがどういうものか知らない。短調と長調の性格や役割はどうか。音楽知識はおぼつか無い。

植物にモーツァルトを聴かせるとすくすくと育つというが、科学的事実だろうか。では不快なものは細胞を破壊するだろうか。モーツァルトは少なくとも私の精神には落ち着きと幸福感を与えてくれる。カール・バルトは「モーツァルトは軽さが沈み、重さが浮かぶ」と言ったようだが。このような音楽ではあるが、時に人を狂わせる作用もあるから不思議だ。

今年も残暑に厳しいものがあった。私は寝付かれず、離れの入り口と窓を開け、図書館で借りたモーツァルトのピアノ協奏曲をかけていた。どこからともなく、全身緑尽くめの虫が違い棚のラジカセの傍で、羽をふるわせ鳴き出した。この感動は前にも書いたが（読者よ、非常に感動したことは三度まで語らせよ）、たった一度きりの名演奏だった。使い古された言葉になるが、一期一会であった。私は家の周りの草むらに注意するようになった。昆虫達の命をかけた声はどの名演奏家でも及ばない。

音楽と音　その二

私の耳は多くの音を聞いてきた。最良の音楽はその音のなかに含まれる川のせせらぎのようなものだ。子供の頃、耳は何を聞き取ったかといえば、鶏の声であり、犬や猫、牛の発する声や音である。四季折々に野や山から小鳥たちが歌い出す。鶯の音色にはどの楽器も敵わないだろう。私の耳にとって、音楽は遅れてきた音ということになる。海に出れば、潮騒の力強い音が耳に入ってくる。ベートーヴェンの歓喜の歌に劣ることはない。

おばばや祖父が都会のコンサート会場に行かなくとも、自然のなかに最良の「音楽」があったわけだ。秋の凄まじい虫の協演（競演でもあるが）で体感した。神戸や大阪のコンサートホールに行かなくとも私の周りはすばらしい音楽で溢れている。草むらでの昆虫たちの夜のコンサート。音は澄みわたり、私の耳を楽しませ飽きさせなかった。「何でいままでこんなことに気付かなかったのか」と自問した。都会人にこそコンサートホールが必要不可欠だったのだ。乾ききった心を潤すために。人間的であるために。

人間とは不可思議な生き物で必ずしも美しい音を求めないところもある。都会の雑踏、町に流れる流行歌、呼び込みの声、街の臭いが五感を刺激する。ジャズ。ジャズ。ジャズのリズムが生命の息吹を吹き込む。東京で私は街をぶらつくことが好きだったが、決まって大通りではなく、路地裏だった。角を曲がれば又別の風景が現れる。東京を歩き尽くすことは一生掛かってもできないだろう。自然の音を耳にする時、モーツァルトすら人工的な作りものだ。しかし、ぱさぱさした都会人の心に潤いを与えてくれる。

一人の殺人鬼がいたとしょう。その「仕事」の前に何気なく喫茶店に入る。暗い男は女に振られたところだ。モーツァルトを耳にする（これはたまたまだ）。フルート協奏曲かシンフォニーの第三十八番が掛かっている。男は温かいコーヒーを注文する。一人ごつ。「急ぐことは無い。女の命はこの手のうちにあるのだ。音楽の一つも楽しまなくてどうする」。云々。

男は席を立たない。憤怒が少し鎮まる。「人はそれぞれに孤独を抱えている。今は女の門出を祝う気にはならないが、やがて大河のような時が恋を思い出の一つに変えてしまうだろう」。なお男の夢想が続く。現代人には少々ロマンチックすぎるだろうか。あるいは、男の耳にワグナーが聴こえてきたとしょう。展開は変わるだろう。男は女のアパートを訪ねていく。無言でその白い胸にナイフを突き立て、その場で自殺したかもしれない。とんだところに話が行ってしまった。私は男の善悪を裁こうとは思わない。最後は自分のうちなる声に耳を傾けるがいい。

音楽と音　その三

私には二つの耳の外にもう一つ持っている（そいつは眼に見えない）。日々、音が耳に入ってくる。春から夏にかけ、雉《きじ》の声が目覚まし時計替わりになった。その一声は鋭く天に突き刺さる。雄の居場所はすぐに分かってしまう。身なりも派手だ（草深いなかでは保護色になってはいるが）。雌を求める気持ちも縄張り意識も強いようだ。鉄砲撃ちがおれば命がけの恋ということになる。

朝、雉の声を聞きながら、モーツァルトがどのような耳を持っていたのか考える。父親は作曲家でもあり、音楽で生計を立てていた。ものの本によると、「三歳にして、早くも鍵盤の上に三度と六度の音程を求め、まさぐっていた」とある。五歳にはクラヴィアのためのメヌエットを作るようになり、父がそれを譜面に書き留めた。神童伝説の始まりである。

モーツァルトは一七五六年一月二十七日にザルツブルグに生まれた。六二年一月、父は姉とヴォルフガングを連れミュンヘンに行き、バイエルン選定侯の前で演奏させた。九月、一家はウイーンまで旅をし、シェーンブルン宮殿でセンセーションを巻き起こす。マリア・テレージアは二回にわたり、神童らを優しく迎えた（六二年というとモーツァルト六歳の時のことだ）。

思うに、神童の耳の奥には鶏や牛の声でなく、ピアノやヴァイオリンの音があった。六十五歳の私はモーツァルトの与えてくれる音楽と草むらに潜む蟋蟀《こうろぎ》の声を同質の喜びと感じる。この秋ほど虫たちの声に耳を傾けたことはなかった。同時に町の図書館で二日に一度、モーツァルトのCDを借りてくる。私のやくざな耳は軽やかに疾走する音をすぐに忘れ、同じものを又借りる。

「これは一週間前にお貸ししましたわ。よっぽどお好きなのですね」。係りの女性があきれたように微笑む。大学生の頃、文学部ではランボーと共に小林秀雄がよく読まれていた。その知的でペダンチックな語りが新鮮だった。最近、私は「モーツァルト」のところを読み返した。「(モーツァルトは) 人間どもをからかう為に、悪魔が発明した音楽だ」とゲーテはエッケルマンに語ったとの一文が眼に留まった。

もう一つは別の書物のモーツァルト評。「偶然が、これほどまでに天才をいわば裸形にして見せたことはなかった。このかつてはモーツァルトと名付けられ、今日ではイタリア人が怪物的天才と呼んでいる、驚くべき結合において、肉体の占める分量は能うる限り少なかった」。モーツァルトの「ラプトゥス」。彼の大きな鼻と眠そうな眼。

大切なことは自分自身の体験だ。小林秀雄は多分、歌劇はそれほど観ていないであろうが、「眼をつぶってシンフォニーのように聴く」という。奇妙な味わい方だ。人体は最良の楽器という人がいる。まさに声がそうだ。人間の感情を様々な楽器が表現する。沈黙はどの音をもってするだろうか。

大通りと小道

山頭火に

まつすぐな道でさみしい

このような自由律がある。前々から引っ掛かっている句だが、聞く人によって響き方はいろいろだろう。もう山頭火は一人歩きしているので、作り手の意図を離れ、その鑑賞法は一人ひとりの読者にゆだねられている。私は「まっすぐな道」を大都会の人々が行き交う大通りと想像する。どの人も孤独の影を引きずっている。ボードレールの詠った都会の孤独だ。

東京には様々な大通りがある。銀座界隈は碁盤の目のように道が走っている。私はその路地裏をよく歩いた。若い頃は歌舞伎座には縁が無かったが、その近くにあったクラシック喫茶で一息入れた。そこも、いつ頃であったか無くなってしまった。大概面白いのは大通りから入った路地で、喧嘩や恋（といっても刹那的な）、小水の臭い、悪の雰囲気が漂っていた。有楽町には映画館もけっこうあったが、ずいぶんと整備され、猥雑な熱気は消えていった。

新宿もよくぶらついた街で、大通りが何本か走っていた。歌舞伎町は靖国通りや明治通り、職安通りに囲まれていた。脇道に入ると、飲み屋や連れ込みホテル、ソープランド（初めトルコ風呂と言っていた）、ストリップ劇場があり、呼び込みの男が立っていた。世間に出たての頃、私はぼったくりの飲み屋で身ぐるみ剥がされたことがあった。命までは奪われなかったが。

山頭火の詠んだ道を日本人の好きな「人生」に当てはめてみようか。東大を出て、霞が関のどこかに官僚として勤め、美しい妻を娶り、それなりの出世をする。だがどこか満たされない、といった淋しい男を想像してみよう。いや、いや、待て。クレーの絵によく大通りや脇道が出てくる。曲がりくねった道には小鳥がいたり少女がいたりする。少女のなかにはまだ天使になり切っていないものがいる。勇士や邪悪なもの達もいる。くねくねと曲がった道は少々危険ではあるが楽しい。まっすぐな道はなにも無い。
これは六十五の男の夢想だ。

くねくねとした道と思いきやへび

このへびは大人をも飲み込みそうな「おろち」だ。

嘘と真実

子供の頃、最初に書いた、というより書かされたのが作文だ。上手な子もおれば苦手な子もいる。私は大きな升目の原稿用紙に何を書いたのだろうか。父や母が取って置いたとは考えられない。それとは別に、小学校の夏休みの宿題に絵日記を描いた記憶があるが、これも竃《かまど》の焚きつけになったのだろう。今思えば、絵に文章を付ける表現形式はなかなか魅力的だ。

日常にあって、子供が一番に感動したことを絵に描き、文章にする作業はいっぱしの芸術家だ。霊感などくそ……いや失礼。遊び盛りの子供には続けることは難しい。目の肥えた両親は稀なので、絵や作文のコンクールにでも入賞しない限り家には残らない。一時、子供は天才だ。

先生は授業の一環ぐらいにしか思っていない。ピカソがいても、絵の少しうまい餓鬼程度のことで終わってしまう。絵の方の萌芽は文章より早い。後者は直観とともに語彙も必要になってくる。もっとも、無意識に書いた「落書き」には混沌とした原初の面白さがある。私は子供の片言隻語《へんげんせきご》を収集したいと思っている。なかには詩に結晶しつつあるものがあるから。教育熱心な先生の指導のお陰で、見事に子供の芽は摘み取られていく。

やれ、文法がおかしい。やれ、文章構成がおかしい。止めは、こんな日本語はない。臆病な親にはジュピターの神託は絶対だ。それでもわが子の才能を信じる親は何人いるだろうか。ジュピターは子供に繰り返しいう。「見たままを書きなさい。なによりもうそを書いてはいけない」。子供は画用紙からはみ出さんばかりに絵を描く。身近にあるもの。家族や友達、犬やねこ、牛、家、花となんでもありだ。感動が絵から飛び出さんばかり。文章もおとなしくはしていない。先生の手本はどこかの偉い人の文章読本だ。形や枠からはみ出すことを嫌う。そこに嘘が紛れ込んでないか、誇張はないか眼を光らせる。なんと言っても、ウソは泥棒の始まりだから。

私は事実に基づくドキュメンタリーのことを考える。そこに嘘はないだろうか。それはなんとも言いがたい。手法の一つとして持っておきたい。この自伝もその手法を取り込みたいと思っている。もうはるか昔の記憶をどう捉え、表現できるだろうか。

私は今年の春頃、図書館でゲーテの自伝色の濃い「詩と真実」を借りて来た。ゲーテの幼・少年時代が生き生きと描き出されていた。私は「一つの小説」として読んだ。主人公の謙虚さ、率直さに驚かされた。これがファウストの作者なのか（そうだ、そうなのだ）。ゲーテにおける詩と真実とはどういうものなのか。フィクションと真実が混然一体となって語りかけてくる。タイムマシーンにでも乗らない限り、誰が幸福な子供時代の一言半句を憶えているだろうか。

芝居好きな子供達

人が「お芝居をしている」という時、あまりいい意味には使われない。他者はその言動に胡散臭いもの見てしまう。この「芝居」には様々なバリエーションがある。無邪気な罪の無いものもあれば、棘のあるもの、悪意を潜ませ、君を騙そうとしているものまであるだろう。人の心は思ったより広いもので、巧みな芝居はもう一つの芸術といえる。当人も芝居をしていることを忘れ、嘘が本当になったような按配だ。当人だけじゃない、他人が、私が魅せられる。そいつを舞台に上げさえすれば（私の内なる演出家が夢想する）……残念なことだ。

子供達のなかには大人顔負けの役者がいる。それも当人が自覚することなく、ある時期が来るとその才も消えてしまう。どのグループにも一人や二人はいた。役者のなかには道化もいる。後年知った太宰治は意識的にそれを演じた。小説家になってもそれを続けた（死に臨んでもそうであった）。私の田舎ではそれほど顕著な子供はいなかった。私はおとなしく、少し生意気なところがあった。早くから芝居好きでもあった。

私のささやかな個人史のなかで、芝居についての記憶を辿りたいと思ったが、なかなか出てこない。朝、コーヒーを飲みながらあれやこれや思い巡らす。プルーストの長編小説「失われた時を求めて」の有名な出だしのようには失われた過去は蘇ってくれない。紅茶とかわいいお菓子にすべきだろうか（子供時代の記憶と結び付いていなければ魔法は起こらない）。見事な舞台（プルーストの小宇宙）の幕開けといえる。

私は幼稚園で芝居の口上あいさつに立ったが、出し物は何であったのか。もうおばばに尋ねることはできない。我が中学校では演劇部はなかったはずだ。当時、古代ギリシアのようにスポーツが奨励されていた。五十と千五百メートル走、ソフトボール投げ、懸垂、外に何があっただろうか。走り幅跳びだ。私は走るのは得意だったが、ボール投げはあまり遠くにいかず、スポーツ賞では銅メダルに終わった（祖父の遺品のなかに小さなメダルがあった）。

暗い高校生活で印象に残ったのは英語劇のイノック・アーデンだった。ヒロインを正木良子が演じた。長身、色白美人の正木は悲劇の人物に成り切っていた。恋人を思う、悲痛な叫びを今もよく憶えている。

近くの二つの町には映画館はあったが劇場はなかった。本格的に演劇に接したのは東京に行ってからだった。サーカスもたまに来たが、これも見逃した。私は大学卒業の年に劇団四季を受け、落ちた。役者の部門ではなく、演出の方で、これは斎藤君の勧めだった。当時、私はゲーテと同時代を生きた詩人で「群盗」「ドン＝カルロス」などの劇作家フリードリッヒ・フォン・シラーを読んでいて、面接でそれらを劇に掛けたいと言った。浅利氏もいたと思われるが、奇妙に感じたかも知れない。

四年間で映画はかなり観たが、劇場にはほとんど行ったことがなかった（今日もそうだが大学生にとって観劇料は安くはない）。それに当時、四季はフランスの古典劇を掛けていたと思う。ミス・マッチも甚だしい。映画はヌーベルヴァーグの時代で活気があった（どこかでこのことにも触れたい）。私はその熱気を文学仲間と語りあった。田舎にいる妹にも映画のパンフレットを入れ、手紙に書いた。

話は又幸福な子供時代に戻るが、子供達の日常はその世界だけで充足していた。私は勉強もせずよく遊んだ。よく考えれば、子供達のなかに芝居はあったし、役者もいた。それぞれがいっぱしの役者ではなかったか（意識しているものはほとんどいなかったが）。「演劇的要素」は常にあった。

言葉や行動はどうか。恋の芽ばえでは、敵を出し抜こうとしなかっただろうか（稚拙ではあるが）。党派の闘い（これは政治劇だ）。まなざし。からかい（これは恋の裏返しだ）。所有欲や独占欲（愛欲はまだ先の話だ）。女の子はそれらすべてにおいて男の子の上を行っていた。だんだんと分かったことだが、女は弱さゆえに強い。生涯で一時、男は優位に立つが、やがて取って代わられる。

君はいい女に当たれば幸福になれるだろう。悪い女に当たっても悲観することはない。君を小説家にしてくれるだろう。どちらにしてもいいことだ（「恋愛論」の作者は恋に懲りることがなかった）。具体例を挙げなくても、君の胸に手を当てればすぐに思い当たることだろう。いま、私は無性にモーツァルトの「フィガロの結婚」を観たいと思うが、片田舎では機会は皆無だ。

美しい嘘

この人間という生き物はつくづく嘘が好きだと思うことがある。その嗜好は幸か不幸か私のなかにもある。話の続きで、一つ芝居を取り上げようか。モーツァルトのフィガロは観ていないので、私が観たものがいいだろう。「伽羅先代萩《めいぼく》」か「曽根崎心中」はどうだろう。感動がまだ生々しい後者でいこう。

去年の夏、私は「曾根崎心中」を予約チケットで申し込み、大阪の国立文楽劇場に出かけた。近松は実際にあった、曽根崎露天神の森での情死から題材をとった。醬油屋平野屋の手代徳兵衛と堂島新地天満屋のお初は、実在の人物に形を借りて作者が脚色した。

山場となる天満屋の段。お初は縁の下に徳兵衛を隠し、悪の九平次に対する。徳兵衛は九平次に貸した金が期日になっても返らない（平野屋女房の姪への結納金を用立てた）。お初は徳兵衛の心根を確かめるため、心中をほのめかし、足で問う。

「情けが結局《あげく》身の仇で、騙されさんしたものなれど、証拠なければ理も立たず。この上は徳様も、死なねばならぬ品なるが、ハテ死ぬる覚悟が聞きたい」。徳兵衛はそれに応えて、縁の下で、お初の足を自分の喉もとに当てる。

木偶《でく》が血肉をもって語り、心と響きあう。芝居は作り物だ。だが、近松の心中ものを嘘と切り捨てるわけにはいかない。私の精神は日常から離れうち震える。芝居も小説もそうだが、嘘、虚構を借りて真実に至るところがある。逆のケースを見ればよく分かる。「これは真実だ」と声高に叫び、求めながら、嘘に終わってしまうことの何と多いことか。だから、常日頃、真実を、正義を声高に叫ぶものに注意深くなければならない。私の中の小さな男がつぶやいた。

著者紹介
菅 耕一郎（かん こういちろう）
1949年　淡路島生まれ
1972年　早稲田大学第二文学部卒
著 書
1975年　詩集「偽詩人」
1977年　詩集「偽詩人Ⅱ」
1981年　「左手で書かれた詩集」
1983年　散文詩「善と悪の闘い」
1985年　日記「ブルーノート」
1990年　詩集「きげきてきな夏」
1992年　写真集「陽気な骨」（彩流社）
1997年　写真集「菅氏の喜び」（彩流社）
2001年　一行詩「鬼歌」
2009年　「短詩百章」

日常《にちじょう》という名《な》の海《うみ》で――淡路島物語《あわじしまものがたり》

第1刷発行　2017年5月10日

著　者● 菅 耕一郎
発行人● 茂山 和也
発行所● 株式会社 アルファベータブックス
〒102-0072　東京都千代田区飯田橋 2-14-5 定谷ビル
電話 03-3239-1850　Fax 03-3239-1851　E-mail alpha-beta@ab-books.co.jp
装丁●佐々木 正見
印刷●株式会社 エーヴィスシステムズ　製本●株式会社 難波製本

定価はダストジャケットに表示してあります。

ISBN 978-4-86598-033-2 C0095